DREAMBOOKS

DREAMBOOKS★

전생자

# 전생자 18

**초판 1쇄 인쇄** 2019년 12월 26일
**초판 1쇄 발행** 2020년 1월 10일

**지은이** 나민채
**발행인** 오영배
**편집** 편집부
**일러스트** eunae
**본문 디자인** 오정인
**제작** 조하늬

**펴낸곳** (주)삼양출판사 · 드림북스
**주소** 서울시 강북구 도봉로 173
**대표 전화** 02-980-2112 **팩스** 02-983-0660
**편집부 전화** 02-987-9393 **팩스** 02-980-2115
**블로그** blog.naver.com/dreambookss
**출판등록** 1999년 3월 11일 제9-00046호

ISBN 979-11-283-9708-0 (04810) / 979-11-283-9410-2 (세트)

**드림북스**는 (주)삼양출판사의 판타지 · 무협 문학 브랜드입니다.

ORIGINAL FANTASY STORY & ADVENTURE

나민채 판타지 장편소설

18

# 전생자

dream
books
드림북스

# 목차

Chapter 1.

　큰 덩치 때문에 무스(Moose)라는 별명으로 불리는 용병
이었다.

　이계에 들어온 지는 근 석 달이 넘어가고 있었고, 그동안
그가 소용돌이 대지에서 보고 들어온 것들은 기존의 통념
을 파괴해 버리는 것들뿐이었다.

　"지난달 25일에 염마왕을 대상으로 청문회가 있었다더
군요."

　무스는 어떤 놀라운 일에도 꽤 무뎌졌다고 자부하고 있
었다. 하지만 부하가 가지고 들어온 소식은 또 하나의 충격
이었다.

흡혈귀를 실제로 목격했을 때와 비교해도 결코 뒤떨어지지 않는 충격.

부하를 도와 트럭에서 보급품을 내리고 있던 무스는 움찔하며 부하를 쳐다보았다. 썩은 음식을 먹은 것 같은 일그러진 얼굴이었다.

"무슨 염려를 하시는지는 알겠는데, 지구는 이상 없습니다. 염마왕이 참아 주었던 모양입니다."

"염마왕이 참아?"

"저도 듣던 것과 달라서 몇 번이고 확인해 봤습니다."

부하는 청문회가 열릴 때까지의 경과를 차분히 들려주었다. 설명이 끝날 무렵에는 트럭에 실려 있던 보급품 박스들과 자재들이 모두 땅에 내려져 있었다. 무스는 그중 하나의 박스에 걸터앉아서 전투복 상의를 풀어 젖혔다. 그의 시선이 무심결에 동쪽으로 향했다.

거기는 흡혈귀들의 도시가 있는 방향이었다. 위험 지역.

정확하게 말하자면 각성자들 사이에서도 공포의 군주로 인식되고 있는 '오시리스'가 통치하는 지역으로, 소름 끼치는 소문들은 언제고 그쪽 방향에서 흘러나왔다.

마을 사람들 중 누구는 걸어 다니는 시체를 봤다고까지 했었다.

"엊그제 흡혈귀를 잡았다."

무스가 말하자, 며칠간 자리를 비웠던 그의 부하 역시 얼굴부터 구겼다. 그건 청문회 소식을 들었던 무스와 하등 다를 바 없는 표정이었다.

과연, 소문은 사실이었다.

흡혈귀에게 아내나 남편을 잃은 자들의 목격담은 꽤 구체적이었고, 그러한 목격담들은 하나같이 일치해 있었다.

증거만 없었을 뿐이지 사실상 흡혈귀가 존재한다는 것을 받아들이는 분위기였다.

"어쩐지…… 못 보던 것이 걸려 있더라니. 저게 흡혈귀였습니까?"

부하가 가리킨 곳에는 백골이 보란 듯이 걸려 있었다. 부하의 말이 계속 이어졌다.

"이래서는 수당을 더 청구해야겠어요. 그렇잖습니까. 아니면 빌어먹을 십자가나 은 탄환이라도 좀 보급해 주든지. 소름 끼쳐 죽겠습니다."

"십자가, 그거 웃기라고 한 소리냐? 그렇다면 성공했다. 최근 들어 본 이야기 중에 가장 재미있는 발상이었다. 명찰이나 떨어지지 않게 잘 박고 있어."

무스는 나름대로 확신하고 있었다.

오시리스의 도시에서 흘러나오는 흡혈귀들이 자신과 부하들을 노리지 않는 이유는 세계 각성자 협회 문장이 찍힌

명찰 때문이라고.

그게 이계에서는 가장 강력한 십자가라고.

"그리고 이거 받으십시오. 개인 지급량이 한 알씩밖에 되지 않습니다. 다음부턴 우리 돈으로 직접 사야 한답니다. 대장도 그 재수 없는 말투를 들어 봤어야 했는데 말입니다."

"그게 뭔데?"

"스파이더 웹이란 겁니다. 저도 아직 복용해 보진 않았는데, 들리는 말로는 우리도 각성자처럼 될 수 있다 합니다."

"⋯⋯별것이 다 튀어나오는군. 이젠 놀랍지도 않아."

"동감입니다."

"어쨌거나 수고했다. 흡혈귀를 상대할 때 큰 도움이 되겠어."

흡혈귀라니.

무스는 자신이 말해 놓고도 그 비현실적인 단어에 고개가 저어졌다.

지난밤에 죽여 놓았고, 햇빛 아래에서 흡혈귀의 시체가 어떻게 백골로 변하는지 다 지켜보았지만, 여전히 실감이 들지 않았다.

무스는 부하의 어깨를 툭툭 쳐 주고 나서 몸을 일으켰다.

이 촌구석은 워낙에 작은 마을이었던 탓에 수둔 중인 용병을 모두 합쳐도 다섯 명밖에 되지 않았다.

함께 진입했었던 각성자와 용병들이 진즉에 다른 전장으로 떠나면서, 마을을 통제할 수 있는 소수 병력만 남겨진 것이었다.

부하가 비포장 길을 헤치고 온 트럭을 정비하고 있는 시각.

다른 부하는 마을 병사들을 모아 놓은 연설 석상에 있었고, 또 다른 부하는 하수 시설 공사 작업을 지휘하고 있었으며, 마지막 부하는 보급품과 서류상의 목록을 대조하고 있었다.

그때 무스는 입에 펜을 물고 생각에 빠져 있었다.

'아직도 위생 상태가 최악에서 벗어나질 못했어. 전염병이 돌지 않은 게 이상할 지경이야. 책만 보고 하수 시설을 만드는 건 한계가 있는데. 지원을 더 바랄 수도 없는 노릇이고.'

'비누가 더 많이 필요해. 더 이상 보급을 받는 건 무리가 있다. 자체적으로 제작할 수 있게끔 체계를 만들어 둬야겠어. 그래, 그 녀석이 책임자로 마땅하겠군.'

'이번에 항생제를 보급받았던가? 그것도 확인해야겠고. 그 아이…… 죽지 말아야 할 텐데. 조금만 더 버텨 줬으면.'

'노먼이라는 녀석을 자치 대장으로 승격해야겠다. 지금 녀석은 앞으로 문제를 일으킬 소지가 높아.'

'빌어먹을, 광산 하나라도 있으면 오죽 좋아. 금까지는 바라지도 않겠어.'

'흡혈귀…… 하지만 오시리스에게 따지는 건 생각도 말아야 한다. 밤 경비를 강화하는 수밖에. 그러려면 이것들의 영양 상태부터 개선시켜야 한다.'

'고쳐 나가야 할 게 산더미 같군.'

그룹의 시각에서도 여기는 별 볼 일 없는 작은 촌구석에 지나지 않았다.

사실상 버려진 곳이었고, 점령 상태를 유지하는 것만으로도 무스와 그의 부하들은 제 소임을 다한 것이라 할 수 있었다.

정확하게 말하자면 이 촌구석의 쓰임새는 한국의 군사 분계선처럼 오시리스의 점령 지역과 바깥의 다른 점령 지역들을 구분 짓는 것에 그친다. 오시리스의 점령 지역과 접경을 두고 있는 다른 촌구석들도 사정은 크게 다르지 않을 것이다.

그쪽들도 매일 밤이면 피를 찾아다니는 습격자들에 의해 겁에 질려 있을 것이고.

소속 그룹들의 지원도 크게 없을 것이다.

'같은 처지들끼리 협력 체계를 구축하면 좋겠지만 워낙에 소속이 다양하니…… 그래도 한번 시도는 해 보는 게 좋겠어.'

원래는 계약 기간인 일 년이 지나고 나면 지구로 돌아갈 생각이었다.

주택 융자금을 갚고, 남은 돈으로는 조그마한 주점을 사서 더는 시체를 보지 않아도 되는 땅에 정착할 계획으로 말이다.

그랬던 무스의 생각 바뀐 건 수백 주민들의 운명이 제 결정에 달렸음을 체감한 순간부터였다. 그렇지 않아도 그는 많은 이야기들을 들어 왔다.

이계에서 행해지는 일들은 엄격한 비밀로 관리되고 있으며 설사 그 일이 밝혀진다 할지라도 법적으로 처벌받지 않을 것이기 때문에, 이런 촌구석 같이 그룹의 안중에서 벗어난 지역에서는 점령 집단이 곧 법!

소문의 어떤 마을은 꼭 지구에서 들여온 문명이기(文明利器) 때문이 아니더라도 집권자의 현대적인 사고와 합리적인 체계에 의해서 빠르게 번성 중이라 했다.

또 소문의 다른 마을은 그 일이 지구에 알려지면 어떤 파장이 생길지, 각성자와 용병들을 향한 인류의 시선이 어떤 지탄으로 흉흉해질지 두려울 정도로 지옥 같이 추락했다 한다.

무스는 여기 촌구석에 들어온 이후로 부하들이 어떻게 변해 왔는지 두 눈으로 직접 봐 왔었다.

불순분자를 골라내 제거하는 것도. 얼굴이 반반한 계집을 넘어트리는 것도. 지시에 따르지 않는 자들에게 채찍질을 가하는 것도…….

더는 특별하거나 구태여 숨겨야 하는 일도 아니게 되었다.

그런데도 촌구석 주민들은 이전보다 나아진 삶이라 말한다.

그렇기 때문이었다.

무스는 더 잘해 보고 싶었다. 선량한 집정관은 아니어도, 적어도 이 촌구석 사람들의 삶을 개선시키는 집정관이 되고 싶어졌다.

그리고 그건 그렇게까지 어려운 일이 아닐 것 같았다.

어차피 이계에 머물면 머물수록 통장에는 은퇴 자금이 불어나 있을 일이기도 하고.

\* \* \*

무스가 옆 마을로 보낸 부하가 돌아오길 기다리고 있는 밤이었다.

무스는 장전한 글록을 무장한 것으로도 모자라서 M4를 챙겼다.

*탁 치고 잡아당기고 쏘라(Tap, rack, bang).*

그것은 M4 총구가 막혔을 때 탄피를 빼는 방법이었다. 그는 해군 교관이었던 당시에 훈련생들에게 가르쳐 온 내용을 상기할 정도로, 전투 중 최악의 상황까지 가정하고 있었다.

부하가 돌아올 시간이 한참을 넘은 것도 그렇지만 불길한 건 그뿐만이 아니었다.

밤이 되면 흡혈귀 때문에 마을 전체가 긴장 상태에 돌입한다. 그렇다 쳐도 마을 전체가 잠들어 버린 듯 소리 하나 나지 않았다.

차라리 흡혈귀가 출몰하는 밤에는 비명 소리라도 있었다.

이따금 나던 호각 소리는 진즉 멎었다. 부하들과 이어진 무전기들에서도 대답 하나 돌아오지 않았다.

무스는 고민도 하지 않고 스파이더 웹을 복용했다. 스파이더 웹이 왜 그런 이름으로 불리는지 알 수 있게 되었을 때.

피 냄새가 맡아졌다. 본인의 처소를 향해 오는 발걸음 소리도 들렸다.

알약의 효용에 탄복하는 감정에 빠져 버리기에는, 마을에 변고를 일으킨 뭔가가 본인을 향해 엄습해 오고 있었다. 무스는 엄폐물에 몸을 감추고 출입구를 향해 총구를 겨누었다.

알약을 복용했기 때문일까. 심장이 가슴벽을 때리는 느낌이 그 어느 때보다 선명했고 입안의 침은 빠르게 말라 갔다.

문이 삐걱거리며 열린 건 그 직후였다. 무스의 생각은 빨랐다.

'달고 들어온 피 냄새는 마을 사람과 내 부하들의 것이다.'

'침입자! 격발한다.'

그런데 무스의 집게손가락은 방아쇠에 걸쳐져 있는 채로 움직이지 않았다. 무스가 멈춘 것은 손가락뿐만이 아니라는 걸 눈치채기까지도 그리 오래 걸리지 않았다.

확장된 동공도 잠기지 않는다. 그는 어둠 속에서 침입자가 서 있는 모습을 응시하는 것 외에는, 할 수 있는 게 없었다.

어느 초자연적인 현상에 의해 온몸이 제압된 것이다!

무스는 그게 어떤 현상인지 들어서 알고 있는 게 있었다. 그는 이런 현상을 두고 각성자들이 속박이라 불렀던 것을 기억해 냈다.

무스는 침입자를 각성자라 확신하며 이를 갈아 말했다.

"왜 이런 짓을 벌이시오? 밝혀지지 않을 거라 생각하고 있다면 크게 실수한 거요. 세계 각성자 협회에서 오늘 여기에서 일어난 일을……."

"이 근방에는 각성자라는 것들이 하나도 보이질 않네. 걸어 다니는 거라곤 얼마 안 된 시체들뿐이야. 하나같이 오시리스에 힘에 이끌린 것들뿐."

실내의 불빛에 의해 그 모습이 드러날 상황이지만, 무슨 까닭에선지 침입자의 모습은 여전히 어둠에 가려져 있었다.

그때 어둠 바깥으로 빠져나온 건 긴 손톱이었다. 붉디붉은 손톱의 끝에선 핏방울이 뚝뚝 떨어지고 있었다. 무스는 최면술에 걸린 것처럼 그 광경에서 눈을 뗄 수가 없었다.

느릿하게 한 방울씩 뚝뚝. 하지만 정말로 최면술에 걸린 것은 아니어서, 무스의 시선은 다시 침입자를 쫓아 움직였다.

그때 침입자가 서 있는 자리에서 다시 음성이 흘러나왔다. 그것은 아름다운 여성의 음성이었다.

"오시리스가 정말 맞을까? 나는 그게 의문스러워."

"대체 무슨 말을……?"

"둠 맨이 오시리스를 소중히 여기고 있는 게 맞을까? 그렇지, 너도 이렇게만 물으면 안 되는구나. 오딘이 오시리스를 소중히 여기고 있다고 생각하니?"

무스는 무심결에 그 질문에 대한 답을 떠올렸다. 어디까지나 들어왔던 것에 의하면 오시리스는 오딘에게 소중하다, 라고 평가될 수 있는 각성자였다.

최종장에서 마리 쪽에 가담한 군주들.

그러니까 지금 협회의 이사진들은 전부 오딘의 최측근인 자들이었다.

"너도 다른 것들과 똑같은 이야기를 하는구나."

"……?"

"하지만 너도 오딘에 대해서라면 아는 게 없어."

무스는 침입자의 의도를 조금도 헤아릴 수 없었다. 그 정체 역시 마찬가지였다.

분명한 건 각성자들 중에서 오시리스와 오딘의 이름을 이렇게 함부로 언급할 수 있는 자는 없다는 거였다. 보이는 것이라고는 어느새 눈앞에서만 까닥거리고 있는 붉은 손톱이 다였다.

무스는 더 최악이라는 생각이 들었다. 각성자라면 어떻게든 대화를 나눠 볼 여지가 있지만 드라고린 종족이라면…….

'그런데 어떻게 우리 말을 이토록 자연스럽게 하는 거냐?'

어둠 속에서 들려오는 고운 음성은 결코 번역기의 그것이 아니었다.

"떨지 말렴. 마지막으로 두 가지만 물을 거란다. 오시리
스를 죽이면 오딘이 정말 슬퍼할까?"

"……."

"마리는 다음 차례야. 여기까지 왔는데 헛걸음할 순 없어."

"대, 대체 무슨 말을 하는 거냐!"

"마지막 질문이야."

"……."

"오딘의 혈족(血族)에 대해서 들은 적이 있니? 오딘과 같
은 피가 흐르는, 진짜 오딘의 혈족들을 말하는 거란다."

"……."

"그래그래. 또 어김없이 오딘의 제사장들만 언급하는구
나."

"큭."

물론 무스는 눈앞까지 닥친 죽음이 두려웠다.

하지만 이계에 머물면서 한결같이 들어 왔던 이야기가
있었다.

정체 모를 침입자는 죽음을 자초하고 있다. 침입자는 오
딘의 이름을 함부로 언급하는 것을 넘어서, 오딘에게 도전
할 목적인 것 같았다.

오늘은 자신이 죽겠지만 내일은 침입자가 저승길을 뒤따
라올 것이다.

"너희 인간 군단들은 정말이지 마음에 들지 않는구나. 정작 본인들이 무엇을 추종하는지도 모르면서 열성을 다한단 말이야. 그 저승길에 오시리스를 뒤따라 보내줄 테니 기다리고 있으렴."

해피 엔딩으로 끝나는 동화책을 읽어 주는 듯한 목소리.

그렇게 자애롭기만 한 목소리였지만, 그 목소리는 곧 무스의 숨통을 짓눌러 들어왔다.

무스는 질식해서 죽지 않았다. 그는 의식의 끝자락에서, 시작의 장 인도관들이 사람의 대가리를 터트려 죽였던 이야기가 문득 떠올랐다.

그게 본인이 맞이한 죽임이 되리라. 이제야 뭔가 제대로 시작할 수 있을 것 같았는데……!

\*　　　\*　　　\*

카사일라는 마을에서 무엇도 살려 두지 않았다.

마왕군의 잡병을 포함해 배덕(背德)한 그린우드 원주민들 역시 전부 죽었고, 그것들이 오시리스의 영향력에 의해서 언데드가 되어 몸을 일으켰을 때에는 그것들을 또다시 죽여 놓았다.

그녀의 몸을 감고 있던 어둠이 걷혔을 때.

비로소 그녀의 본모습이 드러났다.

손톱을 벌겋게 물들이고 있던 핏물도 그때 그녀의 몸 안으로 스며들었다.

귀가 뾰족했지만, 보통의 엘프들과는 달랐다. 뱀파이어처럼 핏기가 없는 피부에 두 눈의 저변에는 어느 살인마의 잔혹한 눈빛이 깃들어 있었다.

그건 그녀의 얼굴에 걸려 있는 평온한 표정과는 너무도 대조되는 것이었다.

그녀가 이동하려던 그때였다.

"너, 오시리스니? 그렇지 않아도 널 만나러 가는 길이었단다."

그녀가 혼자서 중얼거렸다.

저 멀리.

그녀를 지켜보고 있는 숨은 기척을 향해서였다.

뒤를 돌아볼 것도 없고 목소리를 키울 것도 없었다. 그렇게만 말해도 그녀의 목소리는 거기까지 닿기에 충분했다.


[ 오시리스 같은 하층 계급과 비교하진 말아 줄래요? 저 둠 루─네아는 여섯 번째 마왕이거든요?

(๑`∂´๑) 오시리스와는 격이 안 맞죠. ]

"글쎄. 루—네아. 둠의 호칭은 너보단 오시리스에게 어울릴 것 같은데. 정말 네가 마왕이라고? 그런데 왜 난 널 본 적도 들어 본 적도 없을까?"

[ 너무하시네요. 이래 봬도 정령계에서 제 악명은 엄청나다구욧! 그래도 참아 줄게요. 나 루—네아의 이름을 제대로 불러 줬으니까요. ]

"참지 않으면?"

[ 잘 알면서 왜 그러세요. 제가 왜 '둠'인지, 우리 전지전능한 주인님의 힘을 보여 드릴 수밖에요. 그럼 블랙 님이라고 해도 잃을 게 없진 않을 텐데요. 정말 그러길 원하세요? 아닐걸요. ]

카사일라가 직접 육안으로 확인해 본 결과, 눈앞에 문자를 띄어 올리는 것은 작은 정신체였다.

간신히 분열이 중단된 작은 정신체가 날개를 파닥거리고 있었다.

"둠 맨이 보냈니? 왜, 본인이 직접 오지 않고?"

[ 둠 맨…… 아. 그 치사하고 더러운 놈은 말도 꺼내지 마세요. 그 이름만 들어도 치가 떨려 죽겠으니까요. 인사가 늦었네요. 정식으로 인사드리겠습니다. 저는 둠! 루ー네아 입니다. 더 그레이트 블랙 님. ]

"내가 누군지 알면서 접근하다니, 너 정말 간이 배 밖으로 나왔구나?"

[ 더 그레이트 블랙 님께서 활동하던 당시와는 많은 게 바뀌었어요. ]

"넌 그때 있지도 않았잖니?"

[ 계속 과소평가 하실 거예욧? 그러다가 혼쭐나고 말걸요? 헷. ]

카사일라는 귀찮은 상대가 나타났다고 생각했다.

당장 죽여 버리고 싶지만, 상대는 언제든 도주할 수 있는 준비가 끝나 있었다.

무엇보다 그녀에겐 저 날파리 같은 것을 죽이는 것보다도 더 중요한 목적이 있었다.

그녀가 물었다.

"그래서 날 찾은 까닭은 뭐니?"

[ 왜 그런 말이 있잖아요. 적의 적은 친구다. 우린 친구가 될 수 있을 것 같아요. ]

"그렇지 않은 경우를 많이 봤단다. 루—네아."

[ 그렇게 생각한다면 어쩔 수 없구요. 죽음을 코앞에 두고 나면 지금 이 순간을 떠올리며 후회가 들겠죠. 그럼 여기서 기다리고 계세요. 바라시는 대로 둠 맨을 불러올게요. 아 참! 다신 못 볼 테니 미리 마지막 인사를 해 둘게요. 잘 죽으세요. ]

[ '이거 완전 바보 인격 아냐? 살려 준다는 데도 못 알아 처먹네…… 둠 맨이 얼마나 강한지도 모르면서.' 앗! 죄송합니다. 속으로만 생각한다는 게 그만. 아직도 익숙지 않아서 실수를 범했습니다. 잊어 주시겠어요? ]

카사일라의 실없이 웃었다.

그러나 가늘어진 눈초리에선 슬슬 짜증이 묻어 나오기 시작했다.

"둠 맨이 그렇게 강하니?"

[ 말도 마세요. 더럽게 강해요. 더 그레이트 블랙 님도 본체를 꺼내야만 간신히 상대할 수 있을 걸요? 그건 또 싫잖아요? 그리고 어디까지나 상대할 수 있다는 것이지, 이길 수 있다는 건 아녜요. 제가 보기엔 님의 패배가 확실하답니다. 죽는 거죠~~٩(๑^o^๑)۶ ]

"보아하니 들어온 지 얼마 되지도 않은 것 같은데, 잘 알고 있구나?"

[ 또 또. 과소평가 하신다. ]

"둠 맨이 날 두려워하고 있는 게 아니고?"

[ 무슨 말이에요? ]

"나를 피하기 위해 너를 보낸 게 아닌가 해서 말이야."

[ 님은 저를 과소평가 하듯, 스스로는 과대평가를 하는 기질이 있어요. 그 버릇 고치지 않으면 정말 큰일 나시겠는걸요? 쯧쯧. 확실히 말해 두겠는데 둠 맨은 님의 존재 조차도 몰라요. 관심 밖이거든요. 뭐, 오시리스를 죽이면 관심을 받을 수는 있겠네요. 그것도 오시리스를 죽이는 데 성공 한다는 가. 정. 하. 에.]

"……."

[ 있잖아요. 오시리스를 죽이려면 본체를 꺼내야만 할 거예요. 오시리스는 죽음의 서 1권과 2권을 다 가지고 있거든요. 그것도 평상시에는 아공간의 보호 아래 숨겨 두고 있죠.]

"그렇다고 당장 오시리스가 언데드 엠퍼러가 된 것은 아니란다. 넌 언데드 엠퍼러가 뭔지 모르겠구나."

[ 또 또. 그 정도는 기본이거든요? ]

"본체를 꺼내지 않아도 승산이 있어 보이는데, 왜 넌 다르게 생각하니?"

［딱하게도, 님은 오시리스가 뭘 가지고 있는지 모르시잖아요. 님이 오시리스를 공격했다간 정체만 발각되고 추적을 받게 될 거예요. 그리고 둠 맨과 맞닥트리겠죠. 저 루―네아가 일러바칠 거거든요.］

［어떤 시나리오든 님의 죽음으로 치닫고 있다는 걸, 왜 모르세요? 정말 그 인격, 바보로 형성 된 건 아니죠? 바보를 상대하고 있는 거라면 정말 입만 아픈 건데…….］

"오시리스가 뭘 가지고 있는데?"

［둠 맨의 제사장들은 두 명만 빼고 다 그걸 가지고 있어요. 웃기지 않나요? 정작 그 물건을 만들어 준 건, 님들의 올드 원이라구요. 저 루―네아의 말이 믿기지 않으면 한번 시험해 보세요. 그러고 혼쭐 나 보세요.］

"그런 이야기들을 왜 다 들려주는 거니?"

［보세요. 전 아직 다 낫지도 못했어요. 누가 이랬겠어요? 주인님의 총애를 받고 있겠다, 둠 엔테과스토 님께 대적할 만큼 강해졌겠다, 게다가 이제 죽음의 서 마

지막 권만 습득하면 언데드 진영을 부활시켜 휘하에 두는 것도 가능해져 버린 거죠. 게다가 인간 군단은 또 얼마나 강한데요? 그러니 눈에 선하지 않아요? 둠 맨이 얼마나 기고만장할지? ]

"둠 맨이 둠 엔테과스토를 대적했구나……."

[ 님들이 겁먹고 도망쳐 버린 분을 상대로요. 아…… 말하면 안 되는 거였나? 죄송합니다. 작전상 후퇴로 정정 할게요. ]

그때 처음으로 카사일라의 얼굴이 일그러졌다.

[ 아니 왜 그러세요. 너무 오래된 이야기잖아요. 잊자구요. 헷. 중요한 건 지금 아녜요? 둠 맨은 둠 엔테과스토 님을 대적했답니다.]

둠 루네아, 이 작은 마왕의 이야기는 하나 틀린 게 없었다.

그것이 들려준 이야기들이 모두 사실일 리는 없겠지만 적어도 옛 전장에서 있었던 일만큼은 거짓이 아니었다.

당시의 두려움은 영혼 전체에 스며들 만큼 혹독했고, 결과는 참혹했었다.

닥쳐라, 라는 말이 카사일라의 목구멍 언저리까지 치밀어 올랐다.

그러나 차마 내뱉지 못하게도 말을 꺼내기 앞서 본체가 꿈틀거리는 느낌이 강했다. 영혼 저 밑바닥 깊은 곳. 거기에 잠들어 있는 그것이 과거의 치욕에 반응하고 있었다.

*　　　*　　　*

[ (๑′ㅅ`๑)…… 정말…… 무서워서 무슨 말을 못하겠네. 그렇게 스스로를 다스리지 못해서야, 뭘 믿고 같이 일을 도모할 수 있겠어요? 그렇게 위태로운 모습을 다시 보였다간, 저 루ㅡ네아는 정말로 둠 맨을 불러오는 수밖에 없어요. 알아 두셨으면 해요. ]

"과소평가했던 걸 사과해야겠구나. 위험했어. 널 죽일뻔했단다."

카사일라는 본체가 터져 나오려는 것을 간신히 짓눌렀다.

"그래, 말해 보렴. 나와 어떤 일을 도모하고 싶니?"

[ 더 그레이트 레드 님의 마지막 혈족을 숨겨 둔 게 님이시죠? ]

카사일라는 그 물음에 대해서만큼은 답하지 않았다.

[ 모른 체하지 마시구요. 둠 맨이 계속 찾고 있거든요. 좋아요. 아무 말 안 해도 좋은데, 대신 둠 맨이 절대 찾지 못하도록 꼭꼭 숨겨 둬야 할 거예요. 저 루―네아도 더 그레이트 레드가 지금 당장 깨어나는 건 원치 않는 일이니까요. ]

[ 그리고 둠 맨의 소중한 것을 죽여 나간들, 둠 맨은 눈 하나 깜짝하지 않을 거예요. 둠 맨은 아주 지독한 독종이거든요. 둠 맨이 겁먹고 멈출 거라 생각했다면 님은 둠 맨에 대해서 하나도 모르는 거예요. 원체 아는 게 없기도 하겠지만…… 그래서 님에게는 저 둠 루―네아의 도움이 필요한 거춋! ]

"너희들은 반목이 참 심하네. 좋은 정보 들려줘서 고마워. 보답으로 널 죽여야 할 순간이 오면 고통 없이 보내 줄게."

[ 그렇다고 즐거워할 것은 없어요. 피차일반 아니겠어요? 그쪽들이나 우리들이나. ]

"내 생각은 조금 다르단다. 그런데 둠 맨도 소중한 것을 잃다 보면 남아 있는 것들이 더 소중해지지 않겠니?"

[ 에휴. 지금까지 뭘 들으셨어요. 아직도 실감이 안 되시나 본데요. 둠 맨이 얼마나 영악하기까지 한데요? 님이 숨겨 둔 보물만 찾아 헤맬 것 같나요? 천만에요. 죽음의 서 마지막 권도 찾고, 님이 숨겨 둔 보물도 찾고, 신마대전의 옛 유물도 찾고. 그러다 마탑이 보이면 마탑도 부수고. 둠 맨은 지금 이 순간에도 조금씩 조금씩 강해지고 있어요. ]

[ 그게 끝이면 님을 찾아오지도 않았어요. 말씀 드렸죠? 둠 맨의 인간 군단은 둠 맨만큼이나 탐욕스럽기 짝이 없는 것들이거든요? 그린우드 대륙만의 일이라고 외면하지 마시구요. 알면서도 모른 체하고 있겠지만, 님들은 화를 자초하고 있거든요. ]

"슬슬 지루해지려고 하는데 본론으로 들어가 주지 않으련?"

[ 저 루—네아가 판을 짜겠습니다! 믿지 못하겠으면 님이 정한 곳으로 둠 맨을 유인하겠어요. 어떤 식으로든 좋아요. 확실히 준비만 해 주신다면요. ]

"계속해 보렴."

[ 다시 말씀드릴게요. 님 혼자서는 둠 맨을 대적할 수 없어요. 최소한 님 같은 분이 한 분 더 계셔야 할 거예요. 좀 더 확실하게 하고 싶다 하시다면, 엘슬란드 여왕하고는 좀 친하신가요? ]

"그건 왜?"

[ 엘슬란드 여왕이 님의 혈족들을 모으고 있거든요. 보탬이 될 거예요. 그 여왕도 어지간히 이기적이라서 말을 들을지 안 들을지 모르겠지만, 그건 님 능력에 달린 거겠죠. ]
[ 이 얼마나 좋은 기회예요? 님들은 이번 한 방에 전세를 가져올 수 있어요! 줘도 못 먹으면 바보. ]

"우리 손을 빌려 정적(政敵)을 치우길 바라는 것 같은데, 점점 불편해지려 하네."

[ 그렇게 받아들이지 말구요. 님들도 좋고, 저 둠 루
―네아도 좋고. 서로 나쁠 게 없잖아요. 저는 보기보
다 야망이 있답니다. 헤헤헤. ]

"네 얘기를 하는 게 아니란다. 둠 엔테과스토를……."

그토록 오랜 세월이 지났건만. 그리고 하위 군주에게 도전을 받을 만큼 힘을 잃어버렸을 둠 엔테과스토건만.

카사일라는 둠 엔테과스토의 이름을 입에 담은 후로 또다시 떨림을 느꼈다.

하기사 둠 맨이 그토록 강하게 치고 올라오고 있다면 가만히 두고 보고 있을 둠 엔테과스토가 아니었다. 본인의 강력한 수족이었던 언데드 엠퍼러조차도 갈가리 찢어 버렸던 게 둠 엔테과스토 아니었던가?

카사일라는 생각했다.

'둠 엔테과스토의 뜻대로 움직인다는 게 마음에 들지 않지만 나쁘지 않은 제안이다. 제이둔은 아직 깨어나선 안 돼.'

이것이 함정일 경우만 경계한다면 감행해 볼 가치가 있

다고 판단되었다.


[ 오해는 자유이긴 한데, 알아 두시라고요. 둠 엔테 과스토 님과는 아무런 관계 없는 일이거든욧? ]

"그래그래. 그런데 한 가지 염려되는 게 있단다."


[ 말씀해 보세요. ]


"마신의 시선을 피할 자신이 있니?"


[ 그걸 님이 왜 걱정할까요. 님 앞가림이나 잘했으면…… 아니, 보세요. 지금 저를 뭐라고 생각하세요? ]


불현듯 카사일라는 작은 마왕, 루네아를 오시리스라 오인했었던 진짜 이유를 깨달았다.

작은 마왕에게서 맡아지는 죽음의 냄새는 비단 인근 지역에 스며들어 있던 오시리스의 영향력 때문만이 아니었다.

애초부터 작은 마왕은 죽음의 냄새를 달고 나타났던 것이다.

둠 엔테과스토의 끔찍한 냄새를.

둠 엔테과스토가 마신의 시선을 막아 주고 있었다. 어떤 저의로든지 간에.

"마지막으로 걸리는 게 있구나."

[ 네, 말씀하세요. ]

"우리만 피를 흘리는 게, 수지가 맞지 않는단다. 둠 맨을 공격할 때 너와 네 일족의 조력이 보태진다면 더 완벽하지 않겠니? 네가 바라는 게 정녕 둠 맨의 죽음이라면 말이야."

[ 하나만 알고 둘은 모르시네요. 저 루─네아는 지금 목숨을 걸고 있어요. 우리 주인님이나 둠 맨에게 걸리면 아주 뼈도 못 추리는 거예요. 실제로 뼈가 있는 건 아니지만…… 말이 그렇다고요. 그리고 저는 중요하게 할 일이 하나 더 있어요. ]

"뭔데?"

[ 둠 맨을 처치하는 데 제일 중요한 일이라는 것까지만 말씀드릴게요. 피는 님만 흘리는 게 아니니까, 수지

니 뭐니 그런 격 떨어지는 말씀은 이제 그만 하실게요.
어쩌실래요? 손 잡으실래요? ]


"너희들은 정말로 둠 맨을 의식하고 있구나? 좋아. 받아
들이마."
카사일라는 마저 뱉었다.
"여섯 번째 마왕, 둠 루―네아. 나 더 그레이트 블랙, 카
사일라는 당신의 협정을 받아들이겠습니다. 둠 맨의 죽음
까지."


[ 엣헴. 저 둠 루―네아도 더 그레이트 블랙, 카사일
라 님과의 협정을 이행할 것입니다. 둠 맨의 죽음까지. ]


[ 이제부터 우린 한 편인 거예요. 참고로 말씀드리는
데, 뒤통수 치려는 낌새가 보이면 둠 맨을 보내 줄 거예
요. 그때가 되면 저 루―네아가 왜 이렇게까지 경고하
는지, 절실히 깨닫게 될 겁니당~~! ]


"둠 맨을 그렇게 두려워하면서 잘도 수작을 부리는구나?
나야 나쁘진 않지만."

[ 무서우니까 눈 앞에서 치워 버려야죠. 저 루ー네 아는 누구처럼 도망가지 않아요. ]

카사일라는 순간 굳어진 얼굴로 말했다.
"엔테과스토에게…… 전하렴. 언제가 되었든, 제이둔의 심장은 내가 직접 찾으러 갈 거라고."

[ 아니, 대체 알고 있는 게 뭔지…… 왜 지금 둠 엔테과스토님이 또 거론되는지는 모르겠네요. 더 그레이트 레드 님의 심장 반쪽은 둠 맨에게 있어요. ]

[ 이제 둠 맨을 죽이고 싶은 마음이 더 확실해졌나요? 심장을 찾아서 더 그레이트 레드 님에게 돌려주면, 님은 아마 용서받을 수 있을 거예요. 이렇게 복수를 대행하려 하지 않아도 그것만으로도 충분한 업적이죠. 진심으로 그날이 오길 응원하고 있어요. ]

[ 결론! 그날이 오려면 가장 중요한 건 뭐다? 둠 맨을 두려워해야 한다는 겁니다. 도중에서 죽어서는 말짱 꽝이잖아요. ]

"……"

[ 둠 맨은 아주 아주 강하고 무섭거든요. ٻ( ˋωˊ)ٻ ]

\*　　　\*　　　\*

"지역 고서와 이를 탐구해 줄 사제들이 더 필요하오. 지금 규모가 작다는 게 아니오. 당신이 원하는 만큼 속도를 진척시키기 위해선……."

따라붙고 있던 목소리가 멎었다. 전방에서 우리를 기다리고 있던 건 훼손된 시체들이었다.

찢기고 뜯어먹혔다. 얼핏 보면 산짐승의 습격을 받은 것 같다. 그러나 내가 보기에도 시체에 남겨진 흔적들은 데클란을 지목하고 있었다.

의도적으로 사지를 찢어 버린 것 하며, 뼈를 부쉬 버릴 수 있을 정도로 강력한 아귀힘을 지닌 짐승은 이 근방에서 데클란밖에 없기 때문이었다.

탐사대원들은 횃불을 들고 주변으로 흩어졌다. 데클란의 흔적을 쫓기보다는 시체들이 저승까지 들고 가지 못한 짐들을 수거하기 위해서였다.

사제단은 죽은 넋을 기리기 시작했고, 검사들은 사방을 예의주시하며 혹 모를 데클란의 습격에 대비하기 시작했다.

"알겠지만 수익 배분은 5 대 5요."

나와 나란히 걸어왔던 이자는 탐사대장, '이포'라는 자였다.

본인이 마나를 다룰 수 있기 때문인지, 그는 조력자를 따로 고용하지 않았다. 그런 건 상관없는 일이었다. 실력만 뛰어나다면야.

그가 시체들의 짐에서 장신구가 수거되는 광경을 주시하며 마저 덧붙였다.

"당신 몫은 걱정하지 마시오. 수거되는 대로 대조할 수 있게끔 장부를 만들어 보여 주겠소. 물론 당신이 원하는 경우에."

시체들의 의복은 찢어지고 피에 물들어 원래 모습을 알아보기 힘들었다.

하지만 시체들의 신분이 예사 인물이 아니라는 것은 구태여 의복이 아니라, 널브러진 짐들만 봐도 알 수 있는 일이었다.

벌써부터 이포가 계약 내용을 언급하고 나온 건 그 때문이다.

그때 대원 한 명이 깃발을 가져와 우리 앞에 펼쳤다. 깃대 없이 천 쪼가리만 피에 젖어 있는 것이었는데, 거기에 박혀 있는 건 나도 아는 문장이었다.

큰 사각의 틀 안.

세로로 구역을 나눠서 좌측에는 바리엔 제국의 문장이 박혀 있고 우측에는 옛 엠퍼러 바리엔이 그의 제후에게 하사한 문장이 박혀 있다.

그중에서 우측 영역 상단부에 은색 별이 배치되어 있다는 것은 시체들이 제후국 왕실의 사람들이라는 뜻이었다.

그린우드 종(種)들이 문장을 사용하는 전형적인 방식.

탐사대로서는 뜻하지 않은 횡재였으나 정작 이포의 표정은 밝지 않았다.

"젠장."

이포의 얼굴이 구겨졌다.

왜 모를까.

시체들은 죽은 지 하루도 지나지 않아 보였고, 왕가의 사람들을 보호해야 할 기사들의 시체는 기껏해야 두 구 정도가 다였다.

본래 이들 무리는 더 많았을 것이다. 무엇이 이들을 이토록 내몰았을까. 무엇이 이들을 데클란이 출몰하는 지역으로 도망칠 수밖에 없게끔 만들었을까.

이포의 어두워진 표정이 그 대답이었다.

그는 시체들이 도망쳐 왔을 방향으로 시선을 가져가고 있었다.

남쪽 방향.

"마왕군이 지척에 있을 거요. 바리엔 제국이 침략을 받고 있는 것은 알았지만 이 정도일 줄이야."

당신은 알고 있었소?

그가 그런 물음이 담긴 눈빛으로 나를 쳐다보았다.

"마왕군이 두렵나?"

"탐사를 다시 생각해 봐야겠소. 끝까지 들어 보시오. 당신이 강할 거라는 건 알고 있소. 큰 부를 쥐고 있다는 것도 알겠소. 하지만 지척까지 마왕군이 도달했다는 걸 명심하시오.

당신이 아무리 강한들 그자들을 상대할 수는 없소. 당신이 아무리 많은 금을 가지고 있어도 그자들을 회유할 수는 없소.

보시오, 우리는 충분할 만큼의 고서를 확보하지 못했소. 장담하건대 탐사 속도는 이보다 나아질 수 없소. 그럼에도 탐사를 감행한다 쳐 봅시다. 여기 어딘가에 당신의 직감대로 대(大)유적이 있다고도 가정해 봅시다.

우리가 유적을 찾는 속도가 빠르겠소? 아니면 마왕군에게 발각되는 속도가 빠르겠소?"

"마왕군을 두려워할 것 없다, 이포. 나는 너희들이 마왕군이라 부르는 그들 중에서도 높은 직위에 있는 몸이다."

나는 그에게만 속삭였다.

그의 두 눈에서 소스라치게 놀란 감정이 터져 나온 건 그 직후였다.

"왜, 지금까지 내가 무엇이라고 생각했었나?"

*    *    *

이포의 한 손은 반사적으로 본인의 검에 향해 있었다. 그의 동공은 온갖 계산들로 파르르 떨렸다.

곧 그가 검에서 손을 뗐다.

내가 쥐고 있던 주먹을 펴 보인 곳에서 공간이 일러지는 광경을 목격했기 때문이었다. 일그러진 공간은 마치 밤하늘을 원형의 형태로 뚝 떼어 낸 것처럼 보여서 외부와 구분 짓기에 충분했다.

그렇게 순간 응집됐던 압력이 흩어지면서 주변 공간은 아무 일도 없었던 것처럼 원래의 것으로 돌아갔다. 이포는 평범한 허공에 불과해진 거기에서 한참 동안 시선을 떼지 못했다.

"너희들을 마왕군으로부터 보호해 주마. 약속했던 대가도 주지. 데클란은 우리를 습격해 오지도 못할 것이다. 지금 이대로, 탐사에만 전념해 줬으면 하는군."

"……약속해…… 줄 수 있소?"

뭘 묻는지 알 것 같았다.

탐사가 끝난 후에도 본인의 목숨을 보장해 줄 수 있냐는 것이다.

목숨뿐이랴. 엔테과스토와 제이둔의 마지막 전투가 있었던 그런 유적을 또 발굴할 수만 있다면 더한 것도 줄 수 있다.

어쨌거나 이포에게 내 신분을 밝힌 까닭은 일회성으로 소모시킬 마음이 없기 때문이었다. 여러 조건이 맞아떨어졌다.

연희에게 주문하지 않아도 그는 내 쪽으로 전향하기에 충분한 처지였다. 아트레우스 왕국을 향한 복수심으로 이를 갈고 있을 처지.

그가 유명한 탐험가에서 검을 팔아먹는 신세로 추락한 사연은 탐험가들 사이에서 반면교사(反面教師)로 삼게 된 교본이자, 일반 그린우드 종들에게는 술안주가 되어 버린 일이었다.

"오뇌르라는 자를 아는가?"

내가 물었다.

"용병왕을 말씀하시는 것이라면…… 누가 그를 모르겠…… 소."

그는 주변의 눈치를 살피며 소리를 죽였다.

"그자가 잇고 있는 검맥은 섬전(閃電) 같이 빠르더군. 마나를 받아들이는 창구 역시 명성에 걸맞고."

왜 지금 오뇌르를 언급하고 있는지는 눈치채지 못한 것 같았다.

"성과를 낸다면 그걸 줄 수도 있다."

어떻게 그런 것이 가능한지는 중요한 게 아닐 것이다.

이포는 숨을 죽였다.

그는 락리마 교단의 사제들이 시체에 축성을 걸고 있는 광경과 그가 직접 모집한 옛 대원들이 돌아다니고 있는 광경을 한눈에 담으며 말이 없어졌다.

어느 사악한 뱀의 혀 놀림이라는 생각도 들겠지. 하지만 내가 이 녀석에게 제시한 건 다시 태어나도 얻기 힘든 기회였다.

"그럼 생각해 보도록."

"잠, 잠깐. 오늘 밤은…… 여기에서 야영……을 하겠소."

"얼마든지. 책임자는 여전히 너다, 이포. 달라지는 것은 없지."

나는 그렇게만 내뱉은 후에 이포가 돌아가는 광경을 지켜보았다.

그는 눈에 띄게 무거워져 있었다. 하지만 누구도 그를 특별나게 쳐다보지 않았다.

도망치다가 이 자리에서 죽음을 맞이한 왕가의 사람들.

그 시체들이 들려주는 이야기는, 비단 이포뿐만이 아니더라도 모두를 무겁게 만들고 있었다.

값나가는 금붙이와 보석들이 궤짝을 채워 나가고는 있어도 그것 역시 살아서 가지고 나갈 수 있어야만 의미가 있는 것이었다.

산짐승의 울음소리만 멀찍이 들려오는 밤이다. 정작 데클란의 울음소리는 섞여 있지 않았다. 그것들은 날 피해 모조리 도망쳤다.

만년지주와 함께하고 있었다면 그것이 까 놓은 새끼들이 지하를 파고 돌아다니는 울림이 있었겠지만, 그 또한 없었다.

만년지주는 연희 편에 조나단에게 보내 줬다. 조나단을 특정해서 시작되는 공격들이 있는 이상 나보다는 조나단에게 더 활용도가 높았다.

때문에 산짐승들이 울어 대는 소리는 여느 밤보다 더 크게 들렸다.

그것마저도 그쳐 버린 시각이었다.

잡것의 메시지가 집중을 깨며 등장했다.

[ 안녕하시옵니까. 소인 루네아 이옵니다요. 그간 평안 하셨는지요. 소인 루네아, 각방으로 알아보고 있사오나 드라고린 레드의 흔적은 아직 이옵니다. 하오나 걱정 마셔요. 소인 루네아가 열성을 다하고 있으니 조만간 좋은 소식이 있을 것이옵니다. ]

[ 다름이 아니오라 긴히 드릴 말씀이 있사옵니다요. 헤헤. 둠 엔테과스토 님께서도 죽음의 서 마지막 권이 오시리스에게 들어가는 것을 원치 않으실 것입니다. 둠 엔테과스토 님의 지시를 받은 것들과 뱀파이어 군단이 충돌을 일으킬지도 모르니, 미리 알아 주십사, 이렇게 무례를 무릅쓸 수밖에 없었사옵니다요. 헷. 소인 루네아는 언제나 둠 맨 님 편이란 걸 알아주셔요. 그럼 물러가겠사옵니다.]

[ 존경과 사랑을 담아서, (°ᾢ°)ɔ~♡ 둠 맨 님께. ]

이 새끼가 하는 말은 하나도 믿을 게 없다. 받아들일 건 받아들이고 버릴 건 버려야 한다.

근방에는 마탑도, 데클란도 없었다. 집중을 재개하려던 그때.

저 멀리 밤하늘에서였다. 드론 하나가 포착됐다. 야시경 대물렌즈의 붉은 점등이 거기에 박혀 있었다. 드론이 이쪽으로 날아오고 있다는 것은 각성자 그룹이 탐사대를 발견하기까지, 얼마 남지 않았다는 뜻이다.

＊　　＊　　＊

"발견하는 것 족족 비어 있는 것투성이군. 어떻게 된 거냐. 여기 어떤 굴에 데클란이 있다는 거지?"

"다른 놈들이 쓸고 간 것은 아닙니다. 모종의 이유로 데클란들이 거주 지역을 옮긴 것 같습니다."

"그러니까 그 모종의 이유가 뭐냐는 거다. 지금까지 몇 개나 구했지?"

"마석은 F 등급 19개, D 등급 4개입니다. 드랍 아이템은 F 등급 5개입니다. 일당이나 간신히 치를 수준밖에 되지 않습니다."

"계속 쫓아. 설령 군단 단위와 맞닥뜨려도 그 정도 규모면 칼리버가 관심을 보일 것이다. 말만 잘하면 손 안 대고 코를 풀 수 있을지도 모르지."

"우리 중에는 한국인이 없습니다, 공대장님. 섣불리 접근했다간…… 좆 됩니다."

"그게 또 문제군. 이제 와서 한국어를 배워야 하는 건가."

"마리도 참전했습니다. 그들의 이너 서클로 들어가시려면 한국어를 배우시는 게 맞습니다. 한국어를 습득하시면, 최소한 칼리버의 호감을 얻기는 쉬우실 것입니다."

"마리라니. 생각도 하기 싫군."

"전 오시리스의 치하에 있었습니다."

"오시리스는 진영 전면에 나서는 일이 별로 없었다고 들었는데?"

"그건 마리 쪽 진영도 같지 않습니까."

"우리는 죽음을 강요받아 왔었다. 너와 나, 누가 더 최악의 세월을 보내왔는지는 생존자 수만 봐도 알 수 있는 일이다. 악녀는 최종장에서 죽었어야 했어. 그분이 나타나지만 않으셨어도⋯⋯그렇게 될 수 있었지, 망할."

"괜한 이야기를 꺼내서 죄송합니다. 아, 새로운 흔적이 발견되었습니다⋯⋯ 야영지입니다. 아트레우스 접경 지역에서 넘어온 것 같은데, 문장은 발견되지 않습니다."

"그럼 피난민들이거나 탐사대란 족속들이겠군. 여기가 어딘 줄 알고. 좀 더 확대해 봐⋯⋯ 탐사대군. 사제들 보이지? 탐사대들은 사제들을 데리고 다닌다더군."

"어떻게 할까요? 칩니까?"

"혹시 아나. 성(聖) 카시안의 기록물을 지참하고 있을지."

"규모가 작진 않아 보입니다."

"한 방에 만회해 보자고."

"포로는 얼마나 확보할까요?"

"다음 진입까지 삼 일도 남지 않았다. 정비 시간 안 가질 건가?"

"그럼 사제와 탐사대장 한 명씩만 남기도록 하겠습니다. 신속히 처리하고 데클란을 추적하겠습니다."

"내가 필요한가?"

"잔몹들입니다, 공대장님."

"진행해."

"옛!"


먼 거리에서 포착된 대화가 끝날 즈음.

이포는 도무지 잠을 청할 수 없었던 것인지, 불침번들 속에서 잡담을 나누고 있었다. 웃기지도 않는 이야기를 하면서 억지로 웃음을 만들려고 노력하는 중이었다. 하지만 그럴수록 그를 감싸고 있는 분위기는 수렁으로 빠져들고 있었다.

그를 불러서 말했다.

"그들이 오고 있다. 불침번들을 빼 두는 게 좋을 거다."

이포나 불침번들의 수준으로는 밤하늘에 박혀 있는 드론을 발견하는 것은 물론이고, 한 개 공격대 규모의 각성자들이 이쪽으로 빠르게 달려오는 소리도 들을 수는 없었다.

이포는 순간 심각해진 눈으로 주위를 둘러보더니 급히 자리에서 일어났다.

그가 행동에 옮기기 전에 물었다. 꽤 공손하게 바뀐 어투로.

"당신…… 의 신분이 대원들에게 알려져도 괜찮겠습니까?"

"그것들도 이제. 누구를 위해 일하고 있는지 알아야겠지."

"사제들은…… 죽이실 생각이십니까?"

"그건 그것들이 하기에 달린 것이다. 네가 오지랖을 부려도 상관없다. 탐험자가 너만 있는 건 아니니. 송장 치우고 싶지 않으면 서두르는 게 좋을 거다."

이포는 불침번들을 뒤로 이동시켰다. 불침번들은 이포의 심각해진 어조에 어떤 의문을 뱉지 않고 시키는 대로만 했다.

그들은 다만 조용히 검을 빼 들 뿐이었다. 과연 각성자들이 올라오는 속도는 빨랐다. 얼마 지나지 않아 수풀 사이에서 이쪽을 주시하는 붉은 눈알들이 나타났다.

잔몹들을 숱하게 처리해 온 도륙자의 눈알들.

마흔여섯 개. 모두 스물세 명.

야영지를 사방에서 포위하며 이쪽 구조를 다시금 살피고 있었다.

이포가 그중 하나를 발견하고 말았던 것일까. 그의 목소리가 뒤에서 흘러나왔다.

"……저희들을 보호해 주십시오, 나리. 무엇이든 시키는 대로 하겠습니다."

그도 마나를 다룰 줄 아는 검사이긴 했으나, 사냥을 앞둔 도륙자들 앞에선 초식 동물과 다를 바 없이 변해 있었다.

"보, 보호해 주십시오. 나리."

불침번들도 이포를 무작정 따라 했다.


나는 후드를 걷으며 고개를 틀었다. 그쪽 방향으로 플래티넘 중간 구간의 각성자가 이쪽을 예의 주시하고 있었다.

용병은 따로 없이 각성자로만 채워진 무리였다. 나와 눈이 마주친 녀석이 당장 지휘권을 가지고 있는 녀석이었다.

녀석을 특정해 손짓했을 때.

녀석뿐만 아니라 각성자들 전부가 수풀 속에서 몸을 일으키며 나왔다. 상황이 흥미롭게 전개된다는 반응들이 대다수였다.

그러나 내 얼굴을 한 번이라도 본 적이 있었던 녀석들 같은 경우엔 날 보자마자 굳어져 있었다. 마치 자신의 영혼을 응시하듯 얼이 나간 채로, 눈 한 번 깜박이는 게 없었다.

그 녀석들을 이끌고 있는 리더 급도 그중 한 명이었다.

날 알아보지 못한 것들도 사태를 파악하기 시작했다. 녀석들은 내 머리 색을 봤고 내 눈알 색을 봤다. 그리고 얼굴을 뜯어보았다.

그것들이 들어 왔을, 오딘의 인상과 대조하는 눈빛들이 스쳐 댔다.

녀석들에게 내가 오딘이라고 가르쳐 줄 목소리는 아직까지 나오지 않고 있었다. 다시 한번 리더 급인 녀석을 가리켜 보이고 나서였다.

녀석의 중심이 급격히 무너졌다. 내 어떤 힘에 의한 건 아니었다.

녀석이 한 무릎을 땅에 박으며 고개를 숙였다.

"오, 오, 오……."

그때 녀석이 떨면서 터트린 목소리에 더불어, 연달아 터져 버린 목소리들은 잠들어 있는 모두를 깨우기에 충분했다.

"오딘을 뵙습니다!"

"오딘을 뵙습니다!"

"오딘을 뵙습니다!"

대원들과 검사들 그리고 사제들이 천막을 걷고 나왔다. 천막을 배정받지 못한 일반 일꾼들은 잠에 깬 대로 눈알만 굴리고 있었다.

리더 급인 녀석은 내가 고개를 까닥인 저의를 빠르게 깨달았다.

사사삿—!

녀석의 눈빛을 받은 각성자 셋이 사제들에게 날아들고 나머지 녀석들은 일제히 주위로 퍼졌다.

공포가 내려앉는 속도는 빨랐다. 물론 그것은 눈에 보이거나 무게가 실려 있는 진짜 물질 같은 것은 결코 아니다.

하지만 반평생 검 밥을 먹어 왔다 자부하는 검사들조차도 섣불리 검을 꺼내 들지 못하게 만들고, 이런 상황에 단련이 되지 않은 자들에게는 간질증 같은 떨림을 선사할 수 있었다.

탐사대에 속해 있는 자들은 이 공포스러운 무대의 주인공이 나라는 걸 모를 수가 없었다.

그들은 자신도 모르게 나를 쳐다봤다가 눈이 마주치면 피해 버리기 일쑤였다.

내가 물었다.

"칼리버가 가까운 지역에 있는 것 같은데?"

"예."

"내가 부른다 전해라."

지시가 떨어지자마자 각성자 한 명이 어둠 속으로 사라졌다.

다시 물었다.

"이 근방은 너희들의 점령 지역인가?"

"다섯…… 다섯 그룹의 지분이 얽혀 있습니다."

"그룹의 장들에게도 이 근방에는 얼씬도 하지 말라고 전해 두는 게 좋겠군. 사용비를 따로 지급하지."

"아…… 옛."

"지역 고서들을 다 긁어 오거라. 개중에 성(聖) 카시안의 기록물이 발견되거든 협회로 보내지 말고, 거기에 포함시켜라. 개당 값을 치러 주마."

"옛."

"아직 죽이지 않은 사제들도. 고서 해독에 능한 자들도. 우리에게 협조적인 자들이라면 수에 상관없이 데려오도록. 그 역시 두당 따로 계산해 주겠다."

"옛."

"확보한 마석과 아티펙트들도 마찬가지다. 협회를 거치지 말고 내게 바로 가져와라. 마석들은 협회가 보장하는 비용에 따라서, 아티펙트는 거래소의 시세대로 평가해 주겠다."

위의 지시들은 명령만으로도 충분하다. 하지만 내가 먼저 솔선수범해 보이지 않고서야, 어렵게 만든 지금의 분위기가 언제까지 유지될까.

내가 먼저 깨트린다면 어느 기점에서 강자 위주로 세력들이 재결합될 것이고, 그것들은 또 돈 이상의 가치를 좇다가 어느 순간에는 본인들이 무엇을 두려워해 왔었는지도 잊어버릴 것이다.

"위의 비용들에 합쳐서 너희들이 수고한 대가까지. 이 자리에서 전부 계산해 주마."

돈은 공포 이상으로 이것들을 통제하는 훌륭한 수단이다.

"번거로운 작업이 될 것이다. 소속 그룹의 자문을 받도록."

Chapter 2.

얼빠진 녀석이 합류했다.

각성자도 용병도 아니니까, 산을 타는 도중에 얼마든지 지칠 수는 있었다.

하지만 녀석의 얼굴이 사색이 되고 말았던 까닭은 훼손된 시체들 때문이었다.

녀석은 메슥거리는 속을 달래고 있는지, 구겨진 얼굴 그대로 한 구석에서 굳어 있었다. 당연히 녀석의 시선은 시체들이 쌓여 있는 곳과는 반대 방향으로 돌려져 있었다.

성일이 내 시선을 따라가 녀석을 발견했다. 그가 말했다.

"안전지대에서 벗어난 게 이번이 처음일 거유. 박하진이라고 회사에서 보낸 애송이요. 딱히 모난 놈은 아니고요."

녀석은 한국인이었다.

"말씀드렸는지 깜박깜박허네요. 저. 일주 건설이라는 곳과 같이 일하고 있으요. 그게 파고들면 또 다른 거긴 한디……."

"마리한테 들었다."

"뵈면 말씀드려야지 생각하고 있던 게 이제 생각나는고만요. 저번 호텔에서 이후로 정말 오랜만에 뵈는 것 같어요. 부르시기 전에 어떻게든 먼저 찾아뵙고 안부 물었어야 했는디, 죄송허요. 아시잖수. 제가 요즘 돈 좀 쪼까 벌어 볼라고……."

그때 녀석이 토를 하기 시작했다. 각성자들은 관심도 주지 않았다.

물건들을 짊어지고 올라온 인부들은 점령 지역의 주민들이고, 그들을 지휘하고 있는 자들은 용병들이었다. 박하진이란 녀석은 그 두 그룹 모두에게 비웃음을 사고 있었다.

그런데 어쩐지 낯이 익다. 녀석에게 눈길이 간다. 옛 동창생 중에 하나인가? 서른 중반쯤으로 보여서 나이대가 대충 맞았다.

"어지간히도 비워 대는구만. 드럽게시리. 쫓아 버리겠수다."

"저 녀석 없이도 계산할 수 있겠나?"

나는 성일의 그룹에서 올려 보낸 물건들을 가리켜서 물었다. 거기에는 구속된 사제들도 포함되어 있다.

"계산은 무슨 계산이요. 어차피 저거 다 오딘 님의 것인디. 어떤 써글놈들이 오딘 님께 돈을 받는다요. 뒈지고 싶어 환장해도 유분수지."

성일은 거기까지만 말하고 팔을 걷어붙이며 주변을 돌아보았다. 그가 쏘아 보내는 눈빛에 기죽은 얼굴들이 늘어나기 시작했다.

"오버하지 말고 가만히 있어. 내가 지시한 거다."

"아, 예. 그라믄…… 알겠어요."

마석과 아티펙트가 쌓이고 있었다. 끌려오는 사제들도 늘어나고 있었다. 감각을 조금만 키워도 고서(古書)의 곰팡이 냄새가 풍겨 온다.

각성자도 용병도 아닌 본토의 민간인이 이계로 진입할 수 있는 경우는 극히 제한적이었다. 학술 조사진과 박하진이라는 녀석이 그렇듯 자본 그룹의 관계자들뿐이다.

그렇게 지금 야영지에 들어온 민간인은 모두 다섯 명으로, 이 지역의 장들이 달고 올라온 녀석들이다.

내가 누구인지는 올라오면서 수없이 들었을 거고. 그래서 그들은 행동거지에 조심하는 모습들을 보이고 있었다.

지역의 장들이란 것들이 인사를 하고 물러난 다음이었다.

"칼리버 권성일, 오딘을 뵙습니다. 최종장에서는 레볼루치온 12에 속해 있었습니다. 언제고 부르시면 목숨을 다 바치겠습니다."

성일은 본인도 이 지역의 장이랍시고, 지나간 인사들을 따라 했다. 한국어로 번역하자면 그런 식으로 통일된 인사이긴 했다.

그가 웃으며 덧붙였다.

"뭘 그리 놀란 눈으로 보시긴. 말은 곧잘 못해도 듣는 귀는 진즉 뚫렸으요. 몇십 년을 그것들과 보냈는디. 알아먹지 못하믄 그거야말로 바보 아니요? 근디…… 제가 영어 알아듣는다는 건 비밀이유."

한참 뒤에서야 생각났다. 박하진이란 녀석이 왜 그리 낯이 있는가 했더니 제 조부를 빼다 박은 것이다. 재통령 박충식.

나는 확신을 가지고 물었다.

"전일 그룹을 통해서 들어온 건가?"

"저 애송이 말이요? 어라. 이젠 또 뭐가 좋다고 실실거려 쌌네. 아, 예. 전일 그룹에서 빨대 꽂으며 들어온 낙하산이유. 제이미 쪽이 아니고 어떤 노친네 계파인디, 저하고는 크게 상관있는 게 아니라서 별 관심 없수. 뭐 특별난 게 있는 녀석입니까?"

"그 노친네 이름이 박충식이겠군."

"그라고 보니 그런 이름인 것 같습니다."

"만나 본 적은 있고?"

"언제 뒈질지 모르는 노친네 만나서 뭐 한다고요. 한국 들어가믄 기철이 보기도 바쁜디. 고것이 요즘 여자 만난다고 얘기했던가요? 머리에 피도 안 마른 것이 여자친구가 있으요."

"전일 그룹이 일주 건설에 빨대 꽂았다는 건 뭔 소리지?"

"회사 분할하니 뭐니. 한창 시끄러웠수. 아는 대로만 말하믄 저는 지금 일주 건설 소속이 아니라 일주MCA 라는 회사의 소속이구만요. 제 지분이 50. 전일이 25. 일주 건설이 25."

"나쁘지 않군. 네가 직접 챙긴 일이냐?"

"그런 건 또 아닌디. 지네들 말로는 최대한 챙겨 줬다고 합디다. 저야 뭐, 이래도 저래도 상관없는 일이었수. 그렇잖습니까. 전일이야 어차피 오딘 님 것이고, 일주 건설도 라인 타고 올라가다 보믄 오딘 님 것 아니겠어요? 아니요?"

"맞다."

"그래서 상관없었수."

"회사 분할은 제이미가 개입한 일인가?"

"그 여자는 얼굴도 보기 힘듭디다. 노친네가 휠체어 타고 겁나게 왔다 갔다 한 것까지만 알고 있수. 그러다 어느새 저 애송이가 꽂혀 있는 게 아니었어요. 뭐 땀시요? 저거, 특별한 녀석이요?"

내게 공로가 큰 집안의 자제라고 할 수 있다.

지금의 전일을 만든 건 사실상 제이미가 아니라 재통령 박충식이었다.

그와 직접적으로 얼굴을 마주해 본 건 한 번뿐이었지만. 게다가 당시에도 그는 나를 우리 아버지의 아들로만 아는 채로 잠깐 마주친 것뿐이었지만.

박충식은 본인도 모르는 주인을 위해 말년을 다 바쳤다.

대가로 한국의 정·재계를 한 손에 움켜쥐는 권력을 얻었다고는 하나, 그의 제일 큰 공로는 그 이상을 넘보지 않았다는 데 있었다.

그리고 지금도 그는 한국 재계의 장막 뒤에서 열심히 일하고 있다.

여든이 지나가는 나이일 텐데도. 시위로 시국이 어수선한데도.

"……따로 챙겨 줘야 되는 녀석인 거요?"

"아니다. 그럴 것까진 없지."

박충식의 손자는 여기에 들어온 것만으로도 수혜를 입고 있는 거였다. 한국의 민간인 중에서 이계에 진입할 수 있는 자는 한 손으로도 충분히 꼽을 수 있을 것이다.

"내 하수인의 손자에 불과하다. 재통령 박충식의 손자."

*　　　*　　　*


유복한 환경에서 엘리트 교육을 받고 자란 이는 결국 티가 나기 마련이다.

특히 자수성가한 경우에는 시작의 장에서 그 진가가 발휘되기 마련이었다. 좋은 쪽으로든 나쁜 쪽으로든, 저마다 갈아 온 전검(戰劍) 같은 게 있다.

어떻게 해야 본인이 매력적으로 보이는지도 알고 있어서 타인의 호감을 사는 데도 능숙하다.

이는 저 녀석에게만 해당되는 이야기가 아니다. 민간인 진입자들의 손에는 서로 주고받은 명함들이 들려 있었다.

"끼리끼리 잘 노는구만요. 귀여운 자식들."

그들은 더 이상 구속되어져 있는 사제들과 또 한쪽에 따로 구분되어서 감시를 받고 있는 그린우드 종(種), 그리고 역겨워했던 시체들에도 관심을 주고 있지 않았다.

서로 근엄한 표정들을 지으며 숫자를 이야기하고 있었다.

얼핏 들어도 그들의 대화는 내게서 계산을 치르지 않는 것이 각 그룹의 미래에 더욱 도움이 된다는 쪽으로 귀결되고 있었다.

그리고 이제.

누가 내게 그걸 말하는지가 문제 될 차례였다.


*"제가 대표로 말씀드리죠. 기회가 나는 대로……."*

*"한결 부담을 덜었습니다. 감사합니다. MR. 박."*


박하준. 그 녀석이 나설 거란 걸 진즉 알았다. 녀석은 권성일과 함께 왔다. 그리고 나 오딘과 같은 국적, 같은 언어를 쓴다.

"특별난 녀석이 아니라믄서요."

성일이 말했다.

"그렇지."

"근디요?"

"한국인이잖아."

대수롭지 않게 한 그 대답에 성일은 고개를 크게 주억거렸다.

그 옛날.

던전 공사를 맡았던 일주 공사가 십 대 건설사 중 한 곳으로 성장하더니, 이제는 성일과 합계하며 한국 최대의 민간 군사 기업으로 발돋움했다.

전일 인베스트먼트를 창립했던 당시에 등용했던 한국인 이사는 전일 그룹을 완성시키며 재통령이라 불리더니, 지금에 이르러서는 본인의 손자로 하여금 한국 최대의 민간 군사 기업에 손을 뻗쳤다.

당시에 십대에 불과했을 재통령의 손자는 어느새 이만큼 나이를 먹고서 내 앞에 나타났다. 녀석은 옛날 생각을 하게 만들고 있었다. 여기까지 내가 어떻게 오게 됐는지 말이다.

또 본토, 그중에서도 우리 가족이 머무는 그 나라에 애증이 얼마나 큰지도 다시금 생각하게 만든다.

한국이라…….

아마도 이 전쟁을 끝내고 나면 나 역시 그 나라에서 남은 평생을 보내게 될 거다.

연희와 가정을 꾸리며. 부모님을 모시며.

＊　　　＊　　　＊

*"오딘께 대가를 받을 순 없습니다."*

"오딘께서 내리신 결정은 단 한 번도 번복된 적이 없으, 동상. 주신다고 하실 때 감사합니다 하고 받는 거여."

"값이 적지 않습니다."

"얼마나 되는디?"

"다른 물자들을 제외해도 마석이 차지하는 비중이 높습니다. 우리 그룹 쪽만 달러로 억이 넘는 규모입니다, 칼리버 님."

"동상, 할아버지 성함이 박 충 자 식 자 맞지?"

"예."

"재통령이라 불리시는 분이신 거지?"

"예."

"됐네. 오딘께 잘 보이고 싶은 거믄 동상 집안 돈 쓰믄 되겠어."

"저희 집안은 알려진 것과 다릅니다. 그 부분에 대해선 언제 기회가 되면 말씀……."

"그러니께 건방 떨지 말고 계산서나 준비하란 거여. 알 긋어? 어느 분 앞인지 명심허라고, 동상."

"제가 오딘께 직접 말씀드릴 수는 없겠습니까? 최소한 저희들의 뜻만이라도 오딘께 전달해 드려야 합니다."

"뭐, 나는 허수아비여? 동상은 이래서 문제여. 의욕이 과혀. 그러다 언제 지대로 골로 가지. 시키는 대로 허고, 눈

깔도 깔고, 똥 마려도 안전지대로 돌아갈 때까진 좀 참고. 알긋어?"

멀리서 성일과 재통령의 손자가 마주하고 있는 시각.

내 식사가 완성되기 직전에 있었다. 스프와 빵을 말하는 게 아니다. 마석을 담은 궤짝들이 먹기 좋게 구분되어져 있었다.

원래는 협회에서 수거했다가 내게 인계해야 할 물건들이나, 여기에 정착한 이상 중간 단계는 생략하는 게 맞았다.

그러나 어디까지나 인근 지역에서 수집된 물량일 뿐. 적당한 시기에 협회에 들러 최대의 만찬을 가져야 할 일이다.

성일이 돌아왔다. 함께 이포 쪽으로 자리를 옮겼다.

"나리께선 정말 높으신 분이시군요."

이포가 말했다.

〈 나리께선 굉장히 높으신 분이시군요. 〉

성일이 들고 있는 번역기에서 비슷하게 흘러나왔다. 성일은 웃어 버렸다.

"탐사대가 무엇이고, 어떤 구성을 갖춰야 하며, 탐사대장을 꼽을 때 어떤 조건을 최우선으로 봐야 하는지. 내 수하에게 세세히 설명하도록."

"외람된 말씀입니다만, 나리. 어떤 목적이신지 여쭤도 되겠습니까?"

"우리의 영토 전반에 걸쳐 탐사대들을 운용할 것이다."

"기억하시는지요. 나리께서 저를 찾아오신 날에도 말씀 드렸습니다. 바리엔 제국령은 탐사대를 운용하기에 매력적인 땅이 아닙니다. 대대로 바리엔 제국은 탐사대에게 협조적이어서 많은 탐사대들이 이 땅을 들쑤시고 다녔기 때문입니다."

이포가 계속 말했다.

"하지만 아트레우스 왕국령이라면 말이 달라집니다, 나리."

그때 성일이 고개를 좌우로 꺾었다. 그의 얼굴에서 웃음이 사라졌다.

그는 말없이 주먹을 쥐며 눈빛으로만 허락을 요청해 왔다. 고개를 끄덕여 주자 그 즉시.

퍼억!

눈앞에서 피가 튀었다. 곧장 튕겨 나간 이포는 먼발치에서 나뒹굴었다.

그것도 성일이 완전히 힘을 뺐기에 그 정도였다.

"쓰벌 것. 맘 같아선 뚝배기 깨 불고 싶은디, 그건…… 안 되겠지요?"

성일이 덧붙였다.

"틈만 주면 대가리 굴리는 건 어디나 같으요. 근디 저 새끼 왜 아트레우스 왕국을 치고 싶어 하는 거요? 척 보니 지들끼리 다 같은 중부 종(種)이구만요."

"식상한 이야기다. 보물을 뺏겼고 가족을 잃었지. 다음 진입지가 아트레우스 왕국이라 했지?"

"맞수."

"마침 잘됐군. 평소보다 속도를 높여 줬으면 하는데."

"그렇지 않아도 협회에서 아주 열일 중입디다. 평소보다 과한 것 같던디 뭔 일 있는 거요?"

"백 일 안에 그린우드 전체를 점령하거나. 다른 대륙으로 진출하는 데 성공하거나."

둠 카오스의 지령이요?

성일이 그런 감정을 담고 눈을 부릅떴다.

"그래서 누님이……."

"마리는 왜?"

"본부에 들렀다 온다더니 이쪽으로 복귀하지 않았으요. 지금까지 소식이 없다는 건. 오크들 후드려 패고 있는 거 아니겠수? 안 봐도 비디오요. 안 그래도 못생긴 얼굴들. 다 잘려 나가고 있겠구만요. 누님이 작정하믄 겁나게 무서버지는디."

　　　　　*　　　　*　　　　*


　　[ 추출자가 발동 하였습니다. ]
　　[ 경험치를 획득 하였습니다. ]
　　……
　　[ 추출자가 발동 하였습니다. ]
　　[ 경험치를 획득 하였습니다. ]


　　[ LV: 641 (24.29%) ]


　식사를 거하게 마치고 나왔을 때 동이 트고 있었다.

　야영지는 슬슬 정리되는 중이었다.

　탐사대에 속해 있던 자들 중 끝내 우리에게 전향하지 않은 것들은 다른 곳으로 이송되고 있었고, 전향을 결심한 자들은 어두운 안색으로 앉아 있었다.

　전향을 거부하고 끌려가는 것들 대부분은 사제였다. 그들 중에서는 신앙심이 깊다고 자부하는 치들이었다.

　노예로 거래되든 처형대에서 목이 잘려 나가든.

　이제 그것들의 운명은 점령 그룹의 회합에 달렸다 할 수 있었다.

　나를 발견한 성일이 몸을 일으키는 게 보였다. 그가 건들거리면서 다가왔다.

마침 그쪽도 마무리가 된 모양이었다.

번역기가 한국어를 드라고린어로 번역하는 것은 형편없는 수준인 까닭에 주로 이포가 설명하고 성일은 듣는 입장에 있었을 것이다.

성일은 천막 속에서 나뒹구는 마석들을 흘깃 쳐다보면서 씩 웃었다.

"은혜는 다 갚지 못 허도, 식사만큼은 챙겨 드리겠어요. 하든 돌아가는 대로 속도를 겁나게 내야 쓰겠지요. 항시 건강하십쇼. 다음에 들를 때는 아주 산처럼 지고 오겠수."

성일이 재통령의 손자와 함께 산을 내려갔다.

다른 그룹에서 온 장들도 내게 인사를 하고 떠나기 시작했다.

그럼에도 불구하고 무겁게 깔린 긴장감은 해소되지 않았다.

아트레우스 왕국에서 고용된 자들은 이번 전향으로 인해 본인과 본인 가족들의 미래를 걱정하는 기색이 역력했다.

또 누구는 신앙을 버렸다는 자괴감에, 또 누구는 새롭게 끌려온 자들이 야영지로 합류하면서 가지고 온 공포심에 전염되어 있었다.

그렇게 모두는 틈만 생기면 숙덕거려 왔었다.

마석을 추출하는 내내 그런 소리들이 참 자글거렸었다.


해는 진즉 떴다.

인부들은 아침 준비로 분주했다.

그들에게는 다시 겪고 싶지 않을 밤이었다는 건, 하룻밤 새 몇 년은 늙어 버린 것 같은 얼굴들이 대신 말해 주고 있었다.

이포가 명부를 보여 주며 말했다.

"모두 613명입니다."

새로운 사제들이 대거 합류했다.

사제는 아니지만, 고서를 해독하는 능력이 출중하고 이쪽 지방의 오래된 역사에도 풍부한 지식을 가지고 있는 자들 또한 대거 합류했다.

그런데 그들은 보통 각성자 그룹에서 험하게 다뤄지는 부류였다.

각성자 그룹들이 점령 지역을 통치하는 방법은 제각기 다르지만, 그것들에 대한 대우만큼은 비슷하기 마련이다. 특히 사제들에게는.

그것들의 얼굴에선 여태껏 피멍이 빠지지 않았다. 다리를 절뚝거리고 타인의 눈치를 살피며 의기소침해져 있다.

그것들이 엉망진창이 된 모습은 기존의 탐사대에게도 시

사하는 바가 많았다.

하지만 나를 도모하려는 움직임이 아예 보이지 않는 건 꼭 그 때문만이라고 할 순 없다. 탐사대들은 내가 여기에서 어떤 입지적인 위치인지 제 눈들로 똑똑히 확인했다.

차라리 도망치면 도망쳤지, 내 등을 노릴 수는 없을 터!

나까지 포함하자면 야영지에는 모두 614명.

거기서 나만이 유일한 '마왕군'임에도 어떤 모략이 돌지 않고 있는 건 그 때문이다. 그들의 전향이 진심이든 아니든 지 간에 말이다.

괜한 일이 생겨 탐사대를 물갈이하게 된다면, 그것만큼 번거로운 일도 없을 것이다.

이포를 불러서 말했다.

"따로 이동하는 것 없이 여기에 본부를 구축하는 게 낫 겠군. 네 생각은?"

"물어봐 주셔서 감사합니다. 저도 같은 생각이었습니다, 나리."

"부상 입은 자들이 많다. 이대로는 짐만 달고 있을 뿐이 지. 사제들에게 능력을 사용해도 좋다 전해라."

이포의 얼굴에도 붓기가 한쪽 눈을 파묻고 있었다.

"탐사대 전원은 나리의 자비에 감격할 것입니다. 그리 고……."

"뭐지?"

"탐사 때문입니다. 이 지역에 대(大) 유적이 잠들어 있을 거라 말씀하셨는데…… 어떤 자료에 의해서였는지, 아니면 누구에게 들으신 게 있는 건지 가르쳐 주실 수 있으신지요. 저희들에게 큰 도움이 될 것입니다."

고서와 그것을 탐구할 인력들을 이만큼 확보한 이상, 더 미룰 것은 없었다.

"그러지."

바리엔 제국은 대대로 탐사대에 협조적일 수밖에 없던 이유가 있었다.

그때 이포는 두 가지 이유로 놀랐다.

하나는 아무것도 없는 내 손에 큼지막한 종이 몇 장이 생성됐기 때문이고.

다른 하나는 그것이 성(聖) 카시안의 온갖 기록물 중에서도 으뜸으로 쳐지는 보물 지도였기 때문이다. 옛 신마대전의 전황을 다룬 기록물.

협회로 수거되어진 물건 중에 하나였다.

\*　　\*　　\*

다 그렇듯, 진짜 지도가 그려져 있는 것은 아니다.

그러나 무려 세 장이 한 묶음이 돼서 차례대로 이어져 있다.

엔테과스토를 대신전으로 유인할 수 있었던 과정을 담은 페이지들은 아직까지 발견되지 못했거나, 어딘가에 보관 중일 것이다.

이 세 장은 그 뒤의 이야기.

엔테과스토와 제이둔이 대신전에서 충돌하기 직전에 벌어졌던 일들이 카시안의 시각에서 서술되어 있었다. 절묘한 우연이었다.

어쨌든 기록에 따르면 더 그레이트 블랙과 화이트는 원래 제이둔과 함께 엔테과스토를 대적하기로 되어 있었다.

그러나 나부터 이 두 눈으로 확인했던 일이다. 대 신전에 남겨져 있는 흔적이라고는 제이둔과 엔테과스토의 것뿐이었다.

그때 이포가 두 번째 장을 넘기고 있었다.


「블랙이 변명하길.

"죽은 자들의 마왕이 실버와 블루의 해골을 달고 나타났었습니다. 계획이 발각되었으니 다음을 도모해야 한다고 생각했으나, 더 그레이트 레드가 이를 받아들이지 않으셨습니다."라고 하였다.

그런데 그것을 변명하라고 하는가. 언제부터 블랙과 화이트가 자의로 판단했단 말인가.

그때 나는 당장 대신전으로 향할 수가 없는 처지임이 원통스러웠다. 블랙의 변명을 듣고 나서 "하면 화이트는 왜 보이지 않느냐?"라고 물으니.

블랙은 "화이트는 죽었습니다."하고 자책하며 대답했다. 」

첫 번째 페이지에는 이미 대신전의 위치를 추정할 수 있는 내용이 다뤄져 있고.

세 번째 페이지에는 더 그레이트 화이트가 불가사의한 죽음을 겪게 된 과정이 블랙의 변명으로 일관되어 있었다.

이포의 수중에서 세 번째 페이지까지 넘어간 이후였다.

과연 그는 고문을 읽어 낼 줄 알았다.

"이…… 이…… 이것은…….."

그가 경악한 눈을 들어 나를 빤히 쳐다보았다.

그는 순간에 기록물에서 알게 된 것밖에 생각나지 않았는지, 나를 응시하는 시간이 길어지고 있었다.

그러다 황급히 고개를 숙였다. 하지만 목소리는 바로 나오지 않았다. 땅만 쳐다보면서 눈도 깜박이지 않았다.

성 카시안과 제이둔. 그리고 태초의 고룡(古龍)들과 홀리 나이트들.

그중에서 다른 것도 아닌, 태초의 고룡 둘이 마왕이 두려워서 레드를 배신하고 도망쳤다는 이야기는 꽤나 충격적인 진실일 것이다.

세 장뿐이지만 함축되어 있는 이야기는 또 있었다.

고룡들 사이에서도 상하 계급이 나뉘어 있다는 것.

이것만으로는 제이둔과 카시안 중 누가 더 위 계급인지는 알 수 없어도, 나머지 고룡들이 그 둘보다 아래였던 것만큼은 알 수 있다.

바리엔 제국에서는 이런 진실들을 숨겨 왔었다. 비단 바리엔 제국뿐이랴.

올드 원의 교단에서도, 다른 강대국과 홀리 나이트 가문에서도. 부정적인 진실들은 대대로 함구해 온 채 민중을 다스려 왔을 것이다.

그런데 대체 카시안이란 놈은 왜 이런 기록들을 남겨 둔 것일까?

이포의 목소리가 상념을 깨고 들어왔다.

"……먼 동부 끝에 엑사일 제국이라는 강대국이 있습니다."

소리를 부쩍 죽여서였다.

"파테리아 해협을 경계로 제국령을 형성하고 있습니다. 그 해협을 넘으면 몇 개 도시가 연합하고 있는 땅이 나옵니다. 그들은 각 도시의 집권자들을 메이어(Mayer)라고 부르는데, 메이어 비바투스가 그중에 한 명입니다. 그가 다스리는 도시 인근에……."

"태초의 대신전."

"예, 나리. 맞습니다."

이포는 전설에 취한 얼굴로 말을 이었다.

"거기가 더 그레이트 화이트의 무덤보다 더 가치가 높을 수 있습니다. 태초의 대신전에 대한 전설은 저희들 사이에서도 매우 유명합니다, 나리."

이야기가 길어질 낌새가 보여서 일단 중단시켰다. 거기는 애초에 발굴을 끝낸 지역이다. 카소가 알려 줬었지.

그런데 전설에 너무 깊숙이 빠져들었기 때문일 것이다. 이포는 성일에게 받았던 경고를 망각하는 모습을 보였다.

하지만 딱히 이해 못 할 일도 아니었다.

녀석이 평생을 다해 소원해 왔던 것. 탐험가라면 누구나 눈이 뒤집힐 것들이 녀석의 눈앞에 집약되어 있으니까.

녀석이 물어 왔다.

"이번 탐사…… 나리님들의 제왕께서 직접 관심을 가지고 계신 일인지요?"

밤을 몰고 오는 마왕. 다섯 번째 마왕 등.

내 다양한 수식어는 '나리님들의 제왕'으로 바뀌어져 있었다.

"그렇다."

그렇게만 뱉고 천막 안으로 들어갔다. 마나는 탐구해야 할 영역이 아직도 많이 남아 있었다. 권능에 걸린 락까지 해제시키기 위해선.

* * *

이포는 의욕적으로 변했다.

이미 엎질러진 물이라면 내 신임도 받고 더 나아가 '나리님들의 제왕'의 시선에도 들겠다는 생각임이 틀림없었다.

원래부터 독기를 품고 있었던 녀석이었긴 하다. 녀석은 작정하자 정말로 마왕군의 일원이 된 것처럼 굴기 시작했다.

녀석은 탐사를 재개한 첫째 날부터 채찍을 들기 시작하더니 오 일째가 된 지금에 이르러서는 형틀까지 따로 만들었다.

채찍은 더 질긴 것으로 바뀌었다.

짜악—!

피부가 함께 뜯겨 나오면서 사제의 곡소리가 더욱 커졌다.

사제들에게 매질과 채찍질을 하는 횟수가 늘어나고 있었지만 그건 사제들이 자초한 일이다. 마지못해 고서를 들여다보는 시늉만 해 왔던 것들도 있었고 도주를 시도했던 것도 있었다.

분명한 건 이포의 채찍질이 사정없어지면서 진척 속도가 빨라졌다는 것이다.

여기 어딘가에 더 그레이트 화이트의 무덤이 있는 게 확실하다. 그 분명한 증거까지도 손수 보여 줬으니, 어쩌면 녀석은 성과를 내지 못하면 제 목숨이 위태로워질 수 있다고 판단한 것일 수도 있었다.

연희라면 녀석의 진심이 무엇인지 대번에 파악하겠지만.

녀석의 진심 따윈 그렇게 중요한 일이 아니다.

짜악! 짜악! 짜악—!

채찍질은 멈출 낌새가 없었다.

이포가 바닥에 침을 뱉으며 채찍질을 거둔 때는 내가 몸을 일으킨 직후였다. 이포만이 아니라 야영지에 있던 전부가 내 움직임 하나하나에 반응했다.

그때 야영지로 쇄도해 오는 기척이 남달랐다. 성일이거나 성일에 준하는 녀석?

감각을 좀 더 끌어올리자 그 기척은 큰 체구로 확인되었다. 성일이다.

『큰일! 큰일 났습니다······.』

목소리는 굉장히 다급했다.

지금껏 성일이 큰일 났다고 호들갑을 떤 적은 단 한 번도 없었다는 사실이 떠올랐다. 무엇보다 호들갑으로 그친 게 아니었다.

성일의 전음은 울먹이는 소리로 젖어 있었다.

그가 올라오는 방향을 향해 몸을 던지며 묻는데, 가슴이 덜컹 내려앉았다.

아닐 거야. 아니겠지. 그러면서도 불길한 직감에 오싹했다.

『마리는 아니지?』

『죄송허요······.』

뭐냐. 뭐냐!

그건 꿈에서라도 듣고 싶지 않은 대답이다. 순간 눈앞이 캄캄해져서 무슨 말을 뱉었는지도 잘 기억나지도 않았다.

『뭐라고 했지? 어엇! 대체 무슨 일인 거냐. 연희한테에에에에!』

마지막에 나는 그렇게 외치고 있었다.

그때는 성일이 육안에 들어오고 있었다. 그의 모습이 뚜렷해지는 과정은 필름이 현상되듯 몹시 느릿했다. 이윽고 뚜렷해진 그는 놀란 눈물을 글썽거리며 어쩔 줄 몰라 하고 있었다.

나를 감싸고 있는 시간이 한없이 느려졌다.

성일이 하는 소리도 늘어진 테이프를 재생시킨 것처럼 들렸다.

"어찌면 좋아요. 누님이…… 누님이…… 죽어 가고 있답니다. 지금 어찌 됐는지는……."

\*　　　\*　　　\*

게이트를 넘을 때면 시야가 어둠으로 가려지는 찰나의 순간이 있다.

이때만큼은 깊은 수렁 속으로 빨려드는 기분이었다. 치덕치덕한 불길함으로 가득한 손길이 발목을 잡아당기는 듯한 기분.

심장의 박동조차 이제는 느껴지지 않았다. 그저 연희의 생사를 확인하고 싶을 뿐이었다.

죽었는지, 살았는지.

이태한의 집무실로 도착하자 각성자 한 명이 나를 기다리고 있었다.

"누님은? 우리 마리 누님 말이여!"

성일이 그에게 달려들며 외칠 때. 나는 바닥에서 눈을 뗄 수 없었다.

사방에는 피가 흩뿌려져 있었으며 연희의 것이 분명한 발자국 흔적도 핏물로 찍혀 있었다. 실내를 벗어나지 못한 부근에는 더 많은 양의 핏물이 고여 있었다. 연희가 쓰러진 자리였다.

연희는 귀환석을 써서 도주해 왔음에도 얼마 버티지 못한 것이다.

연희의 팔이 바닥을 휘저어 만들어진 흔적에선 당시에 받았을 고통이 고스란히 남겨져 있었다.

"묻고 있잖어 !살아 계시냐고오오—!"

뒤에서 성일의 울부짖음이 쩌렁쩌렁 울리는 순간.

마치 꿈에서 깨어난 것 같은 기분과 함께 두 눈이 부릅떠졌다.

그리 멀지 않은 곳!

연희는 아직 숨이 붙어 있었다.

연희의 숨결이 포착된 거기까지 어떤 정신으로 달려갔는지는 기억도 잘 나지 않았다. 성일이 비보를 가지고 온 순간부터 기억이 난도질당하고 있었다.

**그리고 지금, 연희는 내 앞에 있었다.**

연희 같은 능력자가 바이탈 센서를 덕지덕지 붙인 모습은 영 실감이 들지 않는다.

그녀는 정말로 죽은 듯이 병상에 누워 있었다. 정신을 잃은 상태였어도 일그러진 표정만큼은 풀어지지 않은 채였다.

노년에 병마와 싸우다가 숨이 멎었을 때에나 보이는 그런 고통스러운 얼굴이었다.

헤어졌을 때 보였던 밝은 얼굴은 그 어디에서도 찾아볼 수가 없다. 그게 너무나 믿기지 않았다. 얼이 나가 있었다.

사람 마음이 참 간사한 것이 제발 살아만 있으라고 빌었던 게 직전이었는데…….

처참한 연희의 얼굴을 마주하고 나니 온몸이 떨려 대기만 했다.

연희는 살아 있어도 살아 있다고 할 수 없는 상태였다.

바이탈 신호가 미약했다. 심박수는 당장 목숨이 끊겨도 전혀 이상할 게 없을 수준으로 하락하고 있었다.

[ 오딘의 분노를 시전 하였습니다. ]

혹시나 싶어서 그녀에게 뇌력을 주입해 봤다. 그러나 심박수는 오히려 더 내려갈 뿐, 호전되는 낌새가 조금도 없다.

대체 무엇이 연희를 이 지경으로 만들었단 말인가! 내 연희를!

주먹이 저절로 말아 감겼다. 강력한 스킬들이 본인들을 꺼내 달라며 내부 깊숙한 곳에서 아우성치기 시작했다.

몸은 계속 부들부들 떨려서 음성도 그렇게 나왔다.

"어떻게 된 거냐……."

그렇게 물으며 뒤로 고개를 돌리자 그제야 병실 안의 광경이 시야로 들어왔다.

협회 힐러진들 외에 의학 교수진들까지 소집되어 있었다. 그들의 몸에 흥건히 묻어 있는 건 전부 연희의 피였다.

이태한이 어두운 표정으로 한 발자국 옮겨 왔다.

"복귀하실 때부터 의식이 없어 보였습니다. 남기신 말씀은……."

그도 어떻게 된 영문인지는 알 수 없다는 대답이었다.

"웃기는 소리 말어! 의식이 없는데 어떻게 왔단 말여! 두 눈으로 똑똑히 보고 왔으. 누님께서 복귀하셨을 땐 분명히 의식이 있었으! 얼릉 대답 못 혀? 무슨 말씀이라도 남기셨을 거란 말여! 뭘 어떻게 당했는지 알아야 치료할 것 아녀 어어어—!"

노성(怒聲)이 실내 바깥에서부터 터져 나왔다. 성일은 이태한을 그렇게 쏘아붙이며 내 쪽으로 걸어왔다. 그가 연희를 내려다보며 또다시 눈물을 글썽거리는 모습을 보였다.

"누님. 이게 무슨 일이당가요! 대답 좀 해 보쇼! 제발요. 제발 눈 좀 뜨세요오오—"

성일은 차마 연희의 몸에 손을 대지는 못하고 어쩔 줄을 몰라 했다.

성일을 뒤로 물린 다음 연희의 상태를 다시금 확인했다. 이태한이나 협회 힐러진들이 난색을 짓고 있는 건 다른 게 아니다. 연희의 상태를 설명할 길이 없는 거다.

꼭 현대 의료 기술을 빌리지 않더라도, 이태한 정도 급이 되면 대상의 생명력이 어떻게 꺼져 가고 있는지 알 수 있는 법.

연희가 단순히 정신을 잃은 것이라면 외상이 수습된 지금에 이르러서는 바이탈 신호도 숨결도 모두 정상이어야만 하는 거였다. 죽음 특성의 부정 효과가 남겨져 있는 것도 아니니까.

일찍이 정신세계가 파괴된 것이라면 사건 현장에서 즉사해 버리거나 무방비 상태의 백치가 되어야만 하는 거였다.

그러나 연희는 둘 다 아니었다.

하지만 나는 연희에게 무슨 일이 일어났는지 알 것 같았다. 추정되는 게 있었다. 눈앞이 순간적으로 깜깜해져 버린 건 그걸 깨달았을 때였다.

연희가 그 옛날에 얻었던 특성 '부활자'에 대해서 말이다.

이태한이 나와 눈을 마주치며 입술을 열고 있었다.

"힘드…… 시겠지만 조금만 기다려 주십시오. 정신계 각성자가 들어오고 있습니다."

이태한은 침통한 얼굴로 말했다.

하지만 쓸데없는 짓이다.

아직 연희는 이렇게나 살결이 따뜻하고 숨도 붙어 있지만, 그녀는 이미 죽은 것이나 다름없었다. 부정하고 싶지만 사실이었다.

죽은 몸으로도 잠깐 살아서 여기까지 복귀해 올 수 있었던 까닭은 특성 부활자 때문일 것이다.

특성 유지 시간이 끝나는 대로 그나마 붙어 있던 숨도 사그라지고 말 것이다. 몸은 식어 갈 것이며 그녀의 목소리를 다신 들을 수 없게 되는 거다.

그렇게 연희는 진짜 죽음을 맞이하게 된다. 나를 떠나게 된다.

그게 부정하려야 부정할 수 없는, 곧 닥칠 미래였다.

사랑하는 사람을 잃는다는 게 어떤 것인지 너무도 오랫동안 잊고 있었다. 시야 안에선 양손이 괴로움으로 파들파들 떨리고 있었다.

거기에 얼굴을 파묻고 말았는데 손가락 끝마다 주체 못할 힘이 실렸다. 마치 쥐어짜듯, 그것들이 닿는 이마로 관자놀이로 통증이 찌릿했으나 그 정도 통증 따위론 감정이 수습되지 않았다.

성일의 목소리가 뒤에서 닿고 있어도 뭐라 하는지는 잘 들리지도 않는 건 그 때문이었다.

*      *      *

연희의 몸에는 다수의 오크들에게 공격받은 흔적이 남아 있었다. 하지만 그건 그녀를 죽음으로 몰아넣은 직접적인 원인이 될 수 없었다.

오크들 따위를 처리 못 할 연희가 아니다.

그것들의 공격에 노출될 수밖에 없는 상황이었던 것이다. 예컨대 그녀의 정신계 능력을 활용할 수 없었던 상황.

즉, 그녀가 오크들의 공격에 노출된 건 정신세계가 파괴가 된 이후의 일이다.

연희에게 죽음을 선고(宣告)했던 진짜 사건은 그 전에 있었다.

강력한 정신계 능력을 가진 존재가 연희를 공격했다. 오크들 중에 정신 대결로 연희를 이길 수 있을 존재가 있을 거라곤 생각되지 않는다.

연희는 어떤 초월체와 맞닥뜨렸을 것이다.

사대 정령왕일 수도 있고 남아 있는 고룡들 중에 하나일 수도 있다.

엔테과스토도 내게 악의를 품고 있을 터라서 용의 선상에 오르지만, 놈이 손을 쓴 일이라면 연희는 부활자가 발동될 것도 없이 그 자리에서 즉사를 면치 못했을 것이다.

그러니까 칠마제 진영에서는 엔테과스토보다 급이 떨어지되 정신계 능력이 특출 난 것으로 한정된다. 한 새끼밖에 없다. 루네아 그 잡것 새끼.

올드원 진영에서는 제이둔(더 그레이트 레드)보다 급이 떨어지는 것들인데, 블루와 실버는 이미 죽어 엔테과스토의 무릎에 대가리가 박혀 있다.

화이트는 태고에 의문의 죽임을 당했으니 남아 있는 것으로 한정 지으면 연희를 공격한 초월체는 여덟을 넘지 못한다.

1.루네아 2.더 그레이트 골드 3.더 그레이트 블랙 4.더 그레이트 그린 5.불의 정령왕 6.물의 정령왕 7.대지의 정령왕 8.물의 정령왕

연희를 죽인 새끼는 아무리 넓게 잡아도 그중에 속해 있다. 더 줄일 수도 있다.

정신계 능력이 확인되지 않은 정령왕들을 소거, 세 고룡 중에서도 제이둔만큼이나 급이 높은 카시안이 있을 거라 가정한다면.

1.루네아 2.더 그레이트 ? 3.더 그레이트 ?

루네아 그 잡것 새끼를 포함해서 단 셋뿐이다.

그런데 복수가 무슨 소용이냐.

그것들 대가리를 전부 다 끊어 놓아도 연희가 살아나는 게 아니지 않은가. 그딴 복수 따윈 연희가 살아난 다음에야 의미가 있는 것이다.

연희를 살려 낸 다음에…… 그다음에…… 그러니까 그다음에…….

손가락 끝에 실려 있던 힘들을 의식적으로 풀었다. 손바닥으로는 얼굴을 쓸어내리며 연희의 모습을 두 눈에 담았다.

조금만 정신을 놓으면 연희를 끌어안은 채로 시간을 허비할 것 같았다.

지금은 곧 죽을 자를 살려 내는 방법으로 무엇이 있을지 그리고 어떤 것이 최선인지 궁리해야 할 때지, 연희의 마지막 체온을 느끼고 있을 때가 아니란 말이다.

한편 정신계 각성자로 추정되는 기척이 병실로 가까워지고 있었다.

＊　　＊　　＊

"시작해라. 당장."

이름 모를 녀석에게 말했다.


1. 시간 역행의 인장

2. 부활의 인장

3. 불사(不死)의 공능

그것들은 죽은 자든, 곧 죽을 자든 전부 다 살려 낼 수 있는 재료들이다.

시간 역행의 인장은 내 기억 속에 잠들어 있다. 그러나 그것을 복사해 낼 수 있는지를 떠나, 얼마나 초월적인 마나가 필요할지는 불 보듯 뻔한 일.

불사의 공능도 권능에 걸린 락과 연계된 사안. 최우선으로 시도해 볼 법한 것은 '부활의 인장' 일 수밖에 없는 것이었다.

그것을 복사하는 방법을 깨우치든, 또 아버지께 깃든 그것을 수거하는 방법을 깨우치든.

어쨌든지 간에 현실 세계에서 벗어날 필요가 있었다. 시간의 제약을 받지 않는 정신세계로 말이다.

"귓구녕 처막힌 거여? 오딘 말씀 못 들었으?"

그러나 정신계 녀석은 위축된 자세로 눈알만 굴리고 있었다.

어떻게든 긴장을 풀려고 노력을 해 보고는 있으나 두 눈에 깃들어 버린 두려움만큼은 해소될 기미가 보이지 않는다.

나와 함께 내 정신세계로 들어갔다간 목숨을 잃을 거라 판단한 게 틀림없었다. 본인의 정신이 붕괴되어 버리거나, 운 좋게 살아 돌아와도 뒤처리를 당할 거라 생각하는 것이다.

그것도 아니라면 연희의 죽음을 바라는 숱한 각성자 중에 하나일 것이다.

정말 그럴 수 있었다.

첫 대면에 녀석에게서 발견한 것은 연희를 향한 역겨운 눈빛이었다.

나는 지금, 내 모든 인내심을 다 끌어올리고 있었다. 지금껏 쌓아 올린 세상이 전부 다 무너지는 느낌과 함께 말이다.

"니, 죽고 싶어 환장한 거지?"

"시작해, 어섯!"

성일과 이태한은 거의 동시에 움직였다. 녀석은 내 앞으로 나뒹굴었다.

나는 녀석의 정수리를 한 손으로 붙잡아 일으켰다. 악력을 조금만 끌어올리는 것으로도 녀석의 아가리에서 비명이 흘러나왔다.

녀석을 놓아주며 말했다.

"두 번 말하지 않겠다. 시작해라."

정신세계에서 인도자의 역할은 중요하다. 불안하기 짝이 없는 녀석이지만 그나마 빠르게 소집시킬 수 있었던 게 이 녀석뿐이라서 다른 대안이 없었다.

그런데 그때였다.

[ 소인 루네아 이옵다니다요. 좋은 소식과 나쁜 소식
이 있습니다. ]

첫 메시지를 시작으로 잡것 새끼의 목소리가 와르르 쏟
아졌다.

[ 좋은 소식은 드라고린 레드의 은신처를 발견했다
는 것이어요. 그리고 나쁜 소식은…… 그것을 추적하던
도중에 둠 맨 님의 여 제사장과 관련된 사건을 알게 되
었사옵니다요. 더 그레이트 블랙이 둠 맨 님의 여 제사
장을 습격 한 것 같사온데, 이미 아시는 일 인지요? ]

[ 소인 루네아는 둠 맨 님의 여 제사장의 안위가 너
무나 걱정되어요. 진심으로 여 제사장이 생환하여 둠
맨 님의 품 안에 있길 바라고 있습니다요.]

[ 그러니 둠 맨 님께서 본토로 복귀하신 것이 그 일
때문이라면 소인 루네아의 바람은 이뤄진 것이겠지요.
그렇다면 다행이어요. 하지만 그래도 더 그레이트 블

랙의 습격을 받았기 때문에 살아 있어도 한시가 위급한
상황이겠지요. ]


[ 둠 맨 님께서는 여 제사장을 치유하는 데 전념하셔
요. 복수도 지령도 소인 루네아가 상위 군주님들을 어
떻게든 설득해서 대신 완수하겠사옵니다요. 소인 루네
아의 공로만 알아주신다면 소인 루네아는 둠 맨 님을
위해 무엇이든 할 수 있사옵니다요. 소인 루네아만 믿
으셔요. ]


[ 이번을 계기로, 소인 루네아의 충정을 증명해 보이
겠사옵니다요. ]


메시지는 그쳐 있었다.

그러나 눈앞의 세상은 뻘건 색채로 오염된 것 같았다. 입
술 사이로 흘러나오는 숨도 뜨겁게 달아오른 채로 나왔다.

정신계 각성자를 한쪽으로 치워 버리고.

그때부터 잡것 새끼를 찾아 게이트를 쉼 없이 열고 닫았
다.

고개를 집어넣고 뺄 때마다 무수한 광경들이 스쳐 댔다.

이내 잡것 새끼를 발견한 곳은 그것의 본토였다. 제 일족

들이 뭉쳐서 만든 빛무리 안에서 무력한 모습으로 쓰러져 있는 게 보였다.

**[ 이 누추한 곳까진 웬일이셔요. 못 미더우시겠지만**
**믿고 기다려 주시면 소인 루네아의 충정을 증명······. ]**

고개를 뺐다.

잡것이 쓰러져 있는 바로 위쪽을 향해 게이트를 다시 열었다.

한 손을 벼락 줄기로 휘감으면서.

쒜아아악—!

검게 찢어진 틈 속으로 팔을 뻗은 즉시, 잡것 새끼가 움켜잡혔다.

Chapter 3.

"인도관······."

인도관은 무슨, 얼어 죽을 인도관.

잡것 새끼가 딸려 나온 걸 보고 각성자 중 한 명이 그렇게 중얼거렸다. 모두가 숨을 죽이고 있던 중에 흘러나온 목소리였다.

잡것 새끼는 손아귀 안에 갇혀서 축 늘어져 있었다. 마음 같아선 당장 갈기갈기 찢어 버리고 싶다만 아직은 때가 아니었다.

이태한과 성일이 내 눈빛을 받고 모두를 데리고 나갔다.

이제 병실 안에는 나와 연희 그리고 이 잡것 새끼 셋뿐이다.

어떻게 하면 이 잡것에게 고통을 선사해 줄 수 있는지는 군주들의 회의에서 터득한 일.

**[ 으아…… 아아아악! ]**

잡것 새끼는 움찔거리다 축 늘어지길 반복하며 비명을 질러 대는 중이었다.

[ *보관함 ]
[ 루네아의 빛이 제거 되었습니다. ]

장착하자마자.

[ 루네아의 빛을 사용하였습니다. ]

밝은 빛무리가 눈앞에서 흩어졌다.

잡것 새끼의 이름이 박혀 있는 것이나 일찍이 획득한 전리품으로써 부정 효과를 지우거나 정신 체계를 강화시키기에는 이것만 한 게 없었다.

잡것에게 고통을 가하던 벼락 줄기들을 회수한 다음이었다.

육성만 흘리지 않을 뿐이지, 잡것의 무력한 몸짓에는 신음이 섞여 있었다. 그러면서도 잡것은 눈치가 없지 않았다.

지금으로도 충분한 내가 정신 체계를 더욱 강화시킨 까닭을 깨달은 것 같았다.

늘어진 그대로 날 올려보고 있던 잡것의 눈동자가 그때 한 번 더 부릅떠졌다.

**[ 정…… 정신 세계에서 방법을 찾지 않아도 되어요. ]**

잡것의 시선이 연희 쪽으로 넘어갔다.

그 작은 얼굴에 서려 있던 두려움이 더욱 짙어졌다.

**[ 소인 루네아의 능력으로…… 둠 맨 님의 여 제사장을 치료할 수 있사옵니다. 말, 맡겨 주셔요. ]**

연희를 치료할 수 있다고? 그걸 말이라고 하고 있는 거냐!

……잡것 새끼는 끝까지 나를 기만하고 있다.

단언컨대 잡것 새끼에게는 연희를 치료할 수 있는 능력이 없다.

연희의 정신세계는 완전히 파괴되었으며 현대 의학의 시선으로도 그녀의 뇌 기능은 멈춘 상태.

지금 맥박과 호흡 등 기본적인 생명 활동이 잔존하고 있는 까닭은 부활자 특성 때문인 것이지, 그마저도 곧 증발된다.

아직 사망 딱지를 붙이지 않았을 뿐, 연희는 이미 죽었다.

으아아아아, 하고 속으로 내지른 외침에 두개골 전체가 다 흔들리는 것 같았다. 치밀어 오른 분노는 당장에라도 토악질로 쏟아져 나올 것만 같았다.

정신의 끈을 조금만 놓아도 잡것 새끼는 내 손아귀 안에서 폭발할 참이었다. 입 밖으로까지 분노를 터트리는 순간에는 정말로 그렇게 될 것 같았다.

**[ 크억! ]**

분노를 삭이는 과정에서 벼락 줄기들이 잡것 새끼의 몸을 몇 번이나 관통했다. 손아귀에 형성되어 있던 압력(壓力)도 그때 증폭되고 말았을 것이다.

잡것 새끼는 비명만 냈다. 살려 달라고 빌 수도 없는 처지.

그 위태로운 광경에서 나는 어떻게든 정신을 붙잡아야 했다.

손아귀의 힘을 풀며 말했다.

"나를 자극하지 마라. 간신히…… 간신히…… 참고 있으니까."

마저 말했다.

"정신세계로 진입할 것이다. 내 기억을 무대로 해서."

그러나 역시.

잡것 새끼는 직전의 정신계 각성자와 똑같은 반응을 보였다.

하물며 이 잡것은 나 같은 초월자의 정신세계에 함께 들어갔다간 어떤 위기를 맞닥뜨리게 될지 누구보다 잘 알 새끼였다.


[ ……. ]


"죽여 달라면 죽여 줘야지."


**[ 외람…… 된 말씀입니다만, 둠 카오스 님의 심판 없이 군주를 마음대로 죽이시겠다고요? ]**


대답할 가치도 없었다. 이 새끼에게 더 이상 허비할 시간은 없었다.

이 새끼를 죽이고 난 이후에 쫓아냈던 정신계 각성자를 다시 데려온다. 무대는 이 새끼를 통해서 진입하는 것보다 훨씬 불안정하겠지만 지금으로선 그게 최선!

이 새끼에게 죗값을 충분히 받아 내지 못하는 게 오랫동안 원통스러울 것이다.

제발 죽여 달라고 빌고 또 빌 때까지, 그런 죽음을 선사해야 하는데…….

마지막으로 잡것 새끼를 쳐다보며 말했다.

"네놈을 죽인 다음엔 네놈의 모든 일족을 다 말살해 주마. 그만 꺼져라."


**[ 기, 기다려 주셔요! ]**


곧장 잡것 새끼의 놀란 목소리가 튀어나왔다.


**[ 소인 루네아. 아직 마음의 준비가 되지 않았사옵니다요. 됐…… 됐습니다. 무대를 어디로 정하시겠어요? ]**


"시간 역행의 인장을 획득한 순간."


**[ 알겠사옵…… 옛? 뭐라고 하셨어요? 시간. 시간**

**역행이라고요? 그런 게······ 아, 아니옵니다요. 무대는
'시간 역행의 인장을 획득한 순간'. 소인 루네아. 명 받
잡겠사옵니다요. ]**

잡것 새끼의 두 눈에는 절대 그러고 싶지 않다는 감정이
드러나 있었다. 지칠 대로 지쳐서 무력한 두 눈이지만, 순
간의 절박함만큼은 그 어느 때보다도 도드라져 보였다.

그 광경을 마지막으로 나는 눈을 감았다.

그러고는 잡것 새끼가 정신세계로 진입해 올 수 있도록
정신 체계를 개방시켰다.

*      *      *

지난 기억들이 파노라마처럼 스쳐 대고 있었다. 현재를
기점으로 해서 역순으로 진행되고 있었다.

어떤 기억들은 한 장의 사진처럼 또 어떤 기억들은 짧은
영상으로 흘러갔다.

잡것이 내 기억을 뒤지기 시작하면서 일어나는 현상이다.

시작의 장에서 빠져나오던 무렵을 더 짚어 올라가고 있
었다. 최종장에서 둠 데지르와 싸우면서 죽음을 맞이했던
기억까지 쭉 올라갔다.

잡것이 기억을 뒤지는 속도가 워낙에 빨랐기 때문에 거기까지 도달하는 데 걸린 시간은 그야말로 찰나였다.

그때.

역순으로 훑어지고 있던 기억들이 더 이상 진행되지 못하고 정상적인 시간의 흐름에 따라 되감아지기 시작했다. 그건 내가 잡것의 지배력(支配力)에 의도적으로 개입하면서 일어난 일이었다.

시작의 장을 끝내고 막 본토로 귀환한 순간의 정지된 이미지가 눈앞을 스치던 무렵.

잡것 새끼가 참다못해 거기에 무대를 형성했다.


*쏴악―!*


"실제 상황입니다. 남은 시민 여러분들은 군경의
통제에 따라 대피하여 주십시오. 실제 상황입니다.
남은 시민 여러분들은 ―"


확성기를 단 군용차량에서 소리가 흘러나왔다.


"겁나게 반갑구마잉. 군바리 쉐끼들."

성일이 중얼거리면서 나를 쳐다보았다. 그 소리를 끝으로 세계는 단번에 정지되었다.

귀환한 각성자들 틈에 당시에는 존재하지 않았던 인물이 있었다.

피 젖은 교복을 입고 있는 흑발의 여학생.

잡것 새끼였다.

루네아 잡것 새끼는 정신세계에서 나를 처음 만났을 때의 모습을 사용하고 있었다. 그러나 꼴이 말이 아니었다.

사투를 벌인 몰골.

바닥에 엉덩이를 깔고 앉아 있었는데 치맛자락에서는 핏물이 끊임없이 흘러나오고 있었다. 그것이 나를 향해 고개를 들어 올렸을 때에는 구울 같이 망가진 얼굴이 드러났다.

"무…… 대를 바꾸고…… 싶으신 것이옵니까? 그게 아니시라면 정신을 개방시켜 주셔요. 제가…… 기억을 더듬어 나갈 수 있도록…… 해 주셔야만…… 주문하신 기억을 찾아 무대를 형성할 수 있사옵니다요."

잡것 새끼는 정신세계 안에서도 무력하게 처져 있었다.

찢어진 교복 사이로는 날카로운 것에 베이고 찔린 흔적이 적지 않았다. 몸에 남은 것 중 특히나 자상(刺傷)들은 연희가 사용하는 단검을 연상케 했다.

잡것 새끼가 내 시선을 의식하며 양팔로 제 몸을 감쌌다. 그러나 그걸로 다 가려지기에는 남겨진 상처가 많았다.

잡것 새끼는 차마 나와 눈을 마주치지 못하며 고개를 숙였다.

"어차피 밝혀질 일. 주문하신 무대에 도착하면 말씀드리려 했었사와요."

그러다가 갑자기 고개를 쳐들더니 목소리를 쥐어짜면서 말하는 것이었다.

"엔테과스토가 시켜서 한 일이에요. 둠 맨 님께서도 아시다시피 소인 루네아는 힘없는 가련한 처지여요. 어떻게 엔테과스토에게 항명할 수 있었겠사와요. 시키는 대로 해야만 했사옵니다요. 정말 하고 싶지 않았다구요……."

잡것 새끼는 가증스럽게도 흐느끼기까지 했다. 숙인 고개에서는 턱 끝으로 눈물이 뚝뚝 흘렀다.

"누가 우리 인류의 모습을 사용해도 좋다 했지? 역겨운 새끼."

　[ 역겨운 소인 루네아. ˚ ˚ (」。≧⊿≦)」당장 바꿨사
　와요. ]

잡것의 모습은 짓밟으면 그대로 깔려 버릴, 조그마한 본

모습으로 변했다.

　[ 사건의 전말은 소인 루네아가 하나도 빠짐없이 설
명 드리겠사와요. 하오니 용서해 주셔요. ]

"닥쳐. 내 두 눈으로 직접 확인할 것이다."

　[ 오…… 해 하시면 아니 되어요. 소인 루네아는 정
말로 정말로 진심이 아니었사옵니다요. ]

잡것 새끼는 내 정신세계로 함께 진입할 수밖에 없게 되
었을 때.
　이렇게 될 것을 모르지 않았을 것이다. 처음부터 그럴 생
각이었을 것이다. 전부 다 엔테과스토에게 뒤집어씌울 생
각이었겠지.

　[ 엔테과스토와 나눴던 대화들은 어디까지나 엔테과
스토의 앞에서 진행되었다…… 는 것을 염두에 두시고
봐 주셔요. 아셨지요? ]
　[ 소인 루네아는 정말로 엔테과스토의 강압에 의해
서 어쩔 수가 없었던 것이어요. ]

[ 정말로. 정말로요. ]

*　　　*　　　*

엔테과스토는 잡것 새끼가 둠 카오스의 시선에서 벗어날
수 있도록 어떤 이능(異能)을 사용했었다.

그래서 이 잡것은 더 그레이트 블랙에게 접근할 수 있었
고 그것과 함께 나를 도모하려 했었다. 서로의 이해관계가
맞아떨어졌으니까.

잡것의 설계는 이런 식이었다.

첫째로 더 그레이트 블랙과 그 일당들을 날 상대할 화력
으로 준비.

둘째로 날 유인해서 습격할 날짜에 맞춰 라이프 베슬을
파괴.

그런데 그 계획을 실행에 옮기려면 내가 라이프 베슬을
어디에 숨겨 뒀는지 알아야 하기 때문에 연희를 특정하게
된 거였다.

하지만 잡것 새끼의 설계에는 애초부터 치명적인 실수가
존재했다.

연희.

잡것 새끼는 연희의 능력을 본인보다 한참 아래로 봤지

만, 결과는 예상과 판이했다.

정신 대결에서는 박빙 끝에 연희를 겨우 이겼다.

이후에 부활자가 터진 연희를 상대로 한 현실의 대결에서는.

연희를 오크들이 우글거리는 소굴로 던져 버려야 할 정도로 본인만으로는 감당이 되지 않았다. 종국엔 연희가 본토로 도주해 오는 데도 막지 못했다.

연희가 사경을 헤매고 있다는 소식은 그렇게 나에게 미치게 됐다.

거기까지가 사건의 전말이었다.


[ 보시다시피 소인 루네아는 마지막에 망설이고 말았사옵니다요. ]

[ 그게 소인 루네아의 실수라면 실수겠지요. 둠 맨 님의 여제사장이 본토로 돌아가지 못하게 마지막에 망설이지만 않았다면, 지금 둠 맨 님께서는 더 그레이트 블랙을 상대하고 계셨을 거예요. 하지만 소인 루네아는 둠 맨 님을 향한 충정이 무의식에도 가득하여……. ]

[ 보셔요. 둠 맨 님의 여제사장은 둠 맨 님의 품으로 돌아갈 수 있었던 거여요. ]

어떻게든 참아야 한다.

이 새끼를 처리하는 건 연희를 소생시킨 다음이다.

가능하면 시간을 역행시켜서. 차선으론 부활의 인장을 복사해 내서.


[ 다시 처음부터 확인해 보시겠어요……? 아니시라면 그럼…… '시간 역행의 인장을 획득한 순간'으로 무대를 이동 하겠사옵니다요. ]

[ 소인 루네아. 힘에 부치지만 최선을 다하겠사와요- ٩(๑>0<๑)۶ ]


*       *       *


[ 시간 역행 이라는 게…… 과연 존재하는군욧! ]


나무 식탁은 그동안 찌든 오물들로 더러운 모습이었다. 정화된 물은 컵이라고 부르기도 힘든 작은 잔 안에 담겨 있었다.

잡것 새끼는 딱 그만한 크기로 식탁 위에 힘없이 내려앉았다. 그러고는 휴게소의 우중충한 분위기를 대번에 파악한 눈길로 나를 올려다보았다. 무력한 와중에도 호기심이

번져 있었다.

[ 그럼 무대를 재생……. ]

"잠깐."

과거의 시간대로 역행해 온 것은 아니다.

그러나 옛 기억과 무의식을 바탕으로 형성된 정신세계는 모든 것들이 형성 직전의 패턴에 의해서 자연스럽게 살아 움직인다.

예컨대 잡것 새끼가 그 모습 그대로 나타나면 주변 캐릭 터들은 이런 반응을 보일 것이다. 옛 인도관이 나타났다고.

여기가 레볼루치온의 관할 지역이라는 것까지 염두에 둔 다면 대다수의 캐릭터들은 잡것 새끼를 신처럼 추앙할 것 이다.

잡것 새끼에게 이번에 한해 인류의 모습을 사용하라고 명령한 까닭은 바로 그래서였다.

잡것 새끼는 맞은편 자리로 이동한 후에 형상을 변환시 켰다.

일전에도 썼었던 흑발의 여성체로, 그리고 복장은 눈에 띄지 않도록 다른 각성자들의 장비를 본떠서 만들었다.

[ 그럼 무대를 재생 시키겠습니다요. ]


멈춰 있던 세상에 시간이 흘러가기 시작했다.

제일 먼저 들려온 것은 라디오 소리였다.

레볼루치온의 선전 방송. 레볼루치온 정예 공격대들의 활약상을 언급하는 틈틈이, 시스템을 신봉하는 내용들로 가득한 그것이다.

활약상이란 어떤 퀘스트나 칠마제 군단과의 전투에 대한 것이 아니라 대체로 팔악(八惡) 진영과의 옛 전투에 대한 것들이었다.

품 안을 뒤적거려 보았다.

과연 본 시대에서 항시 지참하고 다녔던 부적이 거기에 있었다.

내용물이라곤 표지도 낱장들도 다 찢어져 한 장밖에 남겨지지 않은 그것. 아버지가 개설해 주셨던 통장의 일부분이다.

그런데 그 한 장조차도 피에 젖고 말리길 반복해 오다 보니, 과거에 어떤 모습이었는지는 조금도 유추할 수 없을 정도였다.

지금도 이 부적은 피로 젖어 있었다. 그렇다. 지금은 게이트 전투를 치른 지 얼마 되지 않은 때였다.

바야흐로 첼린저 박스를 깔 수 있는 포인트를 완성시킨 때이면서…….

창밖은 걸인들로 가득했다.

차마 각성자들의 전유 공간에는 들어올 수 없는 그들로 선 창 너머에만 달라붙어 있을 수밖에 없었다.

창은 아이들의 키보다 높게 위치해 있어서 아이들은 정수리만 빠끔히 올라 나와 있었다. 그마저도 얼마 없었다.

때문에 거기로 보이는 건 온통 성인들의 얼굴뿐이다.

전부 다 나이를 분간하기 힘들 정도로 더럽고 앙상하게 말라 있다. 또한 남녀를 구분할 수 있는 것이라곤 머리 길이뿐.

앞서 그들을 두고 걸인이라고 표현했지만, 사실상 그들은 평범한 민간인이었다. 얼마 남지 않은 인류 집단 중 하나.

지금까지 살아남은 것이 오히려 불행이 되고 만 집단인 것이다.


[ 소인 루네아. 이제야 이해가 가옵니다요. 수도자 같은 고행의 길을 걸어오셨던 우리 둠 맨 전하. 둠 맨 님이 아니 계셨더라면 인류는 이대로 말살 될 운명이었습니다요. 둠 맨 님이 아니고서는 누구도 할 수 없는 일이었을 것이옵니다요.]

[ 과연 둠 맨 님께서는 위대십니다요. 소인 루네아의
충정은 더 깊어졌사와요. ]


그때 우리를 주시하고 있던 남자가 접근해 오는 게 보였다.

그는 카운터에서 나왔다. 휴게소를 운영하는 총책임자.
가슴에는 레볼루치온의 문장을 훈장처럼 달고 있었다.

"각성자님. 힐러가 필요하시진 않으십니까?"

잡것 새끼를 향해 묻는 말이었다. 상처로 가득한 잡것의
얼굴과 방어구 사이에서 흘러나온 핏물들을 번갈아 쳐다보
면서였다.

물론 공짜가 아니거니와 우리에게 접근한 이유도 따로
있었다.

잡것 새끼는 날 쓱 쳐다보더니 신분증을 꺼냈다. 당시에
레볼루치온에서 직접 발행했었던 것과 동일한 물건.

그런데 직급을 꽤나 높게 꾸며 놨던 모양인지 카운터 캐
릭터의 반응은 경직되며 나왔다. 얼핏 보니 신분증에는 별
이 여섯 개 박혀 있었다.

이는 여섯 장의 투표권을 행사할 수 있다는 뜻이기도 했
는데, 레볼루치온에서는 네임드 급에 해당하는 자들만이
그러한 권력을 누렸었다.

"몰라 봬서 죄송합니다. 필요한 게 있으시면 언제든지

불러 주십시오, 루우르네아 님."

그제야 잊고 있던 기억들이 떠올랐다. 이 지역을 왜 마지막 터전으로 택했었는지.

어차피 생존 지역으로 유지되고 있는 도시도 얼마 없어서 선택지가 적었지만, 그 적은 선택지 중에서도 레볼루치온의 관할 구역은 특별했다.

당장 창밖으로 앙상한 걸인들이 달라붙어 있어도 저 광경은 다른 진영의 도시들에 비하면 그나마 나은 것이었다.

다른 지역에서는 걸인도 찾아보기 힘들었다는 게 생각났다. 특히 일악(一惡)의 관할 지역 같은 경우엔 민간인이라고 해 봐야 도시의 구질구질한 일을 떠맡을 노예밖에 없었다.

보통의 민간인은 각성제가 투약돼서 병력으로 활용되다 죽어 나갔으니까.

그래서 당시에 나는 여기에 어머니를 모시고 있었던 거였다.

\* \* \*

이때도 현재와 같았다. 이때는 팔악과 팔선 두 진영의 괴멸을 바랐고, 현재에서는 둠 카오스와 올드 원 두 진영의 괴멸을 소원하고 있다.

다만 이때를 기준으로 한다면 전의는 비교도 안 되게 꺾여 있었다.

상실감은 더 이전의 시간대에서 겪었던 일이었다. 이쯤 되고 나서는 사실상 팔악팔선에 대적하기를 포기하시다시피 했었다.

능력이 되지 않았다.

돌이켜도 봐도 추격자와 S급의 감각을 주력으로 해 왔던 일이라곤 고작 그것들로부터 도망쳐 다니는 것에 지나지 않았다.

이런저런 작전들에 많은 세월을 허비했었던 것은 사실이나, 그것들이 강해지고 세력을 성장시키는 속도는 내가 결코 쫓아갈 수 있는 게 아니었다.

그리고 무엇보다 이때는 본 시대 말기였다. 생존 지역이라고는 팔악팔선 16인이 직접 관할하는 지역밖에 남지 않은 시기.

드넓은 지구 전체에서 인류가 차지하고 있는 면적은 고작 그뿐인 시기. 팔악팔선 양 진영은 서로를 박멸시키고 싶어도 워낙에 멀리 떨어진 탓에 그럴 수가 없는 시기.

그렇게 이때는 팔악팔선이 괴멸되어도 인류의 미래가 멸망으로 결정된 시기였던 것이다.

그랬던 때에 시간을 역행할 수 있는 기회를 얻다니, 그

마음이 어땠겠는가!

시간을 역행할 때를 고르면서도 나는 흥분에 휩싸이지 않았었다. 희미해졌던 전의가 다시금 묵직하게 차 들어올 뿐이었지, 기쁜 마음이라곤 추호만큼도 없었다.

어쨌든 시간을 역행하기 직전의 이때는 다시는 마주하고 싶지 않은 세상이었다.

잡것 새끼가 가만히 앉아 있는 것도 힘들다는 듯이 식탁에 엎드릴 무렵.

나는 상념을 깨고 나왔다. 이때의 능력을 현재의 능력에 겹쳐 씌웠다. 예컨대 포인트에 해당하는 박스를 까는 체계들을 가져온 것이다.

그렇게 육감을 일으키자마자, 그때만큼은 저 잡것이 아닌 옛 시스템의 메시지가 터졌다.


[ 첼린저 박스를 개봉 하시겠습니까? ]


"물론."


[ 첼린저 박스가 개봉 됩니다. ]


박스가 열리기 위해 뚜껑을 들썩거리는 찰나!

두 눈이 부릅떠졌다.

그다음에 찬란한 빛무리가 쏟아져 들어왔다. 더 이상은 날 흥분시키지 못하는 그 빛이 내 가슴을 향해 일직선을 뻗쳤다.

가슴에는 인장이 새겨진 느낌이 확실하건만 나는 그보다 전인, 뚜껑이 열리던 순간에 느꼈던 감각으로 온 신경이 쏠렸다.

[ 인장 '시간 역행' 을 획득 하였습니다. ]

[ 시간 역행 (인장)

효과: 1회에 한해, 특정한 시간대로 역행 할 수 있습니다. 단, 1분 안에 사용해야 합니다.

등급: S ]

[ 남은 시간 (인장 '시간 역행') : 59초 ]
[ 남은 시간 (인장 '시간 역행') : 58초 ]

방금 그 느낌은 뭐였지?

분명히 박스가 열리려던 찰나에 개안과 탐험자를 담당하고 있는 영역뿐만 아니라 오버로드 구간의 감각까지 연동됐었다.

그것들이 다 함께 맹렬하게 요동쳤고 순간 느껴지는 게 있었다.

연희를 소생시킬 방법을 찾는 것이 주목적이긴 하다. 그러나 직전에 느꼈던 것은 그냥 지나치기엔 '진실'이 담겨 있었다.

과연 무의식에는 당시의 진실이 기록되어 있던 것이다.

내게 시간 역행의 기회를 준 것이 둠 카오스인지 올드 원인지!

"무대를 리셋시켜라."

잡것 새끼한테 말했다.

Chapter 4.

여러 번 확인했다. 그럼에도 처음에 느꼈던 것과 일치했다.

박스가 열리기 직전, 두 권능의 대립되는 반응이 포착됐다. 하나는 내 권능의 기운에 락을 걸어 둔 기운과 비슷하다. 즉, 둠 카오스의 권능.

다른 하나는 두말할 것도 없이 올드 원의 권능인 것이다.

마지막으로 확인해 봤다.


[ 첼린저 박스가 개봉 됩니다. ]


박스 뚜껑이 들썩거리는 지금! 두 기운이 부딪치다가 둠 카오스의 기운이 찰나에 밀려 나간다. 그렇게 박스가 열리는 순간에 남아 있는 기운은 올드 원의 기운밖에 없었다.

내게 시간 역행의 기회를 준 것이…… 올드 원이란 말인가?

그건 추측해 왔던 것과 달랐다.

올드 원이 그 기회를 줬다고 생각했었던 때가 있긴 했었다.

그러나 올드 원이 나와 우리 인류를 얼마나 하찮게 보는지, 성 드라고린을 향한 애착이 얼마나 큰지를 깨닫게 되면서는 둠 카오스 쪽으로 생각이 바뀌었다.

단언컨대 시간 역행에는 장엄하고도 거대한 힘이 집약되어 있다.

그런 힘을 사용할 때에는 아무리 올드 원이나 둠 카오스 같은 우주적 존재라 할지라도 신중을 기할 수밖에 없었을 것이다.

하지만 올드 원은 나와 둠 데지르와의 전투에서 어떤 모습을 보였던가.

나를 토사구팽(兎死狗烹)하려 했다. 둠 데지르 같은 하위 군주 하나를 죽인 것에 만족하려고, 시간 역행이란 광대한 힘을 사용했단 말인가. 그건 너무 소모적이며 멍청한 짓 아닌가.

그래서 내가 빠르게 성장할 수 있었던 요인들에는 둠 카오스의 손길이 미쳤을 거라 추정해 온 것이었다.

그렇지만 눈 앞에 펼쳐진 진실은 올드 원을 가리키고 있었다.

부정할 수 없다.

내게 시간 역행의 기회를 준 것은 올드 원이다.


[ ……둠 맨 님? 무대를 다시 리셋 시킬까요? ]


일단 진실만큼은 알게 되었으니 이후는 나중에 생각한다.

이 잡것 새끼를 찢어 놓을 순간에 대해서도.


\*　　　\*　　　\*


정신세계에 진입하면서 시간의 제약에서 벗어났기 때문일 것이다.

잡것에 대한 분노도, 모순된 진실이 가져오는 혼란스러움도 다스릴 수 있었다. 내부에 집중하기 위해선 그게 중요했고 마침내 준비가 되었다.

오버로드 구간의 감각을 최고조로 끌어올렸다.

내부를 들여다보는 순간에는 언제나처럼 빠른 속도감이 나를 스쳐 갔다.

여기서 더 집중하면 스스로를 잊는 경지인 몰아(沒我)에 도달하게 된다.

그러나 인장에 엮인 설계를 파헤치기 위해선 그보다 전 단계인 지금에서 멈춰야 하는 일이다.

전면으로 사대 능력치를 결정짓는 껍질이 있었다. 거기서 한 번 더 들어가면 껍질 속에 담겨 있는 영역들이 펼쳐진다.

특성, 스킬, 인장을 담당하는 세 영역.

거기에 새롭게 깨닫게 된 한 가지 영역이 더 보태진다. 권능의 기운이 가둬진 영역. 그렇게 껍질 속은 총 네 가지 영역으로 이루어져 있다.

그런데 껍질이 평소와는 달랐다. 허상(虛像)에 다를 바 없는 기운이지만 껍질 안에 담겨 있는 기운에 영향을 받고 있는 듯 보였다.

껍질에 균열이 간 것은 아니었다. 하지만 언젠가는 안의 힘을 견디지 못하고 파괴되어 버릴 것처럼 보였다.

[ 남은 시간 (인장 '시간 역행') : 55초 ]


[ 인장 '시간 역행'의 정보가 수정 되었습니다. ]

[ 남은 시간 (인장 '시간 역행' ) : 100년 ]

[ * 반드시 100년 안에, 인장 '시간 역행'을 사용 하십시오. ]


＊　　　＊　　　＊


시간 역행의 인장에 '1분 안에 사용' 하라는 제약이 걸려 있었던 이유가 여기에 있었다.

인장에는 광대한 힘이 깃들어 있었기 때문에 당시의 나약한 껍질로는 견딜 수 있는 시간이 그 정도밖에 되지 않았던 것이다.

하지만 지금, 내 능력에 동기화되어 아이템 정보도 수정되었다.

당시의 능력으로는 1분.

그리고 지금의 능력으로는 100년.


＊　　　＊　　　＊


그 장엄한 기운을 맞이한 첫인상은 내가 다루기에는 무리가 있을 거라는 거였다.

아니나 다를까, 집중이 깨져 버렸다.

테이블에 상체를 엎드린 채로 휴식을 취하고 있는 잡것 새끼가 보였고 세계는 정지된 상태였다. 잡것 새끼가 급히 변명했다.

[ 이 다음에는 둠 맨 님께서 바로 시간을 역행하셔 서…… 어머님의 배 속으로 들어가옵니다요. 그래서 소 인 루네아가 급히 무대를 정지 시켜 두었사와요. ]

틀린 말이 아니었다.

비록 인장에 걸린 제약이 100년으로 늘어났지만 달라진 것은 없었다.

당시에 나는 5초를 남겨 두고 인장을 사용했었다. 그러 니까 인장을 획득하고 나서 55초 뒤에 이 세계에 대한 기록 은 증발하는 거다.

시간의 흐름대로 고스란히 흘러가면 어머니의 배 속으로 이동된다. 역경자란 보상을 획득할 수밖에 없게도 역경의 고통을 딛고 일어나야 하는 그 시간대로 말이다.

그래도 방법이 없는 게 아니다.

여기는 무한한 가능성이 존재하는 정신세계!

잡것 새끼에게 명령했다.

"인장을 획득한 순간부터 55초가 흘러간 시간대까지, 무대를 계속 리플레이시켜라."

나는 그 시간대를 계속 머물면서 탐구를 진행할 생각이었다.

최소한 설계도를 들여다볼 수 있는 수준까지.


[ 계속…… 말씀이셔요? ]


잡것 새끼가 난색을 표했다.


[ 소인 루네아를 믿고 맡겨 주시는 것은 감사합니다요. 하오나 아시다시피 소인 루네아는 부상을 떨치지 못한 상태여요. 수를 셀 수 없을 정도로 많이 반복해야 할 것 같은데, 소인 루네아는 언제까지 그걸 감당할 수 있을지 모르겠사와요. ]

[ 솔직히 말씀드려야 둠 맨 님의 계획에 차질이 없을 것 같아 이렇게 말씀드립니다요. ]


"네놈 사정까지 봐줘야 하는 거냐."


[ 그런 것이 아니오라…… 소인 루네아에게 좋은 생각이 있사옵니다. 어떻게든 둠 맨 님의 여제사장을 소

생시킬 방법만 찾으면 되는 것 아니어요? 그러니 이 시간대에서 무리하시지 마시고 부활의 인장을 획득한 시간대로 넘어 가시는 게 어떻겠습니까요. ]

[ 그쪽, 난이도가 훨씬 쉽지 않겠습니까요? *(๑•ᴗ•๑)* ]


"군주들의 회의 때로 이동하지."


[ 예? 몇 번째 회의로……. ]


"가장 최근. 네놈이 애걸복걸하던 그 시간대로 말이다."


[ 아니. 쉬운 길을 놔두고 왜 구태여 어려운 길을 가시려는지…… 알겠사와요. 소인 루네아의 하찮은 사고로는 감히 둠 맨 님의 의중에 범접할 수 없을 것이옵니다요. 넵넵! 소인 루네아가 능력이 되는 한 최선을 다해 지금 무대를 계속 리플레이 하겠사옵니다. ]

[ 그러니 그런 끔찍한 말씀은 이제 하지 않으시는 겁니다요? ^^;;; ]

나는 더 이상 울화가 치밀어 오르지 않았다. 바로 직전에 웅장하며 엄숙한 힘을 마주했었던 것이 크게 작용하고 있었다.

잡것 새끼는 내가 별 반응을 보이지 않자 두 눈을 깜박거렸다.

새끼가 고개를 갸웃거리며 말했다.

[ 혹시나 해서 여쭙는 것인데 오해는 풀린 게 맞지요? 여기 일이 다 끝나고 나면 소인 루네아를 죽이실 생각은 아니시겠지요? 헤헤헤……. ]

[ 물론 아니시겠지만 기분 상하지 말고 들어주셔요. 소인 루네아는 유일한 증인 입니다요. 엔테과스토가 우리 주인님의 질서를 거역하고 멋대로 둠 맨 님을 죽이려 했다는 것을 증명해 내기 위해서는…….! ]

[ 소인 루네아가 꼭 필요 합니다요. ]

잡것 새끼의 말이 계속 이어졌다.

[ 엔테과스토는 머저리가 아니여요. 둠 맨 님께서도 아시고 계셔요. 여 제사장에게 일어난 일은 우리 주인님의 시야에서 벗어난 일이었사와요. ]

[ 그래서 결론은 이것입니다요. 소인 루네아를 죽이실 수는 있으시지만 그걸로 끝이닷! 진짜 흑막인 엔테과스토에게 죄를 물을 수는 없닷. 소인 루네아 따위를 죽여 봤자 무슨 이득이 있으시겠어요. ]

[ 엔테과스토가 이 사달의 근원인 데다가……. ]

그때 잡것 새끼가 줄곧 엎드리고 있던 상체를 세웠다.

[ 여 제사장도 여 제사장이지만, 둠 맨 님께서 궁극적으로 바라시는 것은 본토의 안정이시잖아요. 그걸 위해서라면 둠 맨 님께서는 언제고 우리 주인님을 배반하실 테지요. ]

[ 하지만 소인 루네아! ]

[ 둠 맨 님의 일생을 함께하며 위대한 길을 보았습니다요. 아슬란이 둠 맨 님께 전향하였듯 소인 루네아의 마음도 다르지 않사와요. ]

그러고는 내게 고개를 숙이며 말했다.

[ 소인 루네아의 충정은 그 어느 때보다 진심이어요. 소인 루네아는 둠 맨 님의 뒤를 따라가고 싶사와요. ]

[ 둠 맨 님께서 이룩하실 위대한 행보를 좇아가다 보면, 솔직히 소인 루네아도 언젠가는 어둠의 장막 위로 진출할 순간이 오지 않겠어요? ]

[ 소인 루네아는 둠 맨 님께서 최고의 계단에 오르시는 그날까지. 그리고 올드 원을 무찌르시는 그날까지. 영원히. 또 영원히. 결코 변치 않을 것이옵니다요. ]

잡것 새끼는 가증스러운 눈물까지 글썽거렸다.

[ 소인 루네아를 용서하시기 힘드시겠지만 부디 용서해 주셔요. ]

[ 그리고 소인 루네아의 충정을 받아 주셔요. 소인 루네아에게는 개인적인 득이 될 것이고, 둠 맨 님께는 앞으로 가실 위대한 길에도 조금이나마 보탬이 될 것이옵니다요.]

[ 보셔요. 소인 루네아의 타고난 성격은 어쩔 수 없어서 둠 맨 님께 많은 오해를 일으킨다는 것을 알고 있사와요. 하오나. 하오나.]

[ 소인 루네아의 충정 만큼은 그 어느 때보다 진심이어요. (*≧0≦)ﭢ♡ ]

"……."

[ 못 믿으시겠다면 기회를 주셔요. 소인 루네아가 군
주들의 회의에서. 그 심판대에서. 둠 카오스에게 엔테
과스토의 죄를 낱낱이 밝히겠사옵니다욧! ]
[ 둠 맨 님께서 무리하시지 않으셔도 엔테과스토는
곤경에서 벗어나지 못할 것입니다욧! ]

\*       \*       \*

내게 감화됐다는 것은 조금도 신경 써 줄 이야기가 아니
다.
그러니까 잡것 새끼의 말은 한마디로 축약될 수 있었다.
살려 달라, 그것만큼은 잡것 새끼가 계속 언급해 왔던 진심
이었다.
내가 목적을 달성한 순간이 본인에게는 나락에 떨어질
순간이 될 거란 걸 모를 턱이 없었다.
마지막이었다.

[ 소인 루네아. 이왕 말이 나온 김에 다 솔직하게 말
하겠사와요. ]

[ 소인 루네아가 둠 맨 님의 일생을 다 보게 된 것 역시, 용서하시기 힘든 이유가 될 것이어요. 하오니 여 제 사장을 소생할 방법을 얻게 되신다면 그 즉시 소인의 기억을 지워 주셔요. ]

[ 지금 이 순간에 대한 기억만 남겨 주신다면 소인 루네아의 진심은 변치 않을 것이어요. ]


내게는 정신 능력이 없지만, 정신세계 안에 진입된 상태에서는 말이 달라진다.

잡것 새끼가 말하고 있는 게 바로 그거다.

나는 지금에라도 정신세계의 지배권을 100% 장악할 수 있었다. 더욱이나 잡것 새끼는 연희가 입힌 부상에서 회복되지 못한 상태.

세계의 지배권을 완전히 회수한 이후에는 잡것을 상대로 무엇이든 가능하다.

불가피하게 인류의 것을 쓰고 있는 저 형상을 어떤 것으로든 변화시킬 수 있을 것이며 이 세계 안에서 잡것 새끼를 갈기갈기 찢어 지워 버릴 수도 있었다.

잡것 새끼는 정신체 그 자체로 내 세계 안으로 들어왔기 때문이다.

다만, 잡것 새끼의 기억을 지워 나가는 것은 다른 영역이다. 잡것은 그 영역을 내가 주관할 수 있게끔 마지막에 길을 열어 주겠다고 말하고 있는 것이었다.

그렇게까지 하면서 목숨을 보존하고 싶은 거겠지. 새끼.

"심판대에서 엔테과스토의 죄를 고하겠다?"

[ 넵넵! 치졸한 엔테과스토는 둠 카오스의 징벌을 받아 마땅하옵니다요. ]

[ 사형(死刑)까진 가지 않겠지요. 둠 카오스에게는 엔테과스토 역시 훌륭한 자원이니까요. 하오나 둠 맨 님께서 청하시기만 한다면, 죄의 대가로 엔테과스토의 장비를 받을 수는 있지 않겠사옵니까? ]

[ 소인 루네아. 하나 더 말씀 드릴게 있사와요. 아시죠? 소인 루네아는 이렇게 떠버리가 아니라 신중하다는 것을요. 오해하시기 없깁니다욧. ]

잡것 새끼의 입에서 나오는 말은 하나도 믿을 게 없다. 하지만 특급 정보를 말한다는 듯이 주절거리는 것을 구태여 막을 필요도 없었다.

정신세계는 그런 곳이다. 무한한 가능성만큼이나 무한한 시간이 허락된 세계.

현실이었다면 잡것 새끼는 혓바닥을 놀린 즉시 대가리가 터져 나갔으리라.

[ 죽음의 서, 마지막 권.]

"그 이름이 갑자기 왜 튀어나오지?"

[ 다시 말씀드리지만 엔테과스토는 치졸하기 짝이 없습니다요. 엔테과스토는 본인이 옛, 언데드 엠퍼러를 만들어 놓고 그 힘이 강하다는 이유로 죽이고. 그리고 죽음의 서들을 모두 회수하였사와요. 여기까지는 둠맨 님께서도 아시는 이야기여요. 그런데 다음은 모르시더라구요. ]

[ 세 권 중 두 권은 옛 신마대전의 군단장 중 한 명에게 하사하고. 또 한 권은 성외(星外) 전쟁의 군단장 중 한 명에게 하사했고요. ]

[ 아차차. 말씀을 못 드렸구나. 성외 전쟁은…… 둠맨 님께서는 시작의 장이라고 부르시는 그런 전쟁들을 통틀어서 지칭하는 거여요. ]

[ 어쨌든요. 이게 가관인데 마지막 3권은 본인이 직접 가지고 있는 것으로 언데드 엠퍼러 같은 것이 다신

나타나지 않도록 하였사와용~ ]

"그걸 다 어떻게 알게 됐지?"

[ 소인 루네아에게는 두 가지 지령이 있었사와요. 하나는 전령으로서의 임무고. 다른 하나는 정령계의 동태를 주시하며, 정령들이 성(星) 드라고린에 개입하려 하면 이를 막는 임무였습니다요. 지금도 제 많은 아이들은 그 전선에 포진 되어 있사와요. ]

[ 그런데 정령들은 옛 신마대전 때부터 잔존해 있는 것들이 많걸랑요? ]

[ 그것들에게 입수한 정보가 많았습니다요. 그 부분에서 만큼은 인간 군단 보다 낫다!, 자신 있게 말씀 드릴 수 있는 것이어요. ]

"……"

[ 이거 이거. 또 수다를 떨게 되는데 어쩔 수가 없는 것이어요. 정보들은 많은데 얼마나 쓰레기 같은 것이 많은지, 쓸 만한 것을 고르는 것도 여간 힘든 일이 아닐 수 없었고요.]

[ 무엇보다 그 조각조각 난 것들을 합쳐서 제대로 된 정보로 만들기 위해서는. ]

[ '둠 엔테과스토에게 죽음의 서 3권이 있다'는 특급 정보 하나를 완성 시키기 위해서는…… 소인 루네아. 아주 죽는 줄 았았습니다요. ]

[ 하지만 소인 루네아, 이 특급 정보를 둠 맨 님께 바칠 수 있게 되어서 한없이 기쁩니다요. 소인 루네아의 일족은 앞으로도. 소인 루네와 함께 둠 맨 님을 위해서 라면 무엇이든……. ]

잡것 새끼는 내 눈빛을 확인한 그제야 아가리를 다물었다. 하지만 그것도 잠시.

[ 엔테과스토가 저지른 죄의 대가로, 죽음의 서 3권 만큼은 꼭 청하셔요. 그것은 둠 카오스가 반드시 들어 줄 것입니다요. 그리고 옛 언데드 엠퍼러 같은 존재를 부활시키셔요. ]

[ 조슈아 폰 카르얀, 오시리스……! ]

잡것 새끼는 도무지 참지 못하겠다는 듯이 내뱉었다.

[ 소인 루네아의 충정을 받아 주시면 그 모든 걸 얻으실 수 있사와요. ]

[ 소인 루네아가 전부 다 바치겠사와요. 소인 루네아가 전하의 눈과 귀가 되어 드리겠사와요. ]


"무대를 리셋시켜라."


[ 옙! 전하 ─ ]


＊　　　＊　　　＊


시간 역행의 인장을 얻은 직후부터 55초까지. 그렇게 1회가 구성된다.

지금이 몇 회차인지를 세는 것은 의미가 없는 일이었다. 몇십만 회인지, 몇백만 회인지. 분명한 건 어느 시점을 기준으로 잡것 새끼의 피골이 눈에 띄게 상접하기 시작했다.

다시 무대를 리셋할 때가 되면 어김없이 잡것의 얼굴이 보이는데, 거기에서 잡것의 눈꺼풀은 반쯤 감겨 있었다.


[ 아직…… 멀었습니까요……? 전하……. ]

[ 소인 루네아는 전하의 집념에 감탄 또 감탄 했사와
요. 하오나 소인 루네아가 문제여요. 소인 루네아는 전
하의 집념을 따라 가기에는 너무 약합니다요. ]

내 눈에도 잡것 새끼는 점점 힘을 잃어 가고 있었다.

시간 역행의 인장에서 성과를 낼 가능성이 보이지 않으
면 이쯤에서 부활의 인장을 향해 무대를 옮기는 게 맞을 것
이다.

그러나 아니었다. 잡것이 그렇게 하소연을 하고 있던 때
는 비로소 인장의 설계도를 직면하는 데에 성공한 때였다.

멈춰 있는 장엄한 힘 안에서 유영(遊泳)하는 방법을 깨달
은 때였다.

판단은 더 굳어졌다. 지금이 아니라면 또 언제 이런 기회
를 가질 수 있겠는가.

설령 연희를 소생시킨다 할지라도 연희에게 이 작업을
맡길 순 없었다. 55초의 짧은 무대를 수천만 번이나 쉼 없
이 되풀이해야 하는 일이다.

고문에 가까운 일. 연희에게는 바라서도, 바랄 수도 없는
일.

오로지 잡것만이 이런 살인적인 중노동에 시달려도 마땅
한 것이다.

말라 죽으라면 죽으라지. 죽어 버리면 차선으로 다른 정신계 각성자가 있다. 그러나 그때는 무대를 옮겨서 보다 수월할 것이라 예상되는, 부활의 인장에만 집중해야 한다.

그러니 최고의 시나리오는 잡것이 뒈지기 전에 목적을 달성하는 것이다.

시간 역행의 인장을 주관하는 게 가능해진다면······.

연희를 소생시키는 것 이상의 힘을 얻게 되는 것일 터! 나는 새로운 가능성을 보았다.

그게 나를 지치지 않게 만들어 주는 또 하나의 이유가 되고 있었다.

*       *       *

한 번은 잡것이 다 죽어 가는 기색으로 이렇게 물었다. 어떻게 아무렇지 않을 수가 있냐고. 어떻게 '탐구'만 계속할 수 있냐고.

잡것은 내 일생을 다 봤기 때문에라도 정확히 탐구라는 표현을 썼다.

대꾸하지 않자, 잡것은 무대를 리셋시키지 않고는 머뭇거리기 시작했다. 이제는 한마디 한마디 내뱉는 것도 버거워 보였다.

창밖에 있는 걸인들과 다를 바 없는 얼굴이 나를 쳐다보았다. 입을 벌리면 그대로 썩은 내를 풍길 것 같지만 다행히 잡것은 메시지를 애용한다.

[ 시간 역행의 힘을 얻게 되시면……. ]

무대를 옮기자던 소리는 오래전에 그쳐 있었다. 정확히는 내가 목적을 달성하기 전까진, 절대 포기하지 않을 거란 걸 상기했기 때문일 것이다. 지금까지의 내 일생을 토대로 말이다.

[ 전하…… 청이 있사와요. 소인 루네아에게 엔테과스토가 어떻게 치졸하게 나오는지 미리 알려 주셔요. ]

잡것은 내가 이미 시간 역행이란 불가사의한 힘을 손에 넣은 듯이 말했다.

[ 그러면 엔테과스토를 따르는 척만 하다가 결정적인 순간에 둠 카오스에게 전부 다 일러바치겠사옵니다요. 전하께서는 여 제사장님도 소생 시키고 죽음의 서 마지막 권도 얻게 되시는 거여요. ]

[ 또한 소인 루네아는 지금처럼 무력하지 않은 모습
으로, 전하께 열성을 다할 수 있게 되는 것이어요. ]


나는 가만히 잡것을 쳐다보았다. 확실히 잡것에게는 어
떤 조바심이 느껴지지 않았다. 잡것은 내가 본인의 제안을
수락할 거라 확신하는 것 같았다.

시간 역행이라는 변수 앞에서도 그런 모습을 보일 수 있
다는 게 의아했다.

그때 잡것의 메시지가 이어져 나왔다.


[ 소인 루네아의 본토에 가시면……. ]


그러나 다음으로 이어져야 할 메시지가 나타나지 않았다.

실로 오래간만에 잡것의 눈동자가 흔들리고 있었다. 경
박하기 짝이 없는 이것이 신중을 기하면서 차마 내뱉지 못
하는 말.

그걸 내뱉기까지 심사숙고해야 할 정도로 중요한 정보가
잡것의 목구멍 속에 담겨 있었다.

무대를 다시 리셋시키라고 재촉하지 않았다. 슬슬 잡것
의 눈에서 흔들림이 그치기 시작했다. 나는 거기에서 오래
전이 연상되었다.

죽음의 서 마지막 권을 언급하며 본인을 살려 줘야 하는 이유들을 주절거렸던, 그 오래전. 정말로 당시가 생각나는 분위기였다.

잡것의 말은 새로운 화제로 이어졌다.

[ 시간을 역행하시면 소인 루네아에게 귀띔해 주셔요. 지금은 정말로 정말로 솔직히 말씀드리는 거여요. 과거에 소인 루네아의 충정은 지금 만큼 크지 않았걸랑요? 그때 충정이 없었다는 게 아니라요. 어디까지나 지금에 비해……. ]

[ 어쨌든요. ]

[ 똑같은 일이 반복 되잖아요. 소인이 어떻게 할지, 엔테과스토가 어떻게 할지. 그걸 알고 있는 건 둠 맨 전하밖에 없으시잖아요. ]

[ 그러실 거잖아요. 소인 루네아가 전하의 여제사장님을 불가피하게 습격하게 된 때에 맞춰, 짠 하고 나타나실 거잖아요. 아니셔요? ]

"네놈 하기에 달려 있는 것이지."

[ 거 — 짓말. 소인 루네아의 말은 아직 끝나지 않았
사와요. 끝까지 경청해 주셔요. 아주 아주 중요한 말을
하려는 거니까요. 솔깃 하실 거여요. ]

[ 소인 루네아는 둠 맨 전하의 인간 군단보다 늦게
합류했습니다요. 그런데도 죽음의 서 마지막 권 등을
포함해 이런저런 특급 정보들을 더 빠르게 획득할 수
있었사와요. ]

[ 더 들어 보셔요. 전하께서 그런 특급 정보들을 추
가로 얻기 위해서는요. 더 그레이트 골드의 기록물을
찾으시는 것도 한 방편이어요. 한데 그것은 시간이 너
무 오래 걸리는 일이잖아요. ]

잡것은 내 얼굴을 확인하며 말했다.

[ 왜요. 카시안이 더 그레이트 골드일 거라는 건 전
하께서도 추정 하고 계셨잖아요. ]

[ 소인 루네아는 특급 정보를 알아내는 데 있어서 만
큼은 전하의 인간 군단보다 위에 있다고 자부할 수 있
사와요. 인간 군단은 그대로 부리고 계시되, 이왕이면
정보를 획득할 수 있는 다른 창구를 또 운영 하셔요. ]

[ 잠깐만요. 아직 안 끝났습니다요. 이제 정말로 마지막이고 중요한 얘기여요. ]

[ 소인 루네아의 본토에 '기억의 창고'가 있사와요. 소인 루네아 같이 고등한 일족들은 일족들끼리 기억과 감정을 공유할 수 있습니다요. 잘 아실 거여요. 둠 맨님의 충실한 오르까도 그렇잖아요. ]
[ 다만 오르까와 소인 루네아가 다른 것은 소인이 더 월등한 존재라는 것이어요. ]
[ 소인 루네아 같은 일족의 장들은 기억과 감정을 따로 보관합니다요. 다음 후계를 위해서요.]
[ 맞습니다요. 눈치 채셨을 거여요. 그걸 어디에 숨겨 두고 있는지, 획득하실 수 있는 방법을 가르쳐 드리겠사와요. 정리하면 이런 거여요. ]

[ 첫째, 시간을 역행 하신다. ]
[ 둘째, 소인 루네아의 기억 창고로 진입하신다. ]
[ 셋째, 놀라서 부랴부랴 온 소인 루네아에게 지금 일을 귀띔해 주신다. ]
[ 넷째, 소인 루네아와 함께 둠 카오스에게 엔테과스토의 죄상을 낱낱이 밝힌다. ]

[ 다섯째, 죽음의 서 마지막 권을 취하신다. ]

[ 여섯째, 소인 루네아를 마음껏 부리신다. ]

[ 일곱째, 둠 맨 님의 여제사장은 아무런 피해 없이

해피엔딩- ٩(๑^○^๑)۶ ]


잡것은 실실 웃는 얼굴로 테이블에 엎드렸다. 거기에 대
고 말했다.

"너희 벌레들은 말이 너무 많아…… 그렇게 하지."


[ 감사합니다요. 전하. ]


*          *          *


많은 회차를 보내 왔다. 잡것은 목숨이 위태로운 지경까
지 악화되었다.

어디까지나 어린 여학생의 형상일 뿐이지만 그 얼굴조차
도 누렇게 떠 있었고 이제는 더 이상 어떤 메시지도 보내오
는 게 없었다.

잡것은 엎드린 채로 눈길로만 나를 확인하고 있었다. 간
절한 눈길이며 곧 죽을 것 같은 그 눈빛으로도 나를 응원하
는 느낌이 컸다.

잡것은 내가 바라는 것 이상으로, 내가 시간 역행의 힘을 손에 넣길 바라고 있었다. 그것만이 본인이 살아날 길이라고 확신하고 있으니까.

물론 잡것의 생명이 꺼지기 전에 내가 시간 역행의 힘을 얻어야만 가능한 일이다.

그렇게 잡것은 말을 잃었다. 아니, 말할 힘을 아끼고 또 아꼈다. 죽을힘까지 보태서 무대를 리셋시키는 데 열성을 다해 왔다.

"끝났다."

나로서도 오랜만에 열어 보는 입이었다. 그러자 잡것의 입가가 꿈틀거렸다.

희미한 미소였다. 그러나 미소가 유지되는 시간은 짧았다. 아파할 힘조차 없다는 듯이 잡것의 얼굴은 다시금 찌푸려졌다.

구태여 잡것에게 현실로 돌아가자고 명령할 필요는 없었다. 그저 이 정신세계에서 잡것을 밀어내면 그만인 것이다.

*쏴악—!*

제일 먼저 시야로 들어오는 건 막 눈앞을 스친 잡것이었다. 잡것은 스친 그대로 아래로 추락했다. 육체란 게 존재하지 않는 것임에도 불구하고, 잡것은 마치 바닥에 부딪힌 듯이 멈췄다.

정신세계에서 보낸 시간은 잡것에게는 지옥 같은 세월이었다.

그러니 어떻게든 결실을 맺고 돌아온 이상, 잡것은 마지막 순간을 본인의 눈으로 확인하고 말겠다는 듯이 굴었다.

잡것은 눈으로 이렇게 말하는 것 같았다. 우리가 해냈어요.

시야 한구석에는 연희가 걸쳐 있었다. 오래전 그 모습과 하나도 다른 것 없이 병상에 눕혀진 상태. 바이오 센서들이 마루카 촉수처럼 그녀의 몸을 더럽히고 있다.

당장에라도 저것들을 떼어 내고 싶다는 생각이 치밀어 올랐다.

거기까지가 현실로 복귀한 직후였다.

나는 넓은 지역으로 자리를 옮겼다.


[ 게이트 생성을 시전 하였습니다. ]


\*     \*     \*


[ 오딘의 절대 전장이 개방 되었습니다. ]

엔테과스토 같은 것을 의식해서 결계부터 형성했다. 다음으로 아이템을 꺼내기 시작했다.

시간을 되돌리게 되면 여기에서 일어난 일은 없던 게 된다. 어차피 돌려받게 될 일. 나를 구성하고 있는 일부분 무엇이라도, 그것을 갈아 버리는 데 거리낌이 없었다.

[ 추출자가 발동 하였습니다. ]

[ 루네아의 빛이 파괴 되었습니다. ]
……
[ 제우스의 뇌신 창이 파괴 되었습니다. ]
[ 경험치를 획득 하였습니다. ]

이후로는 몰아(沒我), 스스로를 잊는 경지. 그 안에서 나를 이루고 있는 구성물들을 하나씩 벗겨 내 인장으로 투입했다.

[ 역경자가 제거 되었습니다. ]
[ 열정자가 제거 되었습니다. ]
……
[ 오딘의 신수가 제거 되었습니다. ]

[ 오딘의 분노가 제거 되었습니다. ]

[ 데비의 칼이 제거 되었습니다. ]

4대 능력치를 결정짓는 껍질. 거기에 깃들어 있는 마나 중 근력을 제외한 최소 분량만 남겨 두고 모조리 끄집어냈다. 그렇게 몰아를 깨고 나온 때.

[ 경고: 오딘의 절대 전장이 파괴 되기 직전입니다. ]

모든 게 휘몰아치고 있었다. 내가 만들어 낸 마나 블레이드가 얼마나 거대하고 광활한 힘을 가졌는지를 감상할 때가 아니었다.

오버로드 구간의 근력으로 버티고 섰다. 몰아의 상태로 다시 진입해도 결계를 휘젓고 있는 그 힘에 휩쓸릴 수 있으니, 버틸 수 있게끔 온 전신의 근육에 긴장을 끌어올리면서였다.

그러고 두 번째 몰아(沒我)를 끝냈을 때. 결계는 어디에도 존재하지 않았다.

대신 눈앞에 떠 있는 건 기다렸던 바로 그 메시지였다.

[ 인장 '시간 역행' 을 획득 하였습니다. ]

[ 시간 역행 (인장)

효과: 1회에 한해, 24시간 안의 시간대로 역행 할 수 있습니다.

등급: SSS ]

*　　　*　　　*

드디어…….

[ 인장 '시간 역행'을 사용 하였습니다. ]

[ 시간을 역행 하시겠습니까? ]
[ 날짜를 선택하여 주십시오. ]

"지금으로부터 하루 전."

주변의 모든 배경들이 일점(一點)으로 빨려 들어간다고 느꼈다.

그러고는 팟!

눈 앞에서 섬광이 터졌다.

                    *        *        *

  천막 안이었다. 바깥에서는 드라고린어로 이뤄진 낯선
대화 소리들이 들렸다. 기억을 더듬어 나가던 중에 여기가
어딘지 생각났다.

  더 그레이트 화이트의 무덤을 쫓는 탐사대의 야영지였
다.

  이 시간대에 나는 거기에 있었다.


  [ 이름: **화신**(化身) 나선후 레벨: 641 (오버로드) * 2

  **회차** * ]


  능력치도 아이템도 전부 이 시간대에 품고 있던 그대로
돌아와 있었다.

  하지만 한 영역만큼은 달랐다. 권능 수치! 그 옛날 잡것
을 찾기 위해 게이트를 쉼 없이 열고 닫은 적이 있었는
데, 시간을 거슬러 왔음에도 그것만큼은 불변한 것이었다.

  새로운 사실이다.

  권능은 시간 역행에 영향을 받지 않는 영역에서 존재한
다.

  "……."

시간 역행을 주도한 나에게만 해당하는 일인지, 아니면 권능을 가지고 있는 모든 초월체들에게 해당하는 것인지.

예상치 못하게 중요해졌다.

엔테과스토가 시간이 돌려졌다는 것을 눈치챌 수도 있으니까.

지금까지 정황으로 보자면 나에게만 해당될 가능성이 높긴 했다.

시간이 역행된 건 지금이 최초가 아니었다. 과거에 올드 원에게 인장을 받았을 때에도 이미 있었던 일이다.

둠 카오스와 올드 원은 제외.

그때에도 다른 초월체들이 이를 눈치챌 수 있는 일이었다면, 한 번쯤은 그것들을 통해 '시간이 돌려진 사건'에 대해서 접할 수 있었을 것이다.

그리고 시간을 역행해 온 존재를 찾거나, 혹은 그 존재로 나를 특정해서 의식하는 모습을 보였을 것이다.

하지만 그런 적은 없었다.

지금 사용한 시간 역행의 인장은 설계도를 복사해서 만들어 낸 것일 뿐이지, 내 입맛에 맞게 변형시킨 게 아니었다.

모방해서 새로운 창조를 해낼 수 있을 수준까지 통달했다면 권능 수치에 제약이 따른다는 것도 사전에 알았으리라.

모르긴 몰라도, 그런 제약을 제거하는 건 올드 원조차도 불가능한 일이었을 것이다. 그러니까 가장 신빙성 높은 가설은……

시간 역행을 주도한 존재의 권능은 시간 역행에 영향을 받지 않는다.

바로 그것일 것이다.

*     *     *

복사해 낸 시간 역행의 인장은 권능 수치 외에도 한 가지 제약이 더 걸려 있다. 역행할 수 있는 시간대가 하루로 한정된다는 점.

그렇지만 지금의 능력상 응용이 가능하다. 지금을 기준으로 시간 역행의 인장을 또다시 만들 수 있었다. 그렇게 하루를 더 돌린 상태에서 또다시 시간 역행의 인장을 만들고 또 하루를 돌리고.

그걸 반복하다 보면 시간 역행의 인장을 만드는 게 가능한 마지막 시간대까지 거슬러 올라갈 수 있는 것이다.

즉, 감각이 엔더 구간인 시간대까지.

그 이상으로 거슬러 올라가는 게 불가능한 이유는 간단하다. 내부 영역을 조작하기 위한 최소 조건이 '엔더 구간의 감각'이기 때문이다.

의도적으로 역경자를 터트릴 수 있는 상황을 만든다면 조금은 더 올라갈 수 있다.

하지만 그 시간대까지 거슬러 올라갔을 때에는 뽑아낼 수 있는 마나의 총량이 지금보다 현저하게 낮아서, 하루로 제약된 설정은 몇 시간 안으로 좁혀질 것이다.

어디까지나 응용할 수 있는 선에서 그런 것이다. 시작의 장까지 거슬러 올라갈 일은 일어나지 않을 테니까.

지금이 기준이다.

지금으로부터 내게나 내 주변에 위기가 닥치면 시간을 돌릴 것이다.

문제는 올드 원과 둠 카오스가 이에 어디까지 개입할 수 있냐는 것이겠지.

그쯤에서 파악을 끝냈다.

지금은 연희가 오크 종(種)의 대륙에 있을 때였다. 내일 이 시각쯤에는 성일이 내게 달려와 연희의 비보를 전한다.

연희가 잡것의 습격을 받는 시각은 지금으로부터 대략 12시간 후.

현재 잡것은 정령계에서 둠 카오스의 지령을 이행하는 동시에 그때가 오기를 기다리고 있는 중이다.

잡것은 지금 내가 뭘 하고 있는지를 알 수 없다. 그동안 잡것이 나를 관찰하듯이 보내왔던 그 많은 메시지들은 전부 둠 카오스의 입을 대신한 뿐.

이대로 연희에게 가도 잡것과 엔테과스토가 이상 반응을 보일 일은 없다는 거다.

잡것이 생각했던 계획은 다음과 같았지만.

[ 첫째, 시간을 역행 하신다. ]

[ 둘째, 소인 루네아의 기억 창고로 진입하신다. ]

[ 셋째, 놀라서 부랴부랴 온 소인 루네아에게 지금 일을 귀띔해 주신다. ]

……

[ 여섯째, 소인 루네아를 마음껏 부리신다. ]

[ 일곱째, 둠 맨 님의 여제사장은 아무런 피해 없이 해피엔딩~ ٩(๑^o^๑)۶ ]

그건 차선책이다.

일단 나는 연희로 향하는 게이트를 열지 않고 가만히 있었다.

둠 카오스와 올드 원은 시간이 하루 되돌려진 것을 모를 수가 없었다. 그래서 둠 카오스의 부름이 있기를 기다리는 중이었는데 계속 조용했다.

그러한 적막 속에서 솔직히 괴로웠다. 마음이 계속 흔들렸다. 그냥 잡것이 바라는 대로 해 주는 게 나을지. 그렇게 이대로 잡것의 본토로 향하는 게이트부터 여는 게 나을지.

아니면…….

어쨌든 아무리 기다려도 둠 카오스의 부름 없이 시간만 흘러갔다.

10분 정도 지났던 때였다. 줄곧 가져 왔던 생각대로 연희가 있는 방향을 향해 게이트를 열었다. 그때도 내가 잘하고 있는 것인지 고민이 컸다.

**[ 게이트 생성을 시전 하였습니다. ]**

게이트를 통과하자 피로 얼룩진 땅이 펼쳐졌다. 도륙된 오크들의 사체가 지천에 깔려 있었다. 전투가 끝난 지는 그리 오래된 것 같지 않았다.

연희는 혼자였고 다음 군락이 위치하고 있는 방향을 향해서 질주 중이었다.

참으로 오랫동안 그려 왔던 모습.

바이오센서 타워 하나도 달려 있지 않은 채 혈기가 넘쳐 흘렀다.

그 모습을 보자 나는 또다시 번뇌의 포로가 되고 말았다.

잘못 생각한 것 같았다.

내 계획은 그녀에게 너무 과한 짐을 떠안기는 일이었다.

하지만. 하지만……

그녀가 전장에서 활동하는 걸 억지로 막지 않는 이상 똑같은 일이 반복될 가능성이 높은 게 사실이다. 그녀의 안전과 직결되는 일.

엔테과스토로 끝이 아니다. 둠 아루쿠다도 나를 견제하기 시작할 것이다.

연희가 또 죽음을 맞이할 경우 시간을 되돌려 본들. 그때 받았던 고통은 정말로 없던 일이 되는 것인가? 아니다. 아니야.

마음이 여전히 불안정하게 흔들리던 그때.

점점 멀어지고 있던 연희가 멈춰 섰다. 표정 없이 무정한 옆얼굴이 돌려지는 게 보였고, 내게로 완전히 돌려졌을 때에는 얼굴에 미소가 번졌다.

비록 피에 번들거리는 미소였어도 빙그레 올라간 입꼬리가 선명하다.

살짝 드러난 치아는 깨끗했고 눈동자는 빛나고 있었다.

하지만 그랬던 미소도 금방 사라졌다. 그녀가 내 앞에 도착해 있을 때는 그녀의 표정도 굳어 있었다. 그녀가 그 얼굴로 나를 빤히 올려다보며 물었다.

"무슨 일이야?"

"우연희."

"왜 이리 심각해. 대체 무슨 일로……."

"널 속박하고 싶지 않다."

"뭐야, 난 또 뭐라고. 고작 그거였어? 다 끝난 얘기잖아. 분명히 말해 두겠는데, 난 싫어. 나는 네 군단의 제사장이야. 너를 제외하고는 전 각성자들을 통틀어 가장 강하고. 나보고 본토에만 처박혀 있으라는 것만큼, 그런 낭비도 없다니까?"

"……."

"잊지 말아 줘. 우리가 연인이긴 하지만 나는 각성자야. 지금 본토에서 내 삶은 없어. 본토의 삶을 생각해야 한다면 그때는…… 아마도…… 이 전쟁이 다 끝난 이후일 거야."

"……."

"나 마리야. 악녀(惡女), 마리. 고작 오크들이 날 위협할 수 있을 것 같아? 걱정 마. 무슨 일이 터지면 바로 귀환석 쓸게. 그런데 내가 여기에 있다고 누가 고자질한 거야. 성일이지? 안 되겠네, 성일이."

"예전에도, 지금도 같다. 널 속박하고 싶은 마음이 없다는 건."

"다른 문제야?"

"오늘 넌 죽어. 지금 난 내일로부터 시간을 역행해 왔다."

"……뭐?"

"일단 내 기억부터 본 다음에."

*     *     *

정신세계에서 만들어진 기억은 볼 수 없다. 그래서 연희가 볼 수 있는 기억은 두 시간대까지였다.

내가 잡것과 함께 정신세계에 진입하기 직전과 직후까지.

그 기억들을 보고 난 이후였다.

그녀는 말을 잃었다.

날 응시하는 두 눈에는 지극한 미안함이 실려 있었다. 내가 정신계 각성자가 아니라고 해도, 확신할 수 있을 정도로 뚜렷하게 전해져 오는 감정이었다.

감격 때문이기도 한 것 같았다. 그녀가 목소리를 떨면서 물었다.

"거기서…… 얼마나 보낸 거야?"

"센 적 없다."

"벌레 새끼가 견디다 못해 죽기 직전까지 갔어. 정신계 군주면서."

"잡것은 원래부터 부상을 달고 나타났다."

"그래도."

"네가 그렇게 만들었지. 정신 대결을 직접 볼 수 있었던 건 아니었다. 하지만 넌 충분히 그 잡것과 대등하게 싸웠던 것 같다."

연희에게서 가장 매력을 느끼는 부분은 웃을 때 잡히는 콧등의 주름이다.

그러나 그때 일그러진 주름은 콧등을 넘어서 이맛살까지 번져 있었다. 살의(殺意)가 진하게 꿈틀거리다가 빠르게 가라앉았다.

"미안. 이게 다…… 내가 벌레 새끼를 처치하지 못한 탓이야."

"아니, 덕분에 난 시간 역행의 힘을 얻을 수 있었다."

정작 그녀가 죽으면서 받았을 고통을 생각하니 가슴이 아려 왔다. 시간을 되돌렸다고 해서 그 일은 없어지는 게 아니다.

"군주들이 왜 인격을 형성해서 사용할 수밖에 없는데. 선후야. 대체 거기서 얼마나 보내고 온 거야…… 무려 시간 역행의 인장을……."

연희는 말을 끝까지 잇지 못하고 양손에 얼굴을 파묻었다.

나는 그녀의 떨리는 몸을 붙잡으며 말했다.

"나쁘지 않은 세월이었어. 지루할 틈도 없었다. 사실이야. 날 봐."

순간에 그녀의 두 눈은 충혈돼 있었다.

"우연희, 넌 지금도 큰 도움이 되고 있다. 보다시피 넌 여기에 혼자 진입해 있지. 너처럼 하기 위해선 각성자 수만 명이 달라붙어야 할 일이다. 이걸로도 더할 나위 없이 충분해. 하지만 지금부턴……."

말이 채 끝나기도 전이었다.

"알겠어."

이럴 것 같았다.

이런 상황에서 의중을 묻는 행위는 아무런 가치가 없다. 일이 잘못되었을 때 내 자신에게 변명 거리로 삼는 것 외에는 정말로 아무런 가치가 없는 것이다.

이후로 발생하는 모든 일에 대해선 내가 책임지는 게 맞다고 생각했다.

"지금부턴 좀 더 가까운 영역에서 날 도와줬으면 한다."

[ * 보관함 ]
[ 루네아의 빛이 제거 되었습니다. ]

"이걸 사용하면 네 정신계 능력이 강화될 거다."

연희는 내가 내민 그것을 멍하니 쳐다보았다. 그러다 곧 내 뜻을 알겠다는 듯이 고개를 끄덕거리기 시작했다. 느리게 한 번. 두 번. 세 번.

그녀가 고갯짓을 멈추며 짙은 원한이 깃든 음성을 뱉었다.

"벌레 새끼가 날 공격하는 게 언제야?"

"열한 시간 사십 분 후쯤."

"그럼 그 새끼한테 남은 시간은 이제 그것뿐이겠네. 걱정 마. 이번에는 처치하고 말 테니까. 기회를 줘서 고마워. 아니었다면 난……."

연희는 그때도 말을 다 끝내지 못했다.

음성이 흩어졌을 때는 그녀의 손아귀로 장신구가 전해져 있었다.

"아니. 잡것을 죽이는 건 여기서가 아니다."

"응?"

"군주들의 회의에서."

"군주들의 회의에서?"

"잡것의 쓸모가 다하면. 넌 오늘 잡것에게 도전하는 거다. 둠의 지위로."

　　　　*　　　　*　　　　*

　성일과 조슈아에게도 지시를 마친 시각.

　연희의 손길에는 평소 이상의 감정이 실려 있었다. 본래
그녀의 전검(戰劍)은 깔끔하기 짝이 없는데, 지금은 조금 지
저분해졌다 할 수 있다.

　그녀는 자책을 하고 있었고 내게 미안한 마음을 지우지
못하고 있었다.

　그래서일까. 특히나 광대의 단검에서 랜덤으로 발동하는
부정 효과가 죽음 특성으로 터져 나올 때면 그녀는 정말로
악녀가 되어 버린 듯한 모습이었다.

　오크 부락 몇 개가 도륙당한 그 무렵은 정해진 시간이 가
까워지고 있던 때였다.

　나는 기척을 감추고 있었다. 오버로드 구간의 감각으로
은신 스킬을 대신하는 중이었고 확신도 할 수 있었다.

　잡것은 내가 여기에서 매복하고 있는 걸 꿈에도 모를 것
이다.

　그리고 때가 왔다.


　우우우웅—

　상공에서였다. 공간의 흐름이 급격히 비틀어지기 시작했

다. 찰나에 벌어진 일이었고 잡것이 게이트 밖으로 그 작은 몸체를 끄집어내면서 나왔다.

원래 일어날 일과 비교하자면 장소는 바뀌었다. 그러나 시간만큼은 정해진 미래에서 단 일 초도 달라진 게 없었던 것이다. 오래전에 잡것의 기억을 통해서 봤던 그대로다.

원래는 이 즉시, 게이트가 열린 상공을 향해 연희가 시선을 돌리면서부터 두 정신계는 대결에 돌입한다.

그렇지만 지금 연희는 동작을 멈춘 게 다였다. 과거에는 게이트가 열리는 것을 느끼며 위로 가져갈 수밖에 없었던 눈길 역시, 그녀에게 달려드는 오크들을 향해 있을 뿐이었다.

한 오크 전사가 연희의 정수리를 노리고 휘둘렀던 대형 도끼로 갑자기 제 동족의 대가리를 찍었을 때.

그렇게 연희가 게이트가 생성된 쪽으로 반응을 보이지 않을 때.

잡것이 고개를 갸웃거렸다. 그러고는 몸체를 틀어 버리더니 연희를 향해 쇄도하기 시작했다.

또한 그때는 내가 지면을 박찬 때였다.

쉐아아악—!

잡것에게 오딘의 신수는 사치다. 나는 허공에서 잡것을 낚아챘다.

[ 둠 맨……님? ]

잡것의 놀란 얼굴은 그 다음에서야 나를 향해 돌려졌다.

[ 여긴 웬일이셔요? ]

그것도 잠시 제 몸을 유린하기 시작하는 벼락 줄기들에
보태서 사방에서 옥죄어 오는 압력(壓力)까지. 잡것의 얼굴
은 짓뭉개졌다.

잡것의 비명소리는 활자로 나타나 내 눈앞을 더럽혀 나
갔다.

자리를 옮긴 곳으로 연희가 뒤따라서 도착했다. 그때도
잡것은 몸부림을 치는 것에 바빠서 어떤 상황인지를 인지
하지 못하고 있었다.

물론 잡것을 죽이는 건 쉬운 일이다. 이대로 압력을 증가
시키면 되니까. 그러면 엔테과스토가 둠 인섹툼을 죽였던
것과 동일하게 나는 잡것에 똑같은 죽음을 선사할 수 있다.

그러나 지금 잡것을 죽여서는 아무런 이익이 없으리라.

뇌력을 즉각 거둔 건 그 때문이었다. 다만, 마지막 벼락
줄기가 손아귀로 흡수되었음에도 잡것의 숨통은 여전히 막
혀 있었다.

감각망 안에서는 잡것이 진짜 물질처럼 느껴지는 법. 잡것의 웽웽거리는 날갯짓이 손아귀를 간지럽히나 아무리 그래 본들 잡것은 내게서 벗어날 수 없었다.

손아귀의 압력을 느슨하게 풀어 주자, 잡것은 그제야 말을 뱉을 수 있었다.

[ 대체 무슨 일이냐고욧! 흐어어어어억 ─ ]

[ 그렇게 안 봤는데…… 인섹툼 일로 정말 배우신 게 없으시나요? 이러다 둠 맨은 초상을 치르게 됩니다. 다음번에는 둠 아루쿠다 님께서 직접 집행관으로 나설 일이죠, 아시겠어욧? 그러니까 좀 놓으라고요옹……. ]

[ 아니면 왜 이러는지 좀 말을 하시든가! ٩(๑`^´๑)۶ ]

[ 대화를 해야 서로 오해를 풀죠. 일단…… 놓아 주세요. 아 쫌. ]

"네놈이 살아날 방법은 한 가지밖에 없다. 엔테과스토의 죄상을 네 입으로 밝혀라. 너희들의 계획을 다 알고 왔다."

[ 죄상이라뇨. 계획이라뇨. 소인 루네아, 어이가 없습니다요. ]

[ 그래요. 소인 루네아는 둠 맨 님이 둠 엔테과스토 님하고 사이가 안 좋은 건 알고 있습니다요. 그런데 그 건 두 분 께서 해결할 문제이지, 나약한 저 루네아 따위 를 거기에 끼워 넣긴 왜 끼워 넣으셔요]

[ 제발 이러지 마셔요. 고래 싸움에 새우 등 터진단 말이에요. ]

잡것은 뻔뻔하게 받아쳤다.
"그럼 하는 수 없겠군. 본토로 가는 수밖에."

[ 소인 루네아를 둠 맨 님의 본토로 데려가서 뭘 어 쩌시려고요. 강력한 인간 군단의 본토를 보는 것이 평 소 소인 루네아의 소망이긴 했으나 이런 식으로는 아니 좃! ]

"네놈의 본토를 말하는 거다."

[ ……그건 더 이상한데요? 그런 누추한 곳에 왜 가 시겠다는 것인지 원. ]

언제까지 뻔뻔하게 굴 수 있는지 보자.

"네놈의 창고로 갈 것이다. 기억의 창고로."

직전에 받았던 고통이 아직 가시지 않은 탓 때문이기도 하지만, 그 순간 잡것의 얼굴이 눈에 띄게 경직되었다.

물론 이 족속들은 제 본심을 숨기는 데 능한 것들이다. 잡것이 보였던 표정은 찰나를 스치고 지나갔다.

그 자리로 꾸며진 표정은 익살스러움 그 자체였다. 다시금 놀라웠다.


[ 헤헤. 누추한 집안을 보여 드리고 싶지 않은 심정은 누구나 같을 것이어요. 소인 루네아. 무슨 일 때문에 그러시는지 대강 감 잡았사와요.]


고통을 누르면서 그런 표정을 지을 수 있다는 것이……


[ 둠 맨 님을 향한 소인 루네아의 충정이 얼마나 깊은지 아셔요? 들어주셔요. 원래는…… 소인 루네아가 처리하려 했답니다. 하지만 다 아시고 계시는 것 같으니 더는 감출 수가 없게 되었습니다요. 이게 다 둠 맨 님과 우리 군주들의 공존을 위해서였사와요. ]

[ 압니다요. 오해하신 거긴 하지만 충분히 그럴 수 있었습니다요. 그렇사와요. ]

[ 소인 루네아는 둠 맨 님의 여제사장에게 경고해 주러 왔사와요. 그런데 다 아시고 계셨다니. 역시! 역시! 대단하고 또 대단하신 둠 맨 님이셔요. 소인 루네아에게 귀띔이라도 해 주시지 그러셨어요. ]

"경고라."

[ 부족한 소인 루네아의 생각으로는 아마 둠 맨 님께서 엔테과스토 님의 힘과 더 그레이트 블랙의 힘을 오인한 게 아닐까 합니다요. ]

[ 더 그레이트 블랙이 활동을 시작했사와요! ]

[ 그간 소인 루네아가 알아본 바에 의하면 더 그레이트 블랙은 둠 맨 님의 측근들을 죽일 계획이고요. 그래서 이렇게 소인 루네아가 둠 맨 님의 여 제사장에게 허겁지겁 날아오게 된 것이어요. 이것으로 오해가 좀 풀리셨으면 하는데. ]

[ 알아요. 힘드시겠죠. 그러니 소인 루네아의 말을 못 믿으시겠다면 지금 더 그레이트 블랙이 있는 곳으로 안내해 드릴 테니 직접 확인 하시……. ]

그랬던 것도 잠깐이었다. 잡것의 눈동자는 빠르게 움직

였다.

나를 쳐다보았고 또 내 어깨 너머로 연희를 쳐다보았다. 잡것이 문득 조용해졌다가 이렇게 말했다.

그 표정만큼은 몹시 익숙했다. 잡것이 제 살길을 궁리할 때마다 나오는 특유의 표정.

정신세계에서 수차례 목격했었던 것이었는데 왜 모를까.

[ ( ﹁д﹁ ) 치졸한 엔테과스토는 오늘 심판대에 설 것

＊　　　＊　　　＊

[ 소인 루네아도 이제 한시름 덜었사와요. 그간 얼마 나 가슴을 졸여 왔었는지…… 감사합니다. 소인 루네아 는 이제야 우리 주인님과 둠 맨 님께 엔테과스토의 죄 상을 낱낱이 밝힐 수 있게 되었습니다. ]

[ 하오나 한 가지만은 약속해 주셔야만 합니다요. 엔 테과스토의 마수로부터 소인 루네아를 보호해 주셔요. 소인 루네아는 엔테과스토의 감시를 받고 있습니다요. ]

[ 둠 맨 님의 본토를 신경 쓰시듯, 소인의 안전을 그 렇게 신경 써 주시기만 한다면 소인 루네아는 둠 맨 님 께 변치 않을 충정을 바칠 것이어요. 소인 루네아가 충

정 외에도 무엇을 바칠 수 있을지 아시면 깜짝 놀라실
걸요? ]

[ 아 맞다! ]

[ 염려치는 마셔요. 지금 소인이 하는 말을 둠 카오
스는 듣질 못한답니당. ]

"잊고 있었다. 너희 벌레 새끼들은 정말 말이 많군⋯⋯."
하지만 이런 경박한 족속을 마주하는 것도 곧 끝이다.

[ 최대한 줄이고 줄여서 말한 것이어요. 상황이 급
박합니다요. 소인 루네아는 일생일대의 결단을 했사와
요. 보셔요. 심판대에 서면 소인 루네아도 처벌을 피하
기 힘듭니다요. 아직 끝나지 않았사와요. ]

[ 죽음의 서 마지막권! ]

잡것의 눈이 빠르게 깜박거려졌다. 내가 별 반응을 보이
지 않기 때문이었다.

[ 큼큼⋯⋯ 죽음의 서 3권 말이어요! 설마 그게 뭔지
모르시는 거여요?]

[ 시간 없으니까 빨리 설명드리자면 죽음의 서 세 권

이 다 모이면 옛 언데드 엠퍼러를 부활시킬 수 있사와
요. ]

[ 소인 루네아가 그것의 행방을 알고 있다는 거여요.
이게 중요한 건데, 둠 맨 님께서 소인 루네아를 변호해
주시면! 소인 루네아가 그것을 바치겠습니다요. 어떤
방법으로 인해서인지는 자연히 아시게 될 테구요. ]

[ 그리고 앞에서도 말씀 드렸는데 엔테과스토가
소인을 감시하고 있사와요. 틀림없이 엔테과스토는
……. ]


나와 연희 외에는 절대 다른 곳으로 이동하지 않았던 잡
것의 시선이 위로 올라갔다. 잡것의 메시지가 도중에 끊기
면서였다.

게이트가 벌어지고 있었는데 그 속도는 그렇게 빠르다고
할 수 없었다.

하지만 공간이 쭉 찢어지는 순간에 거대한 팔이 거기를
뚫고 내려오는 속도는 나 외에는 누구도 감당 못 할 경지에
이르러 있는 것이었다.

검은 갑옷에 가려져 있되, 부서진 부분으로나 이음새 부
분으로 드러나 있는 근육은 여전히 피부가 덮이지 않은 채
붉은 기운을 피처럼 흘리고 있었다.

엔테과스토의 팔!

그것이 우리를 한꺼번에 압살(壓殺)하려는 듯이 천공을 가득 채우며 나타났다.

나는 잡것을 쥐지 않은 손을 뻗으며 상공으로 박차고 올랐다.

엔테과스토가 발산한 위에서 내리찍는 힘.

내가 발산한 아래에서 솟구쳐 오르는 힘.

두 힘이 충돌한 순간 나는 지면을 향해 곤두박질쳐졌다.

거꾸로 반전된 시야 안에서 제일 먼저 확인한 것은 연희의 동태였다.

다행히 연희는 온데간데없이 사라져 있었다. 사전에 말을 맞춘 대로였다. 그녀는 미래에서는 없던, 그러니까 예상치 못한 돌발 상황이 일어나면 즉각 귀환석을 사용하기로 되어 있었다.


[ 경고: 권능 저항력이 부족합니다. ]


[ 아아아악 — 소인 루네아, 살려어어어어- 빨리 놓아주세요! 소인 루네아가 살아 있어야 증언을 하든 말든 할 것 아닙니까요. ]

[ 소인 루네아는 둠 맨처럼 불사(不死)의 존재가 아

니란 말이어요! ]


눈앞은 흙먼지로 뿌옜다. 둠 카오스의 시선도 이렇게 가

려져 있는 것일까?

"둠 카오스를 불러라."


[ 아 맞다…… 소인 루네아가 정신이 없었사와요. 약

속하신 겁니다. 소인 루네아를 변호해 주셔야만 해요.

죽음의 서 마지막권 외에도 소인 루네아는 특급 정보의

창고로써 인간군다보다 윗선에……. ]


"어엇!"


[ 됐어요. 전달해 드렸습니다요. 엔테과스토는 이제

큰일 났사와요! ]


검은 투구 틈 밖으로는 붉은 권능이 불같이 타오르고 있

었다.

그 얼굴까지 나타나며 엔테과스토의 거체(巨體)가 지면과

천공을 잇듯이 우뚝 섰다.

놈이 이쪽을 내려다보고 있기 때문에라도 놈의 얼굴을 똑똑히 볼 수 있었다.

나와 잡것을 한꺼번에 죽이려는 살의도 강하긴 했지만, 더 진한 감정은 당황함이었다. 붉은 기운에 가려져 있지 않았다면 불안전하게 흔들리고 있을, 놈의 안구 또한 확인할 수 있을 것 같았다.

그렇게 놈은 내게 이렇게 묻고 있는 듯했다.

*내 계획을 어떻게 안 것이냐……*

그때 줄곧 기다리고 있던 메시지가 떴다.

놈에게서 서두르는 움직임이 포착됐다. 하지만 그때는 둠 카오스가 보내오는 메시지가 그 어느 때보다 뚜렷한 때였다.

**[ 전지전능한 당신의 주인, 둠 카오스가 군주들의 회의를 소집 하였습니다. ]**

됐다. 심판장으로 간다.

Chapter 5.

　마운과 카소는 과거에 기억하고 있던 모습과 동일했다. 고개만 숙이고 있는 모습에서 긴장감이 묻어 나오는 중이다.

　그래서 아래를 내려다보았을 때.

　나와 눈을 마주치고 있는 것은 잡것이 유일했고 나머지 둘은 뒤통수만 보였다.

　다만 잡것 또한 엔테과스토와 함께 심판대에 설 것이기에, 제아무리 타고난 천성이 경박할지라도 마냥 여유를 부릴 수는 없는 것이었다.

　흔들림이 컸다. 내게 애교를 피우듯 살살 웃는 잡것의 두 눈 안 속이 말이다.

[ 변호해 주기로 하신 겁니다? ]

고개를 끄덕여 보였다.

[ 변호를 제대로 해 주지 않으시면 소인 루네아만 돼 지고 말 거여요. 우리들의 주인님께서 인섹툼을 어떻게 처리하셨는지 명심하셔요. ]

장막 위로 무슨 일이 벌어지고 있는지는 알 수 없다. 하지만 거기에서 어떤 일이 일어나고 있는 게 틀림없게도, 장막 전체가 일렁이기 시작했다.

나도 그때부터 고개를 들지 않았다. 마운과 카소는 불길한 분위기를 감지했는지 보다 더 위축되었다. 마치 공포에 갇혀 버린 쥐새끼 같은 꼴로 손가락 하나 까닥이지 않는 상태였다.

장막을 경계로 위와 아래가 구분되었다. 그렇게 위는 아래의 경직된 분위기와는 반대로 끊임없이 요동치는 중이었다.

잡것의 메시지는 한참 후에서나 나왔다. 군주들 전체를

향해서.

**[ 우리들의 주인님께서 이르시길 사안이 중대한바,**
**심판대에서 구분해 처리하겠다 하세요. 모든 군주들은**
**이에 대비하세요. ]**
**[ 뭘 대비해야 하는 지는 저 루—네아도 모르니까**
**묻지 마시고요. ]**

처음에는 그게 무슨 말인가 싶었다. 이내 지축이 흔들렸다.

엄숙한 힘이 장막을 뚫고 나왔다. 그것은 바람처럼 불어나오다시피 했는데 곧 소용돌이처럼 변해 공간을 휘저어 댔다. 장막 아래를 채워 버린 힘에는 무게까지 실려 있었다.

시간 역행의 인장을 구성하고 있던 위력을 연상케 하는 힘.

나는 버틸 만했지만 다른 것들은 사정이 달랐다.

어깨가 짓눌린 그대로 양 무릎이 꿇렸다. 무릎뿐만일까. 고개들은 자의에서가 아니라 어떤 사나운 손에 의해서 강제로 숙어진 듯 보였다.

거기서 힘이 폭증하면 모든 게 터져 나갈 것 같았다.

나 역시 한쪽 무릎을 꿇고 고개를 숙일 무렵.

　[ 둠 엔테과스토가 둠 루ー네아와 공모하여 둠 맨의
죽음을 도모 하였다는, 저 둠 루ー네아 의 고발이 있었
어요. ]

층계 옆, 그간 아무것도 존재하지 않았던 칠흑의 공간에
뭔가가 생성되기 시작했다.
　하지만 그것은 단출했다. 발판에 불과했다. 엔테과스토
를 위해 마련된 심판대임이 틀림없었다.

　[ 우리 군주들의 계속된 마찰은 전지전능하신 주인
님의 진노를 사기에 마땅 하잖아요? ]
　[ 그래서예요. 주인님께서 직접 둠 엔테과스토와 저
둠 루ー네아를 심판 하시기로 하셨답니다. ]

거무튀튀한 인영이 장막 바깥으로 모습을 드러냈다. 나
와 싸웠던 당시처럼 그리 크지 않은 크기로, 나보다 머리
하나가 더 있는 수준에 불과한 크기였다.
　엔테과스토는 심판대에 착지했다. 마침 심판대는 내가
있는 자리와 눈높이가 맞는 곳에 형성되어 있었다.

놈이 나를 쳐다본 눈빛에는 여전한 의구심이 가득했다.

잡것이 제 위치에서 벗어나 심판대로 날아오르면서 놈의 시선도 내게서 거둬졌다.

[ 주인님의 전지전능을 의심할 우리 군주들을 위해, 주인님께서 친히 전해 주시는 말씀이니 새겨 들으세요. ]

[ 우리들의 주인님께서는 전지전능 하시죠. 모든 것을 보시며 모든 것을 아시고 계시죠. 그러나 여러 군주들이 알고 있다시피 주인님께 대적할 수 있는 유일무이한 존재, 올드 원이 있어요. ]

[ 둠 엔테과스토와 저 둠 루―네아가 둠 맨의 죽음을 공모하였다는 이번 사건은 주인님이 올드 원을 대적하고 있으실 때 벌어진 일이었어요. ]

……이건 또 무슨 말이지? 올드 원을 대적하고 있을 때 벌어진 일이라니.

엔테과스토가 둠 카오스의 시야를 가리고 있던 걸로 아는데.

[ 그렇지 않았다면 사건을 심판할 필요도 없이, 주인님의 전지전능함으로 하여금 이 일의 주동자는 즉각 엄벌을 면치 못했을 테죠. 둠 엔테과스토 님이라고 예외는 아니었을 거예요. ]

[ 모두들 이번 재판으로 깨닫는 게 많으셨으면 하네요. 그럼……. ]

[ 전지하시자 전능하신, 우리들의 주인님께서 재판을 시작하십니다! ]

장막이 한 번 더 흔들리며 둠 카오스의 의념이 쏟아져 들어왔다.

그것은 내 입을 벌리게끔 만드는 강력한 명령이었다.

[ 둠 맨의 목소리를 먼저 듣겠다 하십니다. 둠 맨은 시작하세요~ ]

*　　　*　　　*

발언권이 떨어졌다.

"둠 엔테과스토가 제게 앙심을 품고 있을 거란 건 우리 군주들 모두가 알고 있을 일입니다.

그럼에도 불구하고 둠 엔테과스토가 저를 죽이기 위해 수작을 부릴 것이라곤 예상치 못했습니다. 왜 아니겠습니까.

저는 선봉장입니다. 부상당한 둠 아루쿠다 님과 둠 엔테과스토 그리고 아직도 더 그레이트 레드의 봉인을 풀지 못한 다른 하위 군주들의 몫까지 제가 짊어지고 있습니다.

비록 엔테과스토가 제게 앙심을 품고 있을 것이라고는 하나, 주인님의 뜻을 저버리고 제 죽음을 도모한다는 게 어떤 죄악(罪惡)인지 모르지 않을 거라 생각했습니다.

전쟁의 승리를 위해 우리 군주들은 충실한 종의 소임을 다해야 할 것입니다. 사적인 감정보다 주인님의 뜻을 이행하는 게 우선인 것입니다.

그래서 엔테과스토 역시 충실한 종의 소임을 다할 거라 생각했습니다. 주인님께 승리를 바치기 위해서 그 역시 본인의 감정을 통제할 수 있을 거라 생각했습니다.

하지만 보시다시피, 엔테과스토는 루네아와 공모하여 제 죽음을 도모하고 말았습니다. 그런데 그의 가장 큰 죄는 다른 게 아닐 것입니다."

서론은 그쯤이면 되었다.

본론으로 넘어갈 차례였다.

"루네아가 제게 말하길 '엔테과스토의 강압에 의해서 어쩔 수 없었다.' 라고 하였습니다."

그렇게 말하며 잡것을 쳐다보았다. 잡것도 지금을 기다리고 있었다.

[ 헤헤. 잘 하셨사와요, 그럼 소인 루네아가 이어 받겠습니다요. ]

[ 그리고 말투 좀 빌려 쓸게요. 그게 주인님께는 좀 더 먹힐 거 같아요. 그러니까 뭐라 하시기 없기여요? 나중에 딴말하기 없기예요- 아셨죠? ]

잡것은 엔테과스토의 분노 서린 눈빛을 차마 견뎌 내지 못하고 조금 더 날아올랐다. 엔테과스토의 얼굴과 나란한 위치에서 고개는 장막 위로 향했다.

[ 어느 안중이라고 소인 루네아가 거짓을 고하겠습니까. ]

[ 소인 루네아는 둠 맨보다 한참은 약한 존재입니다. 둠 맨의 죽음을 도모한다? 소인 루네아는 그런 걸 혼자서 계획할 정도로 어리석지 않습니다. ]

[ 주인님께서 소인 루네아를 높이 사시는 점 중에 하나가 바로 그 '현명함' 일 것입니다. ]

[ 소인 루네아는 주인님께 추호의 거짓도 없이 고합니다. 엔테과스토 님이 둠 맨을 죽일 목적으로 소인 루네아를 불렀고 협박했습니다. ]
[ 소인 루네아는 시키는 대로 할 수 밖에 없었습니다. 아니, 따르는 척을 할 수 밖에 없었습니다. ]

[ 압니다. 당시에 주인님께 그 사실을 즉각 고하지 못한 죄는 용서 받기 힘든 죄입니다. 하지만 소인 루네아는 그럴 수가 없었습니다. 왜냐하면 주인님의 뜻이 전쟁의 승리에 있다는 것을, 둠 맨 만큼이나 알고 있었기 때문이었습니다. ]
[ 엔테과스토 님이 주인님의 명령을 어기고 둠 맨을 죽이려든다? 그걸 어찌 고할 수 있었을까요. 소인 루네아는 엔테과스토 님의 협박으로부터 자유로워질 수는 있겠으나 그 뿐 이었습니다. ]
[ 주인님께서 얼마나 노하시겠습니까. 오랜 종인 엔테과스토를 벌하실 수밖에 없으실 텐데 또 그 마음은 얼마나 참담하시겠습니까. ]

[ 종국적으로 주인님께서 엔테과스토를 벌하시면 올드 원 진영에게만 좋을 일이었습니다. ]

[ 엔테과스토 님이 분노에 사로잡혀 헛된 일을 꾸미고 말았으나, 어디까지나 둠 맨을 향한 사적인 감정에 의해서였습니다. 주인님을 향한 엔테과스토 님의 충정은 우리 군주들 모두가 알고 있습니다. 그 충정은 우리 군주들이 본받아야 할 지고한 것이었습니다. ]

[ 그래서 소인 루네아는 모든 처벌을 감수하고 이 모든 걸 조용히 수습하려 했던 것입니다. ]

[ 주인님. 소인 루네아가 간절히 청합니다. 부디, 진노를 가라앉혀 주십시오. 엔테과스토 님도 이번 일로 뉘우친 것이 클 것입니다. ]

[ 또한 소인 루네아의 충정을 알아주십시오. 소인 루네아가 저지른 죄는 크나 어디까지나 주인님과 주인님께 승리를 바치시기 위해서였다는 것을…… 소인 루네아도 이번 일로 뉘우친 것이 큽니다. ]

[ 벌을 달게 받겠습니다. 목숨만은 살려 주십시오. 소인 루네아, 다시는 함부로 주인님의 뜻을 재단 하지 않겠습니다. ]

**[ 이번은…… 이번은…… 어쩔 수 없었습니다. ]**

잡것은 내 화법을 따라 하는 것에 그치지 않았다. 재판이
끝난 뒤까지도 의식하고 있었다.

엔테과스토와 내 사이에서 줄타기를 하려는 모양인데,
잡것이 준비하고 있는 그런 미래는 다가오지 않을 것이다.
잡것은 오늘로 끝이니까.

그때 잡것이 본인을 변호해 달라는 얼굴로 나를 쳐다보
았다.

[ 주인님께 제 충정이 얼마나 깊은지 말씀 드려 주세
요. 없던 얘기를 지어서라도…… 최대한 길게 해 주셔
요. 둠 맨 님의 상상력을 발휘해 주셔요! 소인 루네아
가 다 맞춰 드릴게요. 어서요. 어서. ]

입술을 뗐다.

"재판을 시작하기 앞서 주인님께서는 이 사건의 정황을
자세히 알지 못한 까닭을 두고, 올드 원과 대적 중이었기
때문이라 하셨습니다."

[ 잠, 잠깐만요. 무…… 무슨 말을 하시려고……. ]

"그런데 루네아가 제게 이런 말을 한 적이 있습니다. '엔테과스토가 이능(異能)으로 주인님의 시선을 가리고 있으니, 주인님께서는 지금 벌어지는 일을 알 수 없다' 라고 하였습니다.

그래서 저는 의심이 가는 것입니다.

만일 엔테과스토가 어떤 방법을 사용해 주인님의 눈을 의도적으로 가린 것이라면 그것이야말로 엔테과스토가 저지른 죄 중 가장 큰 죄일 것입니다."

[ (｡◕˘д˘◕｡) 대체 무슨 말을 하는 거예욧! ]

잡것의 말이 바로 튕겨져 나왔다.

[ 소인 루네아가 대체 언제 그랬냐고요. 없던 얘기를 지어 달라니 엔테과스토를 모함하시는 거여요? ]

[ 당장 취소하세욧! 그 모함으로 엔테과스토는 궁지에 몰리고 말 거란 말 입니닷! ]

[ 주인님께선 엔테과스토를 죽이지 않으실 거란 말이어요. 심판이 끝나도 엔테과스토는 살아서, 소인 루

네아를 끊임없이 위협할 거란 말이어요…… 제발. ]

그렇게 내게 던져 놓고.

**[ 아닙니다. 소인 루네아는 그렇게 말한 적이 없습니다. 둠 맨이 착각 한 것 같습니다. 아니면 소인 루네아의 어떤 말을 잘못 해석 했을 것입니다! ]**

장막 너머를 향해서도 소리를 높였다.

그런데 정작 당황한 것은 잡것보다 엔테과스토였다. 엔테과스토가 잡것을 노려보며 일으키는 살의(殺意)가 나한테만큼은 그런 당황함으로 읽혔다.

잡것이 몸을 떨면서 나를 쳐다보았다.

[ 이런 식이면 곤란해요. ]

[ 죽음의 서가 어떤 물건인지 정말 모르시는 거예요? 죽음의 서 세 권이 다 모이면 무지무지 엄청나다구요. 엔테과스토가 그 힘을 의식해서 다 분산해 놔야만 했을 정도였다구요. 그게 어디 있는지 안 궁금해요? 둠 맨 님의 제사장을 언데드 엠퍼러로 만들지 않을 거예요? ]

[ 아 쫌…… 각본 대로 가자구요. 누이 좋고 매부 좋은 거잖아요. ]

[ 둠 맨 님에겐 소인 루네아 뿐만 아니라 일족 전체의 힘. 그리고 언데드 엠페러 까지 손에 넣을 수 있는 기회란 말이어요. ]

[ 어서 취소하세욧.]


엔테과스토의 시선이 잡것에게서 장막 위로 돌아간 건 그다음이었다.

놈 역시 의념을 창구로 삼아 항변을 시작한 것 같았다. 그러면서도 한 번씩 잡것을 쳐다보는데 그때마다 잡것의 몸이 사정없이 떨려 댔다.

잠시 후.


[ 둠 맨은 저 루―네아를 원망치 마셔요. 둠 맨이 먼저 각본대로 하지 않은 탓이니까요. 서로 상생(相生)할 수 있는 것을 둠 맨이 망쳐 버렸어요. ]


**[ 주인님. 소인 루네아를 죽여 주십시오. 사실대로 고하겠습니다. 소인 루네아가 또 큰 죄를 저지르고 말 았습니다. 주인님께도 둠 엔테과스토 님께도 죽을 죄를**

지었습니다. ]

[이 모든 건 둠 엔테과스토 님의 자리를 차지하기 위한, 둠 맨의 자작극 이었습니다. ]

[ 본인에게 협조하면 죽음의 서 한 부와 저 루—네아의 목걸이를 돌려준다고 했었습니다. ]

[ 둠 맨이 말하길……. ]

나도 외쳤다.

"나의 주인이시여! 엔테과스토를 사형으로 다스려 주십시오.

또한 제게는 그 죄의 대가로 엔테과스토가 보유하고 있는 죽음의 서 마지막 권을 인계해 주십시오.

엔테과스토의 퇴장을 염려치 마십시오. 제가 엔테과스토의 몫까지 담당하겠습니다."

\*　　　\*　　　\*

잡것은 쉴 새 없이 떠들고 있었다.

나를 모략하는 이야기였고, 즉흥적으로 지어낸 것치고는

제법 그럴싸해 보였다.

그렇게 잡것은 엔테과스토에게 완전히 전향한 것인데 그게 구명줄이 되기 어렵다는 것을 모를 수가 없는 것이었다.

잡것이 여유롭게 꾸미고 있던 그 표정은 진즉 증발했다.

안달 나서 미치겠다는 듯, 본인의 어두운 미래를 직감했다는 듯.

잡것이 떠들수록 그 얼굴은 점점 수렁으로 빠져드는 듯 보였다.

한편 나는 엔테과스토의 사형을 주장했던 이후로는 입을 다물고 있었다.

엔테과스토가 어떤 놈인가!

공로만 놓고 봐도 옛 전장에서 성(聖) 제이둔, 더 그레이트 레드를 대적하는 등 선봉장의 역할을 해 왔던 게 바로 그놈이다.

또한 부상을 떨치지 못해서 그렇지, 회복되기만 한다면 지금의 나를 압도할 수 있을 놈이다. 그런 놈을 쉽게 버릴 수 있을까?

나도 둠 카오스가 겪고 있을 똑같은 고민에 빠진 적이 있었다.

질리언의 아내 제시카.

당시에 나는 클럽과 나를 배신하였던 그녀를 용서해 주었었지.

둠 카오스도 크게 다르지 않을 것이다. 엔테과스토는 아직 쓸모가 많으니까.


[ ……둠 맨의 자작극은 그렇게 된 것입니다, 주인님. 둠 맨을 엄벌에 처해야 마땅합니다. 둠 맨에게 공조한 저 루―네아 또한 마찬가지입니다. 이 자리를 빌어 둠 엔테과스토 님에게 다시 한 번 사죄의 말씀을 드립니다. ]


[ 끝이어요. (ㅠ__ㅠ) 우리 모두를 벌해 주셔요. 전지전능하신 주인님. ]
[ 저 루―네아는 둠 맨과 함께 군주의 자격이 없사와요. ]


잡것이 물귀신처럼 나와 함께 침몰하려 해도, 나는 가만히 있었다.

어차피 심판자는 왕좌의 주인, 둠 카오스였다. 놈은 시간이 되돌려진 것을 알고 있다. 연희와 내가 나눴던 대화도 엿들었을 것이다.

내가 무슨 까닭에 시간을 돌릴 수밖에 없었는지를 인지하고 있을 거란 말이다.

그것조차도 못한다면 놈은 세상 제일의 머저리.

이름값이 아까운 존재일 터.

그것도 나쁘진 않겠지만……

*　　*　　*

둠 카오스의 힘이 장내를 엄숙하게 만들고 있는 시각.

모두는 판결을 기다리고 있었다. 엔테과스토는 우뚝 서 있고, 잡것은 날개를 왱왱거리는 것이 없이 조용히 떠 있었다.

마운과 카소는 조심스럽게 힘을 끌어올리는 중이었다. 오래전에 엔테과스토가 나를 집행하려 했던 당시를 상기할 수밖에 없었는지, 곧 일어날 일을 대비하고 있는 것이었다.

**[ 전지전능하신 주인님께서 심판하시겠다 하셔요.
우리 군주들은 숨소리 마저 죽여야 할 것입니다. ]**

그리고 바로였다.

[ 둠 엔테과스토는……. ]

[ 지금 즉시 전장에 참전하라 하십니다. ]

잡것은 본인이 전달해 놓고도 곧장 화색을 띠었다.
잡것이 내게 고개를 돌리며 말했다.

[ 내 이렇게 될 줄 알았다니까요! 둠 엔테과스토 님
이 선봉장 자리를 되찾은 거 아녀요? 저 루ー네아와
엔테과스토 님이 이겼단 말이어요. 헤헤헤헷- 둠 맨은
후회해도 늦었답니닷! ]

[ 그나저나 나 참, 둠 맨은 어쩜 그리 멍청할 수가 있
는 거예요? 이렇게 될 걸 몰랐어요? 저 루ー네아의 힘
을 너무 얕보셨군요. ]

[ 하지만 걱정은 마셔요. 둠 맨도 사형(死刑)까지 떨
어지지는 않을 거예요. ]

[ 곧 둠 아루쿠다 님이 내려오시겠죠. 저번에 둠 맨
이 저 루ー네아를 어떻게 했는지 기억 하시죠? 아마도
둠 아루쿠다 님께서 똑같이 해 주실 거예요.]

잡것의 목소리가 기쁨으로 한껏 들떴다. 나는 조금도 동

요되지 않았다.

잡것은 날 조롱하느라 정신이 팔려 있다. 정작 엔테과스토가 어떤 분위기 속으로 빠져들고 있는지를 깨닫지 못한 채…….

조금 뒤에서야 잡것의 고개가 엔테과스토 쪽으로 돌려졌다.

엔테과스토는 충격에 휩싸여 있다. 장막 위를 올려다보고 있는 그 모습에선 판결의 결과를 믿지 못하겠다는 태도가 다분하다.

아마도 둠 카오스는 엔테과스토에게 어떤 지령을 내린 것 같았다. 그리고 그 지령은 엔테과스토라고 해도 생사(生死)를 확신할 수 없는, 난이도가 극악한 것인 모양이다.

그쯤에서 장막 위를 올려다봤다. 혹시나 싶어서 기다리고 있었건만 둠 아루쿠다가 모습을 드러낼 낌새는 없었다.

**[ ……둠 엔테과스토는 전장으로 떠나기 전에……. ]**

**[ 죽음의 서 마지막 권을 둠 맨에게 인계하랍니다……. ]**

잡것이 사색이 된 얼굴로 말했다. 마침내 엔테과스토가

결과를 받아들이겠다는 듯이 위를 향해 고개를 숙였다.

잡것의 얼굴은 그 이상이 없을 정도로 일그러지고 말았다.

물론 빠르게 고쳐야 하는 표정인데도, 잡것은 그러지를 못했다. 잡것은 일그러진 얼굴로 나를 돌아본 후에야 간신히 표정을 고쳤다.

실없이 웃지만 부자연스러운 미소.


[ 어…… 음…… 소인 루네아는 몹시 당황스럽습니다요. 어떤 말을 드려야 용서를 받을 수 있을까요. 그냥 용서를 구하지 않겠사와요. ]

[ 대신 소인 루네아가 소인 루네아의 모든 걸 바치겠습니다요. ]

[ 소인 루네아의 본토에 가면 '기억의 창고'가 있사와요. 소인 루네아 같이 고등한 일족들은 일족들끼리 기억과 감정을 공유 할 수 있습니다요. ]

[ 끝까지 들어 주셔요. 둠 맨 님이 기억의 창고를 알고 있다는 걸, 소인 루네아가 왜 모르겠습니까요. 하지만 둠 맨 님이라도 그것의 존재 유무만을 알 뿐 획득하는 방법은 모르시고 있사와요. 분명합니다요. ]

[ 그걸 획득 하시면 소인 루네아를 노예로 부릴 수 있습니다요. 소인 루네아의 일족들은 보너스구요. ]

[ 둠 맨 님의 인간 군단도 정보력이 뛰어난 것 같습니다만, 생각해 보셔요. 거기에 소인 루네아의 정보력까지 보태지면 어떻게 굉장해질지 말이어요. ]

[ 제발요. 네? 제발요…… 절 변호해 주셔요. 주인님께선 둠 맨 님의 목소리라면 귀를 기울여 주실 거여요. ]

메시지가 쏟아진 속도는 지금껏 잡것이 보여 주었던 것 중에 제일 빨랐다.

**[ 소인 루네아의 판결이 시작 됩니다. ]**

[ 어서요…… 제발 제발! 소인 루네아를 노예로 부려 주셔요. 소인 루네아가 죽어야만 속이 시원하시겠어요? 정말 그러냐고요! ]

[ 사형(死刑)이 떨어지기 전에…… 제발. 아아아. 안 돼……안 돼……. ]

낯빛이 쉴 틈 없이 바뀌는 잡것의 얼굴은 아주 볼 만했다.

곧 잡것의 얼굴이 굳었다.

[ 소인 루네아는……. ]

[ 지금 즉시 전장에 참전하라 하십니다! ]


[ 둠 엔테과스토는 엘슬란드에 깃든 올드 원의 결계를 부수도록 명 받았습니다. 소인, 루네아는 일족 전체를 투입하여 정령왕들을 죽이도록 명 받았습니다. ]

[ 이는 성패와 상관없이, 앞으로 둠 맨이 치러야 할 전투에 있어 큰 도움이 될 거라 하십니다. ]


메시지는 그걸로 끝이 아니었다.


[ 또한 전지전능하신 주인님께선 둠 맨의 노고를 위로하고자 지령 하나를 거두어 주신다 하셨습니다. 주인님께서 약속하셨던 보상은 그대로 내리신다 하셨습니다. ]

[ 둠 맨은 우리들의 주인님께서 내리신 그 은혜에 반드시 보답해야 할 것입니다. ]


[ 지령 '점령 속도를 높여라'를 완수하였습니다. ]


[ 마왕성(魔王城)을 건립하고 싶은 장소를 특정하여 주십시오. ]

[ * 서두르지 마십시오. 특정해야 할 시간은 정해져
있지 않습니다. 어떤 위치에 마왕성을 건립하는 것이
인간 군단에게 이로울지 충분히 계산 하십시오. ]


본래 나는 올드 원의 진영에 속했던 몸이다. 그러다 둠
카오스의 휘하로 전향했다.

꾸준히 성장해 왔으며 앞으로는 추출자를 통해서 더 큰
성장이 보장된 셈이다. 게다가 지금에 이르러서는 시간 역
행이란 힘까지 손에 넣었다. 그렇기 때문인 것인가.

혹시 내가 제 판결에 항명(抗命)을 할까 봐, 의식하는 느
낌이 강렬했다.

지령 하나를 완수한 것으로 쳐 주겠다니. 보상은 그대로
지급하고.

과연, 둠 엔테과스토의 사형을 강력하게 주장했던 것이
쓸모없지는 않았던 것이다.


[ 마왕성(魔王城)을 건립하고 싶은 장소를 특정하여
주십시오. ]


보라. 나를 유혹하는 메시지가 눈앞을 스치고 지나갔다.
나를 크게 중용하고 있다는 메시지. 그것은 지금에서 변치

말라는 둠 카오스의 손짓이다.


( * 마왕성은 당신의 주인께서 형성하실 강력한 힘에 의해
보호를 받습니다. )


각성자들에게 안전지대를 제공해 줄 수 있는 것이다. 마왕
성은 어떤 초월체의 공격에서도 제 역할을 해 줄 거라 믿는다.

장막을 향해 고개를 숙이고 났을 때.

엔테과스토가 있는 방향에서 날 향해 쇄도해 오는 것이
있었다.

쉐아아악—!

아랫것들은 절대 받아 내기 힘든 힘. 그러나 엔테과스토
는 어느 정도 힘을 뺀 게 맞았다.

비록 근력을 오버로드 구간까지 끌어올려야 했으나 엔
테과스토가 작정했다면 역경자가 터진 상태에서나 받아 낼
수 있을 터였다.

엔테과스토가 내게 던진 건 죽음의 서 마지막 권이었다.


[ * 보관함 ]
[ '죽음의 서 3권'이 추가 되었습니다. ]

엔테과스토는 어떤 결의로 꿈틀거리는 얼굴을 마지막으로 몸을 돌렸다. 게이트가 빠르게 열렸다가 닫혔다.

이제 심판대에 남은 건 잡것뿐이다. 하지만 잡것은 엔테과스토가 사라진 자리를 망연자실하게 바라볼 뿐, 특별한 반응이 없었다.

잡것은 둠 카오스가 아닌 내게 하소연하기로 마음먹은 것 같았다.


[ 소인 루네아는 정령계의 출입구를 막고 있는 것 만으로도 벅찹니다요. 그런데 정령왕들을 죽이라니요. 일족 전체를 투입하라니요. 그건 소인 루네아와 자식들 전체에게 불길 속으로 장렬하게 투신하라는 것이어요. ]

[ 소인 루네아와 자식들 전체가 몰살 되어 버리면 둠 맨 님께서도 골치 좀 썩게 됩니다요. ]

[ 지금, 분위기 탔잖아요. 둠 맨 님. 주인님께 한 말씀만 올려 주셔요. 그 은혜 평생 잊지 않겠사와요. 소인 루네아의 기억의 창고를 가져가시고 소인 루네아와 자식들 전체를 종으로 부려 주시와요. ]

[ 평생을 다해 모시겠사옵니다요. 진심 어린 충정을 다 바쳐서요오~~~~ ]

대꾸하지 않았다.

잡것의 간절했던 눈빛은 천천히 퇴색되기 시작했다. 그것
은 마침내 악의로 물들었던 인도관 같은 얼굴로 돌변했다.


[ 정말로 별수 없네요. 몇 번이고 기회를 드렸는데,
알겠어요, 두고 보세요. ٩(๑` H´๑)۶ 저 둠 루ー네아와 둠
엔테과스토 님은 이걸로 끝이 아니니까요. 둠 아루쿠다
님께서도 둠 맨을 곱지 않게 보실 거여요. 후후…… 저
루ー네아가 무슨 말을 하는지 아시겠죠? ]

[ 우리를 계속 신경 쓰시면서 살아야 할 거예요. 바
보 같이.]

[ 그럼 다음에…… . ]


잡것이 엔테과스토를 뒤따라 자리를 떠날 것 같이 굴던
그때.

순간, 잡것의 두 눈이 부릅떠졌다.


**[ 둠 맨의 제사장, 오시리스와 칼리버가 의례 '황금만
능주의'를 완료 했습니다. ]**

**[ 소망 : 둠 맨의 제사장, 마리의 '도전권'을 허락해
주십시오. ]**

[ 무…… 무슨 짓을 꾸미는 거예요? ]


**[ 당신의 주인이 이에 응답 하였습니다. ]**
**[ 당신의 제사장, 마리가 '도전권(둠 마리)'을 획득 하**
**였습니다. ]**


엔테과스토가 사라지며 텅 비어 버린 심판대 쪽에서였다.

화악!

공간이 쭉 찢어진 거기로 연희가 튕겨져 나왔다. 나는 바로 몸을 던져 그녀의 어깨를 끌어당겼다. 그녀는 낯선 이공간 안으로 끌려오다시피 했지만 당혹한 기색이 없었다.

고마워, 그녀는 입술로만 소리 없이 말한 뒤에 바닥에 착지했다. 그러고는 고개를 돌리며 나지막한 말을 뱉었다.

"준비됐니? 벌레 새끼야."


\*     \*     \*


연희의 목에서 작은 빛이 터졌다가 사라졌다. 그녀의 정신계 능력은 더욱 강화되었다.

**[ 주인님! 둠 맨의 제사장이 저 루—네아의 목걸이를 쓰는 건 반칙 이어요. ]**

잡것이 위에 대고 항변했다. 그러나 대답이 돌아올 리는 없었다.

나는 심판대에서 내 자리로 돌아갔다. 연희는 바닥에 내려선 이후로 잡것에게만 집중하고 있었다. 잡것과 싸우고자 하는 그녀의 의지가 먼 이 자리까지도 전해진다. 강렬하게!

그렇지만 잡것은 아니었다. 연희를 향하고는 있되, 그 시선만큼은 연희가 착용 중인 목걸이에만 꽂혀 있는 중이다.

"또 뭐라고 조잘대고 있는 거지? 이거? 날 쓰러트리면 되찾아갈 수 있어."

잡것은 연희를 무시하고 또 위를 향해 외쳤다.

**[ 알겠사와요. 하면 이 대결에서 둠 맨은 개입하지 않는 겁니다? ]**

**[ 정말로 저 루—네아가 건방진 저 계집을 죽여도 되는 거지요? 확언해 주시와요. 이번 일의 결과에 저 루—네아는 어떤 책임도 없는 것이어요. ]**

내게도 그렇게 말을 던졌다.

　[ 둠 맨에게 눈물이 있는지 궁금하네요. 곧 알 수 있
게 되겠죠. ]
　[ 초상 치를 준비나 해 두셔요. 저 루ー네아를 얼마
나 우습게 봤으면 저런 계집 따위를 올려 보냈는지, 확
신하건대 후회하고 말…… 엇! ]

　잡것의 메시지는 도중에 중단되었다. 갑자기 연희가 잡
것을 향해 몸을 던졌기 때문이었다.
　그녀의 두 눈은 칠흑의 어둠으로 물들어 있었다.
　"어디서 한눈을 파니!"

　　　　　*　　　　*　　　　*

　정신세계는 엿볼 수 없다.
　둠 카오스라고 해도 직접 그 세계에 진입하지 않는 이상
에는 불가능한 영역이다.
　그래서 연희와 잡것이 얼마나 긴 싸움을 벌였는지는 알
수 없었다. 하지만 둘의 사투가 얼마나 치열했었는지는 대
번에 알 수 있었다.

연희는 얼굴이 일그러진 채로 튕겨져 날아갔고, 비슷하게 곤두박질친 잡것에게서도 날개 두 개 중 하나가 보이지 않았다. 잡것이 허공에서 중심을 잡지 못하고 추락할 수밖에 없던 건 바로 그래서였다.

그래도 날개 하나를 어떻게든 윙윙거리고 있는 덕분에, 추락 속도는 연희보다 느렸다.

연희는 바닥에 충돌하기 직전까지 중심을 잡지 못했다.

제일 밑 계단으로 그녀의 정수리가 먼저 부딪쳤다. 퍽, 하는 충격음이 울렸다. 순간적으로 나를 움찔하게 만드는 소리!

그녀는 전신에서 일렁거리는 방어막과 함께 바닥을 짚고 일어났다.

방어막이라고 모든 충격을 다 흡수하는 게 아니다. 그녀가 허공을 올려다보기 전에 뱉었던 침에는 검붉은 핏물이 엉켜 있었다.

그나마 다행인 것은 내부 충격이 회복 스킬을 쓸 만큼은 아니었는지, 연희는 마리의 손길을 사용하지 않았다.

쉬아아악!

그녀가 잡것을 향해 몸을 던졌다. 쇄도한 그대로 잡것의 남은 날개를 노리고 있었다.

연희의 단검은 궤적을 남길 만큼 빨랐다. 그러나 잡것도

떨어지는 내내 그녀를 확인하고 있던 중이라서 고스란히
당해 주지는 않았다.

잡것은 아슬아슬하게 공간을 파고 들어갔다. 그런 다음
이었다.

잡것이 연희의 진행 방향 쪽으로 출구를 생성하며 나타
났는데, 그러는 동시에 공간을 응축시키는 압력 또한 생성
하였다.

휙—

연희의 대응은 가히 빨랐다.

분명히 그녀의 능력으로는 그렇게 즉각적으로 반응하기
는 어려운 일이었다.

그런데도 예견했다는 듯이 수월하게 해냈다. 잡것이 어
떤 반격을 시도할 것인지를 파악하고 있는 것이다.

잡것도 같았다. 연희가 잡것의 반격 포인트를 짐작하고
있듯이, 잡것 역시 연희의 단검을 회피하는 데 능숙했다.

공방(攻防)은 수차례나 반복되었다.

그러는 동안 둘 누구에게도 공격이 적중되는 경우는 없
었다.

연희의 단검이 만들어 내는 궤적. 잡것이 요리조리 날아
다니는 궤적.

두 궤적만 엉켜 댈 뿐, 그 싸움은 쉽사리 끝나지 않을 것

같이 보였다. 정신세계에서 서로에게 익숙해진 탓이리라.

하지만 아주 미세한 차이가 존재하기는 했다. 공격을 주도하는 게 연희라는 사실! 그렇게 잡것은 반격을 위주로 대응하고 있었다.

그러다 갑자기, 서로의 시선이 정면으로 맞부딪쳤던 때.

마치 영상 프레임의 한 부분을 잘라내 버린 것처럼 잡것의 모습이 순간에 변했다. 바로 직전까지 있었던 날개 한쪽이 증발해 버린 것이다.

날개뿐만이 아니었다. 잡것의 몸에는 단검에 찔리고 베인 상처들이 상당했다.

잡것이 추락하면서 외쳤다.


[ 주인님! ]

[ 왜 힘을 빌려주지 않으시는 거여요! 본체 강림을 허락해 주셔요! ]

[ 저 계집도 저 루―네아의 목걸이를 쓰고 있잖아요 오오옷! ]


\*        \*        \*


잡것은 비물질이지만 계단 역시 일반적인 상식으로 설명

될 수 있는 게 아니었다.

잡것이 계단과 충돌했다가 크게 튕겨 나왔다. 다시 떨어지고 또 튕겨지고, 그게 반복될수록 튕겨져 올라가는 높이는 자연히 줄어들었다.

잡것이 바닥 위로 겨우 몸을 붙일 수 있게 되었을 때. 내 시야 안에는 연희도 함께 담겨 있었다. 이번에 연희는 바닥과 충돌하지 않았다.

추락 도중에 중심을 잡을 수 있던 거였다.

거기까지는 문제가 없었다. 그러나 연희는 단지 서 있는 것에 불과했다.

단검을 쥐고 있는 손에 보태서 다른 손까지, 그렇게 양손으로 제 머리를 감싸고 있었다. 내 위치에서는 그녀의 얼굴이 보이지 않는다.

하지만 어떻게 고통스레 일그러져 있을지는 그녀의 손가락들에 실린 힘만 봐도 알 수 있는 일이었다.

연희가 고통스러워하고 있었다. 힘들어하고 있었다. 두개골이 깨질 것 같은 고통에 사로잡혀, 다른 걸 신경 쓰지 못하는 듯 보였다.

**[ 부디, 본체 강림을 허락해주셔요! 그것 역시 저 루**
**―네아의 힘이잖아요! ]**

**[ 이건 공정한 대결이 아니어요, 주인님. 저 루ー네아는 납득 못 합니다요. ]**

잡것은 추락한 곳에서 몸부림쳤다. 그러다 갑자기 조용해져 버리더니 연희를 쳐다보는 것이었다. 응시하는 시간이 길었다.

그럼에도 연희는 머리를 더욱 강하게 짓누르고 있을 뿐이었다.

그때 잡것이 몸을 일으켰다. 잡것은 고양이 목에 방울을 달러 가는 쥐새끼처럼 살금살금 걸었다. 연희에게 가까워질수록 보폭과 속도가 줄어들었다.

또한 고개를 갸웃거리다, 나를 올려다보며 빠르게 말했다.

[ 이거 어쩌죠? 저 둠! 루ー네아가 이긴 것 같은데요. (๑⊙ᴗ⊙)ᶠ ]

[ 저 루ー네아를 원망치 마셔요. 누울 자리를 보고 다리를 뻗었어야죠. 고작 제사장 따위가 저 루ー네아를 쓰러트릴 수 있을 것 같았나요? ]

[ 행여나 개입할 생각이라면 꿈도 꾸지 마셔요. 주인님이 다 지켜보고 계신답니다. ]

[ 자~ 그럼 어떻게 죽여 줄까나. 눈 근육을 찢어서 사팔뜨기로 (◖.◗) 만들어 줄까요. 아니야. 그건 너무 시시해. 둠 맨이 저 루ー네아에게 했던 것 이상으로 돌려 줘야 하는데…… 좋은 방법이 있으면 가르쳐 주세요. ]

[ 저 루ー네아는 어떤 가르침이든 다 받아들일 준비가 되어 있답니다~♪ ]

[ 뭐예요. 왜 이렇게 조용하세요. 고문 기술자 어디 가셨나? 신참이 열성을 다해 배우겠다는데, 헤헷. ]

빌어먹을 새끼. 끈질긴 새끼. 당장 밟아 터트려도 시원찮을 새끼.

[ 너무 열받진 마시구요. 그러면 정말로 죽이고 싶어지잖아요. ]

[ 거절 못 할 제안을 하겠어요. ]

[ 여 제사장을 살려 주는 대가로 죽음의 서 세 권과 저 루네아에게서 빼앗아 간 것을 되돌려주세요. 주인님께서 보고 계신 이 자리에서 영혼의 맹세를 하시구요. ]

[ 딱 그것만 받겠다는 거예요. 저 루―네아가 손해 보는 장사죠. 스스로 생각해 봐도 저 루―네아는 인정이 너무 많아서 큰 일이여요. 언젠가 이 착한 성품 때문에 크게 당할 것 같아요. 그렇지 않나요? 저 루―네아 너무 착하죵? ]

잡것이 멈추지 않고 말했다.

[ ……그런데 둠 맨은 너무 사악 하네요. 여 제사장은 둠맨의 여자 아니었나요. 고작 아이템에 연연해서 연인을 버리겠다니, 성품 참 극악한 것이죠. 너무 솔직하게 말씀드렸나? ]
[ 어쨌든 대답이 없으면 별 수 없죠. 알겠어요. 그럼 잘- 죽이겠습니다. ]
[ 정말 죽여요? ]

연희의 상태를 파악하기 위해 집중하고 있는데, 잡것의 메시지가 끊임없이 끼어들었다.

[ 아 진짜. 죽여요? ]

[ 죽여요? 죽여요? 죽여요? 죽여요? 죽여요? 죽여
요? 죽여요? 죽여요? 죽여요? 죽여요? 죽여요? 죽여
요? 죽여요? 죽여요? 죽여요? 죽여요? ]


하지만 잡것은 연희와 거리를 좁힌 자리에서 그저 맴돌
뿐이었다.

그 이상으로 거리를 좁히지 않는다. 잡것이 보내오는 메
시지들이 내게는 싸움을 중단시켜 달라는 아우성으로 느껴
졌다.

과연 마운과 카소를 지나쳐 아래 계단까지 내려오자 멀
리로 연희의 얼굴을 확인할 수 있었다. 머리를 쥐어짜면서
도 두 눈만큼은 잡것이 빙빙 도는 움직임을 따라 움직이고
있었다.


[ 정말…… 어쩔 수 없네요. 저 루—네아는 왜 이렇
게 착한지 모르겠어요. 알겠어요. 이쯤 해서 그만 둬
드리겠사와요. ]

[ 둠 맨과 저 루—네아 사이에 얽힌 감정은 이걸로
푸는 거여요. 저 루—네아가 둠 맨의 여 제사장을 살려
줬으니까요. ]

[ 둠 맨은 서둘러야 할 것입니다. 저 루—네아의 마

음이 바뀌기 전에 주인님께 어서 말씀 드리세요. 어서
요. 정말로 마음이 흔들리고 있사와요. ]

잡것은 의도적으로 연희의 시선을 피하면서 말했다.

[ 싸움은 끝났어요. 둠 맨의 여 제사장은 도전에 성
공하지 못했답니다. ]

본인이 끝났다고 하면 끝나게 되는 것인가?
잡것은 장막 위를 향해서도 동일한 말을 외쳤다. 하지만
둠 카오스는 여전히 대답이 없었다. 둠 카오스도 나와 같은
판단을 하고 있는 거다.

**[ 답답들 하셔라! 꼭 끝장을 봐야 한다는 거죠? 알겠**
**습니다요! ]**
**[ 저 루─네아가 저 건방진 계집의 대가리를 날려**
**드리겠사와요. ]**

정작 잡것의 얼굴은 심각해졌다. 잡것이 작은 손가락 하
나로 연희의 목을 가리켰다.
거기에서 공간을 응축시켰다 터트리는 힘이 일어났다.

연희의 고개가 뒤로 크게 꺾이면서 그녀의 귀걸이 한 쌍도 박살 났다. 다른 부위의 장비들에도 영향이 크게 간 것 같았다.

그러나 연희의 고개가 다시 제자리로 돌아오는 동시에.

팟—!

그녀의 전신이 잡것을 향해 던져졌다. 머리를 쥐어짜고만 있던 두 팔은 그녀 스스로 체득한 전검(戰劍)에 따라 움직이고 있었다.

*아! 이래서 건드리기 싫었다구! 젠장. 젠장. 젠자아아아아악!*

잡것이 순간에 보였던 얼굴에는 그렇게 쓰여 있었다.

\*  \*  \*

잡것은 더는 날 수 없었으나 공간을 자유자재로 드나들 수는 있었다.

그러나 잡것의 몸놀림은 눈에 띄게 느려진 상태였다. 연희는 얼굴로 절규하고 있을지언정, 육신으로는 악을 쓰고 있었다.

그녀도 마지막이 머지않았다는 걸 직감하고 있는 거였다.

공방(攻防)은 오래가지 않았다.

연희는 잡것이 공간을 뚫고 나올 방향을 예측해서 공격을 적중시켰다. 단검에서 불길한 기운이 처음으로 번뜩였다.

그러나 그때 광대의 단검이 일으킨 부정효과는 잡것에게 효과가 있는 게 아니었던 모양이다. 두 번째 공격이 적중했을 때가 진짜였다.

특성, 죽음!

베어진 자리를 중심으로 검은 기운이 잡것의 전신으로 퍼져 나갔다.

흡사 혈관이 도드라지며 검은 물질로 채워지는 것처럼 보이기도 했는데, 그때 잡것은 현실에서의 싸움으로는 연희를 대적할 수 없다고 깨달았던 게 틀림없었다.

지금껏 잡것은 연희와의 정신 대결을 피하는 모습을 보여 왔었다.

그러나 그때를 기점으로 잡것은 연희의 시선을 피하지 않았다.

그러고 직후였다. 감각을 끌어올리자 잡것이 연희의 몸속으로 들어가는 광경과 밖으로 튕겨져 나오는 광경이 확연하게 포착됐다.

들어간 모습은 중요치 않았다.

나왔을 때 잡것은 날개를 잃은 것에 이어, 내 주문에 의해서 무한한 무대를 돌려야 했던 당시처럼 참혹한 꼴로 나타났다.

지금이다! 바로 지금이야!

나는 속으로 소리쳤다. 더 끌지 않고 연희가 끝장내 주길 바랐다.

연희는 괴성을 지르면서 허리를 꺾었다. 잡것 위로 쓰러지면서였다.

"아아아아악—!"

순식간에 거꾸로 고쳐 쥐어진 연희의 단검은 정확히 잡것의 얼굴을 겨냥하고 있었다.

연희의 비명이 나까지도 괴롭게 만들기 때문일 것이다.

그녀가 잡것을 향해 쓰러지고 그 얼굴에 단검을 꽂아 넣기까지, 일련의 동작들이 한 프레임씩 뚝뚝 끊기면서 보이는 듯했다.

그리고 마지막 프레임.

그녀가 잡것의 얼굴에 꽂아 넣은 단검을 있는 힘껏 비틀어 버린 장면 다음.

잡것이 유리처럼 깨지며 조각조각 났다. 그 조각들은 각각 연기 같이 흩어지며 허공 속으로 사라지기 시작했다.

[ 둠 루네아가 사망 하였습니다. ]

[ 둠 마리가 둠 루네아의 지위를 계승하였습니다. ]

Chapter 6.

　제단뿐만 아니라, 제실(祭室) 전체를 가득 채우고 있던 지폐들이 한순간에 증발했다. 의례 '황금 만능 주의' 때문이었다.

　그 많던 지폐들이 한 장도 남지 않고 전부 사라진 것이다.

　솔직히 성일은 이루 할 수 없는 금액의 돈이 눈앞에서 불태워진 것 따위는 아무렇지 않았다. 의례를 시전하려고 번 돈이었다.

　하지만 성일을 몸서리치게 만드는 건 제실 안에 가득 차 버렸던 소리들이었다.

지폐 한 장 한 장마다 온갖 웃음소리와 울음소리들이 흘러나왔었다.

지폐에 깃들어 있던 인간들의 희노애락이 분출되는 것이었는데, 거기에는 자신의 웃음소리도 포함되어 있었다.

마신(魔神) 둠 카오스가 괜히 돈을 받고 소원을 들어주는 게 아닌 것이다.

마신은 인류가 무엇을 가장 소중히 여기고 있는지를 꿰뚫어 보고 있었다.

마신이 소원을 들어주는 조건으로 다른 몬스터 군단들에게 요구했었던 것은 그것들의 목숨이었지만, 인류에게만큼은 바로 돈이었다.

성일은 그게 몹시 꺼림칙했다.

자신이 그 돈들을 벌기 위해 어떤 고생을 다 했는지는 아무렇지 않았다. 이제 다시 무일푼이 되어 버린 것도 마찬가지다.

하지만 돈들이 증발하면서 실내가 온갖 인간들의 소리들로 가득 차고 말았던 그때에는, 정말로 지옥이 따로 없구나 싶었다.

차라리 팔다리가 날아다니는 전장이 속 편한 곳이었다. 거기는 단지 함성과 비명으로만 가득 찬 곳이었지 여기처럼 광기 서린 웃음소리들이 휘몰아치는 곳은 아니었다.

"쓰벌…… 미치고 환장하는 줄 알았네잉. 뭔 놈의 잡소리들이 넘쳐 난디야."

성일은 일부러 목소리를 키웠지만 정작 오시리스는 그에게 눈길 한번 주지 않았다.

어차피 말이 통하지는 않겠으나 그래도 성일은 그와 교분을 나누고 싶었다. 잘 말하지는 못해도 듣는 귀는 터져 있었다.

그러나 오시리스는 의례를 끝낸 그대로 밖으로 나가고 있었다.

성일은 그의 뒷모습을 물끄러미 바라보다가 마찬가지로 몸을 일으켰다.

'진짜 마왕은 저짝 같은디 말여. 얼굴만 되찾았지…… 소름 끼치는 건 여전하구만, 그려. 니 똥 굵다 굵어. 허벌나게 굵어 부러.'

억지로라도 오시리스와 교분을 나누고 싶었던 이유는 크게 세 가지였다.

첫째로 마리 누님이 군주의 지위에 오르게 되면, 이제 제사장 중에서 이계에 진출해 있는 자는 오시리스와 자신, 그렇게 둘뿐이 된다.

앞으로도 종종 지금처럼 오딘의 긴급한 지시에 의해서 의례를 준비해야 하는 순간이 올 테고, 그때에도 합을 맞춰야 하는 건 당연히 오시리스뿐이란 거다.

그러니 평소에 교분을 쌓아 둬서 어색한 기류가 다신 없길 원했다.

둘째로 이계에서 돌고 있는 나쁜 소문들 중 제일 큰 비중을 차지하는 게 오시리스이기 때문이었다. 오시리스는 죽은 자들을 부리고 드라큘라들을 수하로 두고 있다 했다.

그런데 소문만이 아닌 것이, 오시리스가 시작의 장에서 본인을 따랐던 소수만을 데리고 서부 전선을 방어할 수 있던 까닭이 거기에 있었다.

오시리스가 정말로 악(惡)한 뭔가를 제 군단으로 부리고 있다면 친분을 가장해서라도 지켜볼 일인 것이다. 혹, 오딘을 향해 헛된 짓을 꾸미지는 않는지.

지금은 그렇지 않더라도 향후 그럴 가능성이 있는 것은 아닌지 말이다.

다시금 생각해 봐도 오시라스가 가진 힘은 대수롭게 볼 게 아니었다.

각성자 개인으로서도 그렇지만 독자적으로 운용하고 있는 어둠의 군단이 서부 전선을 통째로 방어할 수 있을 정도라면……

그것만으로도 인류를 상대로 전쟁을 벌일 수 있는 힘 아닌가?

물론 오딘이 계시는 중에는 꿈도 못 꿔 볼 일인 것은 맞다.

그러나 자신은 시작의 장에서 있었던 사건이 지금까지도 잊히지 않았다. 어느 순간 사라진 오딘. 그리고 십수 년이 지난 후인 최종장 말엽에서나 다시 만나게 되었던 그 사건 말이다.

오딘께서 사라졌던 동안 시작의 장은 비열한 것들의 세상이 되었었다.

맘 같아선 그것들의 뚝배기를 부숴 버리고 싶은 순간이 한두 번이 아니었는데, 무대를 완료하기 위해서는 그것들의 협조가 꼭 필요한 기간이기도 했다. 어떻게든 달래고 윽박지르며 끌고 가야 했다.

그렇게 십수 년을 태한 동생과 함께 얼마나 골머리를 썩여 왔던가.

절대 그런 가정을 하고 싶지는 않지만 이계든 본토든 전부 오딘께서 만들어 놓은 질서 안에서 움직이고 있는 중이었다.

그러니 오딘께서 어느 날 갑자기 사라지신다면 인류의 가장 큰 위협은…….

초월체니 뭐니 그딴 게 아니라, 아마도 오시리스가 될 것이다.

'생각만 해도 끔찍하구만. 생각 말자 말어.'

성일은 차갑게 가라앉은 오시리스의 두 눈을 떠올리며 인상을 구겼다.

'아니여. 마리 누님이 아닌 이상에 사람 속은 아무도 모르는 거여. 챙길 수 있을 때 챙겨 놔야 하는 거여. 소 잃고 외양간 고치지 말고.'

그때는 오시리스가 비밀 통로 입구 바깥으로 사라진 때였다.

＊　　　＊　　　＊

성일은 중간에 오시리스를 놓쳤다. 갑자기 오시리스가 바닥의 핏물 덩어리로 변해 버리더니 벽의 틈을 파고들며 사라져 버린 것이었다.

성일은 집게손가락으로 오시리스, 그러니까 핏물 덩어리가 파고든 벽을 쓸어내렸다.

하지만 핏물 하나 묻어 나오는 것이 없이 말끔했다. 처음에 핏물 덩어리가 형성되었던 자리도 마찬가지로 깨끗했다.

'이래서야 공격이 먹히지도 않겠구만.'

오시리스의 괴이한 스킬을 보고 알 수 있는 건 딱 하나였다.

그도 마리 누님처럼 협회 직원들의 시선을 꺼려 한다는 것!

하기야 세계를 좌지우지할 만큼 돈 많은 갑부였던 자가 본토에 조금도 미련을 보이지 않는 것을 보면 당연한 일이다. 본토 사람들을 마치 다른 종(種)들처럼 여기며 본토에 복귀할 생각 역시 조금도 없는 것이다.

성일은 고개를 설레설레 저은 다음, 태한 동상의 집무실로 향했다.

거기까지 가는 동안 많은 직원들과 마주쳤다. 그동안 인사가 끊임없이 이어졌다. 그런데 자신에 대한 소문을 익히 들었던 모양인지, 아니면 협회 내에서 한국의 영향력을 무시할 수 없었던 탓인지.

그 인사들은 대개 어눌한 발음으로나마 '안녕하세요'라는 한국어로 나왔다. 그게 성일의 심각했던 얼굴을 풀어 주기 시작했다.

그런데 성일이 태한 동상의 집무실에 가까워질 무렵부터였다.

'뭐여. 오시리스가 먼저 도착한 거여?'

성일은 그 안에서 요동치는 파장들을 느낄 수 있었다. 그건 첼린저 구간의 각성자들만이 사용할 수 있는 전용 파장으로써, 오딘께서는 전음(傳音)이라고 명명한 것이었다.

그리고 성일이 도착한 직후에는 거짓말처럼 사라져 버렸다.

성일은 문을 열고 들어갔다. 무슨 대화가 오고 갔는지는 전음의 특성상 엿들을 수는 없었다. 그러나 당시에 오고 갔을 대화가 태한 동상의 얼굴에 고스란히 쓰여 있었다.

실로 오랜만에 보는 표정이었다. 시작의 장에서는 어떤 심각한 도전을 받았을 때나 지었던 표정. 그때마다 태한 동상의 문젯거리를 해소해 줬던 자신이었으니, 모를 수가 없었다.

"……오시리스하고 한 따까리 한 거여?"

\*　　　\*　　　\*

시작의 장을 겪으면서 얻은 지론 중 하나는 사람이 큰 힘을 얻으면 그 힘에 도취되기 마련이란 거였다.

무슨 말이냐 하면 어떤 힘을 얻기까지는 주위의 도움이 많이 필요한데, 정작 힘을 얻게 되면 그걸 당연하게 여기게 된다는 것이다.

그쯤 되면 당사자는 본인의 생각을 절대적인 정의, 절대적인 선(善)으로 여기고 되고.

또 그쯤이면 당사자 주위에는 온통 본인을 찬양하는 사

람들밖에 없기 때문에, 본인이 절대적으로 옳다는 착각에서 벗어날 수가 없다.

하물며 태한 동상은 세계 각성자 협회의 실질적인 리더다.

진정한 수령으로 오딘께서 존재하지만 사실상 모든 실무는 태한 동상의 손아귀에서 처리되며, 세계의 공식 석상 전면에도 태한 동상이 존재한다.

태한 동상이 누리고 있는 힘은 시작의 장에서 누려 왔던 것과는 차원이 다른 규모임이 틀림없었다. 전 세계를 아우르고 있는 힘이니까.

그러니 오죽하겠는가.

'태한 동상이 아무리 명석한 사람이라도 그 속이 어떻게 변해 있을지는 모를 일이여. 오시리스의 속마음을 모르는 것처럼.'

성일은 오시리스의 눈빛처럼 실내의 차가운 기류를 느끼며 입술을 뗐다.

"물었잖어, 동상. 오시리스하고 한 따까리 했냐고."

"그렇게 됐습니다, 형님."

"왜?"

"일전에 제가 보냈던 전문에서 오해가 있었던 모양입니다."

"오해는 무슨……."

성일은 웃을 기분이 아니었다. 성일이 감각을 끌어올리며 주위를 두리번거렸지만, 오시리스의 기적은 느껴지지 않았다.

성일은 아주 작은 벽 틈까지도 핏물이 스며든 게 없나 확인한 뒤에서야 말을 이었다.

"나만큼 동상을 잘 아는 사람이 없다고 생각하는디, 그려 안 그려?"

"……또 무슨 말씀을 하시려고요, 형님."

"동상은 똑똑하니까 내가 무슨 말을 하는지 모르지 않을 거여. 그렇지 않아도 가만히 있는 오시리스, 건드리지 말어."

"건들긴 누가 건들었답니까."

"건들어서 동상한테 하나 좋을 게 없으. 오해 샀다던 전문이 뭔디? 그거나 보자고."

이태한은 성일의 고집을 이기지 못할 걸 알고 있었다. 그는 시간을 끌지 않고 태블릿 PC를 조작해서 성일에게 넘겼다.

「 오시리스 님께.

이태한입니다. 오시리스 님께서 소용돌이 대지를 방어해 주고 계신 덕분에 우리 협회는 중부 점령에 집중할 수 있었습니다.

노고가 얼마나 크십니까. 이 서신을 빌어, 감사의 말씀을 드립니다.

다름이 아니라 마석에 대해 긴히 전달할 사안이 있어…… 〈하략〉」

"오시리스가 열 받을 만하구만. 동상 속셈이 그냥 드러나 있으. 동상이 이렇게 견제하지 않아도 오시리스는 본토에 미련이 없으. 몰러?"

그제야 성일의 입가에 미소가 떠올랐다. 하지만 썩 석연치 않은 미소였다.

"형님께서도 오해하고 계시는군요."

"아니여, 동상이 뭘 경계하는지 알겠어. 오딘께서 내게 해 주셨던 말씀이 있단 말여. 사람이 무슨 행동을 할 때는 꼭 한 가지 이유에서만이 아니라고 말이여. 겁나게 복합적이고 계산적이란 거여."

"……."

"동상도 오시리스를 견제하려고만 한 거는 아닐 거여. 요즘 오시리스가 심상치 않잖어. 드라큘라니, 좀비들이니. 무시무시한 것들을 막 끌고 다니잖어."

"형님."

"말혀 봐."

"최근 들어오는 말에 의하면 그는…… 구울들도 부리고 있습니다."

"구울? 겁나게 짱나는 것들이긴 하지. 어쨌든 동상 생각이 뭔지는 알겠어. 나도 다 생각이 있으니께 부탁 하나만 하자고."

"예."

"괜히 잘 있는 오시리스 건들어서 부스럼 일으키지 말으. 이대로만 가자고. 혹시나 문제 생기믄 바로 나, 칼리버가 알아서 할 테니께."

이태한은 말이 없어졌다.

얼굴은 숙이지 않았기 때문에라도 생각이 깊어진 그의 두 눈이, 성일에게는 너무나 잘 보였다.

성일이 거기에 대고 고개를 끄덕여 주자 이태한의 목소리가 천천히 나왔다.

"……마리 님은 어떻게 되셨습니까? 의례는 성공하셨습니까?"

"몰러. 어떤 것도 아직 소식이 없으. 근디 걱정은 하들들 말으. 오딘께서 직접 지시하신 일이여. 오딘께서 확신이 없으셨다믄 다른 것들도 아니고, 우리 마리 누님에게 그런 걸 맡기셨겠어? 마리 누님이여. 마리 누님."

"그래도 염려가 드는 건 어쩔 수 없습니다, 형님."

"글치……."

성일의 말꼬리가 흐려지던, 바로 그때였다. 성일과 이태한의 눈이 동시에 부릅떠졌다.

그렇게 둘의 고개가 돌려진 곳도, 둘이 몸을 박차며 뛰어나간 방향도 일치했다.

평소 마리 님이 객실로 사용하던 거기!

거기에 도착했을 때에는 오시리스도 마리 누님의 강렬한 기척을 느끼고 도착해 있었다. 성일은 오시리스의 어깨 너머에 펼쳐진 광경을 보면서 기쁨보다는 의문이 컸다.

'어째서 인도관들이…….'

하나도 아니고 수십 마리였다.

수십 마리의 인도관들이 마리 누님의 주위에서 날아다니고 있었다.

＊　　　＊　　　＊

마리 누님은 외관상으로는 크게 다친 곳이 없었다. 그러나 침대에 걸터앉아 있는 것 하며 자신을 쳐다보지도 않는 것까지, 꽤나 무력한 모습이었다.

성일은 인도관들 쪽으로 관심을 돌렸다. 일단, 마리 누님에게 위협이 되어 보이지는 않는 듯했다. 오히려 반대다.

그것들이 마리 누님의 주위를 날아다니며 흘리는 빛무리는 마리 누님에게 스며들며 어떤 긍정적인 효과로 작용하는 것 같았다.

"방해하지 말드라고."

성일은 오시리스에게 한 마디를 툭 던졌다. 한국말을 알아들은 것인지 아니면 그 역시 같은 결론에 이르게 된 것인지.

오시리스는 몸을 돌려 성일을 스쳐 지나갔다.

"여기는 내가 지켜보고 있을 테니께 동상은 어여 일 봐."

성일은 태한 동상에게도 그렇게 말한 다음 장판파의 장비처럼 문 앞을 지키고 서기 시작했다.

'인도관…… 저 잡것 새끼들. 마리 누님에게 조금이라도 해꼬지만 혀 봐.'

마리가 성일에게 시선을 준 것은 한참이 지나서였다. 가까이 와 보라는 듯 손가락을 까닥이면서였다.

인도관들도 그 손짓에 반응하며 주변으로 날아서 흩어졌다.

그것들은 성일의 움직임에도 반응했는데, 성일이 빠르게 몸을 던졌기 때문에라도 그것들이 비산하는 속도 역시 날렵했다.

마치 푸른 구형체(球形體)가 깨져 버리며 그 파편들이 사방으로 튀는 듯한 광경이었다.

성일은 마리 누님에게 묻고 싶은 것이 많았지만 참았다. 흩어진 인도관들을 향해 신경을 곤두세우는 것도 잊지 않으면서였다.

"이 아이들은 성일이, 너를 공격하지 않을 거야."

마리가 말했다. 그래도 성일은 꺼림칙한 기분을 떨칠 수 없었다.

"참말이여요? 아니, 저것들이 무서운 게 아니라…… 왜 있잖수. 장난질."

"그건 옛날 이야기잖니."

정신세계를 넘나드는 마리 누님에게는 그럴 수 있겠지만, 자신에게 시작의 장은 그리 오래된 일이 아니었다. 시작의 장이 끝난 지 불과 몇 달이 지났을 뿐이다. 워낙 많은 사건들이 동시다발적으로 일어났긴 했지만.

귀환 후, 꾸준히 이어졌던 사건들이 성일의 뇌리를 주마등 같이 스쳐 지나갔다.

"됐고요. 그나저나 누님은 괜찮은 거요?"

"보다시피."

"아니 제 말은 누님 머릿속이 괜찮냐는 거요. 멍 때리는 게 여간 힘들어 보이는 게 아니던디."

"이 정도로 끝난 게 어디야. 칠마제(七魔帝) 중 하나와 싸웠는데."

"이긴 거는 맞수?"

"찢어발겨 버렸어, 그 벌레 새끼."

성일은 순간적으로 보였던 마리 누님의 분노를 놓치지 않았다.

마리 누님의 분노는 단지 말로만 그친 게 아니었다. 자신을 향해 웃어 줄듯 말듯 힘없던 표정에서 갑자기 번뜩인 게 있었다.

일그러진 미간의 주름 사이에서도, 이를 갈면서 벌려진 입속으로도 살의가 일렁거렸었다. 이미 죽여 놓았다고 했는데도 그 원한이 풀리지 않았을 만큼 감정은 진하고 또 진했다.

솔직히 성일은 소름이 돋았다. 오시리스에게서 느꼈던 것 이상이었다.

성일은 문득 깨닫는 게 있어서 이렇게 반문했다.

"그럼…… 누님도 칠마제가 되신 거요?"

"그래, 말단이지만. 나는 이제 루네아 일족의 숭배신이란다. 크크."

"루네아 일족. 인도관들의 진짜 이름이 그런 이름이었수?"

그때 마리 누님이 보내온 전음이 성일의 고막을 파고들었다.

『성일이, 너만 알고 있어. 그리고 섭섭해하지는 말아. 다음은 오시리스 차례야. 오딘이 둠 엔테과스토를 끌어내면.』

성일은 숨소리마저 죽였다.

『그 자리로 오시리스를 올려 보낼 계획이야. 그러니 이제 뭐 해야 하는지 알겠지? 돈 많이 벌어 놔야 한다. 틀림없이 이번보다 더 많은 돈을 바쳐야겠지. 공격대를 늘려.』
　마리 누님의 이야기는 거기서 끝나지 않았다. 오딘께서 왜 오시리스에게 힘을 밀어주고 있는지에 대한 설명이 계속 이어졌다.
　'옛·언데드 엠퍼러?'

＊　　　＊　　　＊

성일은 민망 쩍을 때마다 하던 버릇대로 콧잔등을 긁으며 나왔다. 오시리스에게 가지고 있던 오해는 풀렸다. 그러나 그뿐이다.
　오시리스에게 많은 힘이 쏠리고 있다는 사실만큼은 달라진 게 없었다.
　오딘을 향한 그의 충성심을 의심하는 건 아니다. 오딘의 측근에 있는 자들은 예나 지금이나 그런 자들로 구성되어 있다. 오딘께서 선별하신 사람들인 거다.

하지만 힘을 가진 자들이 어떤 변화를 겪는지 너무나 많이 봐 왔기 때문이었다. 태한 동상만 해도 그랬고 자신도 아니라고는 장담할 수 없었다.

막말로, 태한 동상이 오시리스에게 보낸 전문만 해도 태한 동상답지 않았다.

자신이 볼 때는 태한 동상의 속내가 너무 빤히 담긴 전문이었는데, 그에게는 대의(大義)를 위해서 당연한 일이었던 것이다.

'이래서 사람은 항시 몸가짐을 게을리하믄 안 되는 거여. 뭔 일을 할 때믄 두 번 세 번 생각하고 또 의심해 봐야 하는 거여. 꺼뜩 방심하믄, 봐 봐. 쪽팔려 버리잖으. 꼴사납게. 이제 무슨 낯짝으로 오시리스를 대할 거여. 한번 기세 눌리면 끝장인 것이여. 쩝…….'

어느새 밖은 해가 지고 있었다. 성일은 마리의 부탁으로 크시포스에게 먹이를 챙겨 줬다. 그러고 나서 다음 행선지로 서울을 택했다.

서울로 향하는 전용 헬기 안에서는 그간 밀려 있던 일들을 처리했다.

기철이가 잘 지내고 있는지, 어머니 아버지는 다른 문제

가 없으신지. 가족들의 안부를 확인한 다음에서야 일주CA
의 아가씨에게 전화를 걸었다.

〈 성일 씨? 귀환하셨어요? 〉

'칼리버가 아니라 성일 씨여? 그러믄 그렇지. 아니 그럴
수가 없는 거여.'

본토뿐이겠는가. 이계에서도 이놈의 인기는 식을 줄을
몰랐다.

성일은 스미어 올라오는 미소를 구태여 억누르지 않았
다. 어차피 화상 통화도 아니었으니까, 아재 같은 웃음소리
만 의식하면 되는 거였다.

성일은 핸드폰의 마이크 장치 부분을 그 큰 손바닥으로
다 에워싸고서 목을 다듬었다.

큼큼.

그런 다음이었다.

〈 접니다. 서울로 가고 있습니다. 1시간 안에 도착할 것
같습니다. 만날 수 있겠습니까? 〉

〈 무슨 안 좋은 일 있으세요? 〉

〈 걱정해 주셔서 감사합니다. 허허허. 하지만 제게 안 좋

은 일이 있다면 그건 인류 전체에 위협이 되는…… 위험이
되는…… 거여. 겁니다. 〉


'잘나가다 왜 말이 꼬이고 지랄이여.'


〈 어허허헛— 싸게…… 금방 도착해서 다시 연락 드리
겠습니다. 〉

〈 그런데 무슨 일 때문인지 사전에 알 수 있을까요? 필
요하신 자료를 준비해 놓게요. 〉

〈 왜 그거 있잖수. 크흐흠. 〉

〈 예? 〉

〈 광고 말입니다. 광고 좀 찍을랍니다. 〉

〈 오래전에 반려하신 게 아니었나요? 아니면 전달 과정
에서 착오가 있었던 걸까요. 〉

〈 그럼 이제 못 찍는 겁니까? 허허허허. 〉

〈 그럴 리가요. 그런데, 성일 씨. 제가 관여할 일은 아니긴
하지만 갑자기 광고를 찍고자 하는 이유를 알 수 있을까요? 〉

〈 광고 찍으믄 일주 CA도 돈 버는 거 아니요? 〉

〈 그렇습니다. 〉

〈 그러니까 짜그리들은 제끼고, 큰 것들로 다 확 땡겨
서……. 〉

〈 성일씨는 광고에 연연할 클래스는 아니신데요. 〉

〈 사람이 놀면 뭐 하겠수. 귀환한 김에 부지런 좀 떨어…… 보려는 거…… 겁니다. 〉

'쓰벌, 이렇게 말을 더듬어서야 원. 점수만 깎이지. 그렇잖어. 이 칼리버 님의 매력은 듬직하고 정감 있는 데 있는 거 아녀? 이 아가씨도 거기에 혹한 것인게, 이대로 가는 거여. 그려. 그런 거여.'

〈 그럼 큰 걸로 다 갖추려 놓으슈. 그걸로 돈 좀 땡기믄 저번에 제안 줬던 거 진행할 생각이요. 〉

〈 '법인 차입금' 건 말씀이시죠? 〉

〈 차입금이니 투자니 뭐니 하는 건 내 잘 모르겠고, 회사에 돈 좀 집어넣어서 공격대 규모 좀 키워 보겠다는 거요. 시작의 장에서 쫄병 노릇 했던 자슥들도 데려오고, 그 자슥들 입힐 아이템도 준비해 놓고, 각성제도 왕창 사서 쟁여 놓고……. 〉

〈 잠시만요. 차입 규모를 어느 정도나 생각하고 계세요? 지금 말씀하신 것들을 처리하려면 많이 생각하고 계셔야 할 텐데요. 저…… 성일 씨? 정말 외람된 질문인데요. 오해하지 않으셨으면 해요. 〉

〈 말씀하쇼. 〉

〈 혹시 돈이 부족하신 건 아니시죠? 성일 씨는 따로 소비하시는 곳이 없는 것으로 알고 있거든요. 〉

성일은 잠깐 망설이다가 대답했다.

〈 돈은 있다가도 없고, 없다가도 있는 거 아니겠소? 사람에게 중요한 건 능력 그 자체인 거요. 맞수. 지금은 알거지가 되부렀수다. 하지만 금방 복구할 거요. 그러니께 아가씨는 나만 믿고 걱정 마쇼. 〉

＊　　　＊　　　＊

불과 몇 주 전까지만 해도 그렇게 많은 인파들이 한자리에 쏠려 있던 경우는 전일 그룹을 규탄하는 시위가 있을 때뿐이었다.

그러나 그것도 조나단 헌터가 법정에 자진 출석하겠다는 건과, 이계에서 조나단 헌터를 특정해서 습격했던 일이 겹치면서.

이제는 소수의 시위대만 흐지부지 남게 되었다.

"실물이 더 멋져요!"

그때 성일에게 쏠린 인파는 당시의 시위를 방불케 했다.

*"진짜 칼리버야?"*
*"칼리버다, 칼리버."*
*"오늘 계 탔네."*
*"야야!"*

속닥거리는 소리가 많았다.

그런 소리들만큼이나 성일을 촬영하고 있는 스마트폰들도 많았다.

성일은 나쁘지 않은 기분이었다. 시작의 장에서는 나이를 신경 써 본 적이 없었다. 거기에서는 노화란 게 없었다.

하지만 최근 들어 생체 리듬에 미묘한 변화가 시작되고 있었다.

돌이켜 보면 기철이가 어느새 중학생이 되고 말았듯이 세월은 빠르게 지나가는 법이다. 전장에 파묻혀 살다 보면 그렇게 자신도 어느새 늙어 있을 것이다.

시작의 장에서 귀환한 지 몇 개월이 지났음에도 그 시간들이 단 며칠처럼 느껴지고 있는 이유 중 하나가 바로 그것일 것이다.

전장에서의 시간은 몹시 빠르게 지나가는 법. 오딘께서

치르고 계시는 전쟁이 언제 끝날지는 모르겠지만 하나만은 장담할 수 있었다.

그날이 오면 자신에게는 이런 순간이 또 찾아오지 않을 것이다.

지금 젊은이들이 자신에게 환호하는 건, 아직은 이 몸이 늙지 않았기 때문.

이 몸이 늙으면 경외(敬畏)의 시선만 받을 뿐일 것이다. 대개의 각성자들은 그런 시선을 더욱 선호겠지만 자신은 아니었다.

하물며 기철이는 아직 청소년이다. 이 나라에서 살아가야 한다. 적어도 기철이가 성인이 될 때까지는 친근한 이미지로 남는 것이 기철이에게 옳은 일인 것이다.

성일은 씩 웃으며 주위를 둘러보았다. 그러다 한 여자애와 눈이 마주쳤다.

"뭘 몰래 찍고 그려."

딱 기철이 또래였다.

"아저씨하고 셀카 찍을 텨?"

정작 꺅꺅거리는 소리는 군중들 속에서 나왔다.

"이름이?"

"시하…… 정시하예요."

성일은 어쩔 줄 몰라 하는 여자애의 스마트폰을 건네받

아 함께 포즈를 취했다.

그러고 찰칵.

"시하 SNS에 올려도 돼."

여자애는 바로 들뜬 얼굴로 성일과 함께 찍은 사진에서 눈을 뗄 줄 몰랐다.

그 전까지 군중들은 성일을 중심으로 어느 정도 거리를 유지하고 있었다. 그러나 성일이 사람 좋게 웃으며 다시금 주위를 쳐다본 직후.

사방팔방에서 스마트폰을 쥔 손들이 뻗어 나왔다.

"저도요! 저도요!"

"저하고도 찍어 주세요, 칼리버 님! 제발요. 네?"

아무리 많다 한들 그래 봐야 민간인들의 움직임이었다. 느릿하기 짝이 없는. 아무런 공격 효과도 없는. 설령 접촉돼도 방어막 하나 띄우지 못하는.

그런데도 거기로 찰나에 씌워지는 이미지들이 참 많았다.

특히 구울들에게 포위됐었던 시작의 장, 2막 5장의 한 이미지는 그야말로 선명했다.

성일은 자신을 향해 느릿하게 날아오는 한 구울의 손아귀를 응시했다. 구울의 썩은 손톱이 바로 목전까지 이르러 있었다.

그는 거기에 대고 웃으면서 말했다.

"아따, 뭐 대단한 사람 왔다고 난리 부르스여. 셀카?"

그러자 고름이 흘러내리는 입술이 대답해 왔다.

"네네! 저도 페이스노트에 올려도 돼요?"

성일의 눈이 자연스럽게 깜박여지고 났을 때에는 거기로 겹쳐 있던 이미지가 날아가 있었다. 어린 남학생이 성일을 올려다보고 있었다.

"맘대로 혀. 그러라고 찍어 주는 거니께."

성일은 어린 학생을 쳐다보며 생각했다.

평화로운 세상이다. 시작의 날을 겪고도 이 학생들의 표정은 하나 달라진 게 없었다.

'만일에 하나 우리 진영에 무슨 문제가 터져도, 내가 있으. 오딘께서 만드신 질서는 나 칼리버가 반드시 지켜 나갈 것이여. 마리 누님이나 오시리스 같은 힘은 없더라도…….'

그때 군중들 속에서 톤 높아진 목소리가 툭 튀어나왔다.

"성일 씨, 말씀드렸잖아요. 촬영 늦겠어요! 이대로는 촬영은 둘째 치고, 진입 시간도 맞추기 힘들겠어요. 촬영 취소할까요?"

"아니여. 다른 곳도 아니고. 우리 염마왕 이사님, 투자 그룹 광고인디. 신경 써야지. 가자고. 가. 이것까지만 싸게 찍어 주고."

　　　　　*　　　　*　　　　*

　눈앞의 광경은 연희가 루네아 일족을 거둬들였다는 증거
였다.

　그녀 곁으로 많은 잡것들이 날아다니고 있었다.

　"누워 있어."

　나는 그녀의 침대에 걸터앉으며 말했다. 잡것들이 놀라
서 흩어지는데, 워낙에 생김새가 똑같은 것들인지라 놀란
얼굴들 또한 동일했다.

　한 잡것을 주시했다. 저 잡것들 중에서 가장 진한 정신체
로 존재하는 것.

　그 잡것은 천장 구석까지 도망친 자리에서 고개를 꾸벅
였다. 그러며 뭐라 입을 빼끔거린다. 잡것의 목소리는 내
내부로 통하는 통로를 개방시켜 줘야만 들리는 것이었다.

　그렇게 잡것의 목소리가 내게 미치길 허락해 줬을 때.

　잡것의 얼굴은 한결 여유를 되찾았다.


　[ 안녕하십니까요. 지고하신 둠 맨 전하께 처음으로
　인사 드리와요. 소인 루―세아 입니다요. 비로소 마침
　내 소인 루―세아가 옛 어머니들의 계보를 이었으며, 둠
　마리 님의 최고 제사장이 되었어요. 이 모두 둠 맨 님과

둠 마리 님의 성은(聖恩) 입니다요. ✧.°⁹(๑)‿(๑)ᶠ:.♡ ]

잡것은 허리를 숙이는 몸짓까지 보였다.


[ 바로 지금 부턴! ]

[ 저희 일족을 지칭 하실 때에는 루―세아 일족이라
고 불러 주시와요. ]

[ 그런데 그렇지 않습니까요? 루―네아 일족 보다는
루―세아…… 가 더 예쁘잖아요. 둠 마리 전하께서도
칭찬해 주셨사와요. 소인 루―세아 그래서 너무 기쁩니
다요. 꿈만 같은 일이 일어났으니까요. 헤헤헤헷~ ]

[ 그래서 말이여요. 소인 루―세아는 둠 맨 전……. ]


저 아가리를 확 찢어 버릴까.

잡것이 흠칫 떨었다. 그것은 뒤로 더 움직인 탓에 몸체가
천장 너머를 뚫고 사라졌다.

하지만 그것도 잠시, 천장 아래로 잡것의 고개가 빠끔히
나왔다. 눈동자는 뒤룩뒤룩. 나와 연희를 번갈아 쳐다보고
있었다.

그때 연희가 내게 한 손을 들어 보였다. 그녀의 새끼손가
락에는 평소에 보지 못했던 반지가 걸려 있었다. 형체는 반

투명했다.

목걸이 '루네아의 빛'과 같은 형식.

확실히 목걸이가 다시 내게로 인계되는 순간에 본인을 루세아라고 소개한 잡것에게서 예민한 반응이 느껴졌다.

물론 나와 눈이 마주치자마자 다시 천장 너머로 숨어 버렸지만.

[ ~~루네아의 빛 (아이템)~~ ]

[ 루세아의 빛 (아이템) ]

목걸이의 이름이 즉각 수정되었다.

"그건가? 기억 창고?"

나는 연희의 반지를 향해 물었다.

"네가 가르쳐 준 대로였어."

어느새 또 고개를 내밀고 있는 잡것의 얼굴에서 미소가 보였다.

연희가 저 반지를 획득한 이후로 잡것은 보고 듣는 모든 것, 심지어 기쁨까지 그녀와 공유하게 되었는데도. 그렇게 노예보다 못한 처지가 되었는데도 웃고 있는 것이었다.

연희가 말했다.

"신경 쓰이겠지만 참아 줘. 지금 돌려보낼 형편이 안 돼."

그녀는 나와 달랐다.

루마르든, 루네아든, 루세아든. 내게 저것들은 그냥 잡것들일 뿐이나 연희에게는 저것들과 교류하는 뭔가가 형성되어 있는 듯했다.

"회복을 늦출 수가 없거든. 루세아 일족의 도움이 필요해."

되묻지 않아도 왜 서두르고 있는지 알 것 같았다. 그녀에게도 속박이 가해지기 시작했다. 둠 카오스의 지령이 떨어진 것이다.

＊　　　＊　　　＊

"엔테과스토는?"

연희가 화제를 바꿨다. 내가 그녀에게 어떤 무거운 마음을 가지고 있는지 알고 있기 때문이었다.

"죽음의 대륙으로 넘어간 것 같더군. 바르바 군단을 대동할 생각인 것 같다."

군주들의 회의가 끝나고 제일 먼저 확인한 게 그 일이었다.

엔테과스토는 엘슬란드 전반에 걸쳐 있는 결계를 부수도록 되어 있었다. 그것이 둠 카오스가 엔테과스토에게 내린 형벌(刑罰)이다.

거기에는 두 가지 사실이 깃들어져 있다.

지금의 엔테과스토에게는 불가능한 임무일 것이며 더불어 위험한 임무이기도 하다는 사실.

보라.

더 그레이트 블랙이 활동을 재개했다. 게다가 루네아 잡것 새끼는 나를 도모하기 위해서 블랙에게 이렇게 제안하기까지 했다.

블랙 혼자만으로는 나를 상대할 수 없으니, 화력을 증원시켜야 한다고 말이다

그렇게 모인 화력들이 이제 어디로 쏠리겠는가?

엔테과스토가 결계를 건드린 순간부터 그리로 집중되게 되는 것이다.

때문에 둠 카오스는 당시에 이런 전언을 보냈었던 것이다.


**[ 이는 성패와는 상관없이, 앞으로 둠 맨이 치러야**
**할 전투에 있어 큰 도움이 될 거라 하십니다. ]**


그렇지 않아도 부상에서 회복되지 못한 엔테과스토인데, 이제 놈에게 성(聖) 드라고린의 화력이 집중되는 것이다.

그뿐일까.

엘슬란드의 결계는 올드 원의 권능으로 구성되어 있다. 연희와 함께 보냈던 그 세계에서 파악했던 바로는, 지금의 내 능력으로도 결계를 파괴하는 건 불가능한 일이었다.

이제 엔테과스토는 정면으로는 올드 원의 권능에 끊임없이 부딪쳐야 하고, 뒤로는 승냥이 같이 몰려올 올드 원의 군단을 상대해야 한다.

단언컨대 엔테과스토는 온전할 수가 없다.

지금보다 더한 부상을 입을 것이고 약해질 것이다. 하지만 나는 시간이 지날수록 더 강해질 것이다. 거기까지가 둠 카오스가 내게 내민 중재안이었다. 더불어 은연한 압박이기도 하고…….

그런 것이다.

엔테과스토에게 화력이 집중되어 있을 때 점령 속도를 높이라는 것 아니겠는가.

위로랍시고 마왕성을 건립해 주겠다지만, 사실상 인간 군단의 전초 기지로 삼으라는 것과 다를 바가 없었다. 지금도 그 메시지가 나를 재촉하고 있었다.


[ **마왕성**(魔王城)**을 건립하고 싶은 장소를 특정하여 주십시오.** ]

연희와 이야기를 이어 나가던 무렵. 이태한이 찾아왔다.

"오시리스는 독일 본가로 향하던 중이었습니다. 항로를 돌린다면 두 시간 안으로 복귀할 수 있습니다."

본토로 귀환한 김에 남은 집안일을 처리할 생각이었던 걸까.

"그럴 것 없다. 내일 내가 직접 그리로 가겠다고 전하도록."

"예. 오딘이시여."

*　　　*　　　*

태블릿 PC를 한 켠에 치워 두면서 몸을 일으켰다.

「 조나단 투자 금융 그룹, 칼리버 권성일과 광고 모델 계약 체결 — 대표 이사 조나단 헌터의 이미지 쇄신에 긍정적으로 작용할 거라는 전망 」

「 조나단 헌터의 재판 기일과 방식을 두고 아직도 합의점을 찾지 못해……. 」

「 (화제집중) 세계 정상들이 조나단 헌터를 두고 던진 '말말말' 」

하룻밤이 지났어도 연희의 기력은 돌아오지 않은 상태였다. 잡것들이 내내 달라붙어 있어도 그리 눈에 띄는 결과가 없었던 것이다. 역시 하룻밤으로는 안 되는 것이었다.

가만히 눈을 감고 있는 그녀의 얼굴에서 목소리가 나왔다.

"다음번엔 군주들의 회의에서겠지?"

"생각보다 빠를 거다."

"계속 얼굴 굳힐래? 너한테는 내가 애송이로만 보이나 봐? 그것도 그렇게 나쁜 기분은 아니긴 한데, 마지막까지 그러면 나 정말 신경 많이 쓰여. 전장만 달라진 거라고."

"……"

"이계에서 정령계로. 그게 다야. 게다가 이제 난 혼자가 아니잖아."

천천히 눈을 치켜뜬 연희의 시선은 그녀의 주변, 잡것들에게로 향했다. 그녀의 애완물을 보듯 사랑스럽다는 시선은 아니었다. 하지만 적어도 불신이 섞여 있지는 않았다.

내게는 구원자의 도시민들이 있고 조슈아에게는 그의 역병 공대원들이 있듯.

그녀도 본인을 추종하는 존재들 속에 섞여 있는 중이다.


[ 염려 마시와요. 소인 루—세아가 성심을 다해 둠 마리 전하를 모시고 있습니다요. *(ｏ•ᴗ•ｏ)* ]

[ 소인 루―세아의 충정은 루―네아 처럼 거짓 충정
이 아니라는 점, 이 자리를 빌어 분명히 말씀드리겠사
와요. 하온데, 둠 맨 전하. 만일 소인 루―세아가 충정
을 증명해 보인다면.]

[ 소인 루―세아의 목걸이를 돌려주지 않으시겠어
요? 헤헤헤헤. ]

[ 별 뜻이 있는 게 아니어요. 그 목걸이는 대대로 옛
어머니들께서 후계들에게 물려줬던 우리 루―세아 일
족의 상징이자……. ]


"말이 참 많은 아이지?"

아이라니.

순간 기가 차서 말문이 막혔다.

그러나 앞으로 연희는 저것들과 함께 전투를 치러야 했
기에, 나처럼 역한 심정만 남아 있는 것도 곤란한 일임에는
틀림없었다.


*　　　*　　　*


연희와 작별 인사를 나누고 난 다음이었다. 쭉 찢어진 허
공.

거기 틈새를 칠흑의 어둠이 가득 채웠다. 언제였었지? 오래전 어느 날, 빌더버그 클럽을 공략하고 있던 그 어느 날.

조슈아의 본가에 방문했던 적이 있었다.

*쏴악—!*

게이트를 넘어가자 당시를 떠올리게 하는 광경이 펼쳐졌다.

그리 크지 않은 방이었다.

조슈아가 내게 무릎을 꿇으며 마스터라고 불렀던 자리가 바로 앞에 있었다. 그리고 창밖으로는 예전 그대로의 풍경이 보였다.

하나도 달라진 게 없었다. 저택 자체부터가 독일의 역사를 품고 있는 곳이니, 지금으로부터 백 년 전에도 같은 풍경이 펼쳐져 있었을 거라 생각됐다.

『오셨습니까, 마스터.』

조슈아의 전음이 들어왔다. 구태여 기척을 감추지 않았기 때문이었다.

한편 저택은 끔찍할 만큼 조용했다.

많은 사용인들의 기척이 곳곳에서 느껴지긴 하지만 그들은 대개 움직임이 없었다. 진즉부터 각자의 침실로 이동 조치된 듯싶었다. 그마저도 둘 이상이 같은 공간에 머무는 경우가 없고, 핸드폰 통화 소리 같은 것도 일절 없었다.

그래서 움직임들과 잡음들은 식사 공간으로 추정되는 곳에 몰려 있었다.

내가 도착하면서 그 움직임들은 보다 분명해지는 중이었다.

육안으로 보지 않아도 그것들의 기척만으로 생생히 그려진다.

가주의 자리에 앉아 있던 조수아가 액체 형태로 변해 이쪽으로 거리를 빠르게 좁히고 있다.

그가 떠난 뒤로 유일한 참석객은 이미 뻣뻣했던 자세를 더 곧게 고치고, 주방 쪽에서는 여전히 사용인들이 기계처럼 움직이고 있었다.

핏물이 문틈 사이를 비집고 나오는 속도는 꽤나 빨랐다.

내게 충성을 맹세했던 자리에서 핏물이 사람의 형상을 갖췄다.

번듯한 서구 미남의 얼굴로.

"식사를 준비해 놓았군."

내가 말했다.

"예, 마스터. 그리로 모시겠습니다."

자연스럽게 옛 기억을 불러일으키는 복도와 계단을 지났다.

그때 나는 조슈아에게서 풍기는 피비린내를 생각하고 있었다.

반나절은 지났을 법한 연한 냄새. 우리가 함께 지나친 많은 방들 중에는 똑같은 시간대에 생성됐을 피비린내가 품어진 곳도 있었다.

조슈아는 지난밤에 그 방에서 셋을 죽였다. 후계 구도를 정리해 놓은 것이다.

자본 세력의 가주일 때와는 다른 방식. 그리고 그 일은 저택 바깥으로 발설되지 않았다.

식사 공간에 도착하자 감각 망으로 먼저 그려 봤던 광경이 나타났다.

역시 한 중년인만 이 식사에 초대되어 있었다. 그는 우리가 들어왔지만, 의식적으로 앞만 바라보고 있었다. 아직도 온몸에 지난 밤의 공포가 찌들어 있는 상태였다.

조슈아가 중년인의 시선을 스치고 지나갔을 때, 중년인은 목울대만 꿀렁였다.

그때 조슈아가 가주 의자를 빼놓고서 중년인의 맞은편에 앉았다.

조슈아가 빼놓은 가주 자리. 거기가 내 자리였다.

"리브카라는 이름을 씁니다. 앞으로 카르얀 가문의 가주가 될 자입니다."

조슈아가 말했다.

"리…… 브카입니다. 뵙게 돼서 영광입니다. 오…… 오딘이시여……."

중년인은 지난 몇 시간 동안 그 자리에 앉혀져 있었던 것인지 아슬아슬해 보였다. 툭 건드린다면 경직된 그대로 옆으로 쓰러질 것 같았다.

"카르얀 가문은 내게도 중요한 가문이다. 지켜보도록 하지, 리브카 폰 카르얀."

"감, 감사합니다."

그는 인사만 하기로 되어 있었던 것 같다. 그리고 나와는 눈도 마주치지 말라는, 공포 가득한 경고도 있었던 것 같다.

그가 자리에서 일어났을 때에는 정말로 기진맥진한 모습을 보였다.

중년인이 휘청거리며 식사 공간을 떠난 때였다.

짝.

조슈아가 가볍게 박수를 친 다음부터 저택 사용인들이 대형 트레이를 밀면서 나타났다. 그들도 겁에 질려 있긴 마찬가지였다.

"애피타이저(Appetizer)입니다. 부디 흡족하시길……."

트레이에 올려진 것들은 전부 아이템 혹은 고등급의 마석이었다.

나도 손님의 미덕을 잃지 않을 수 있었다.

한때 이 저택의 주인이었던 자를 위해 준비해 둔 것이 있었으니까.

Chapter 7.

애피타이저 다음의 정식은 평범하게 나왔다. 식기들이
내는 달그락거리는 소리만 나오고 있었다. 조슈아는 좀처
럼 식사에 집중하지 못하는 중이었다.

죽음의 서 세 권이 한 공간에 모이자, 엔테과스토의 물건
과 더 그레이트 레드의 물건을 같은 공간에 두면 일어나는 현
상과도 같은 파장이 발생하고 있었던 것이다.

지지직—

조슈아를 둘러싼 공간이 일렁거린다. 정확히는 그의 정
수리 위쪽.

보관함 혹은 아공간이라고도 부를 수 있는 그 영역이 불

안정해진 것이었다. 점점 흔들리고 있는 정도가 세져, 보관함에 담긴 물건들의 형체가 뿌옇게 나타났다가 사라지길 반복하고 있었다.

그대로 놔두면 보관함 전체가 파괴될 일.

"실례하겠습니다, 마스터."

결국 조슈아는 내 선물을 다시 본래 위치로 끄집어냈다.

죽음의 서 3권은 원혼(冤魂)을 다룰 수 있는 공능이 깃들어 있다.

아이템 정보 창에서 다뤘던, 그 악령들을 전생에서나 현생에서나 나는 한 번도 목격한 적이 없었다. 그것들은 성 제이둔의 기록물에서 스치듯 다뤄졌던 게 전부였다.

어쨌거나 세 권으로 찢어진 그것을 본래의 한 부로 합치는 것은 조슈아의 몫.

마저 식사를 계속했다.

성욕, 수면욕, 식욕.

흔히들 그중에서 가장 강한 것을 성욕이라 알고 있지만 내게는 어느 것도 우선일 수 없었다. 그래서 풍미가 뛰어난 음식을 접할 때마다 의식적으로 충전해야만 하는 것이다.

인간의 욕구는 마치 게이지란 게 존재해서, 바닥까지 떨어질 경우엔 어떻게든 탈이 나기 마련인 법.

욕구를 의도적으로 채운다? 그건 전장에서 사는 자들의

숙명인 것이다.

한편 저택은 여전한 긴장감에 휩싸여 있었다.

외부로 통하는 회선들을 전부 단절시켜 놓은 것이 틀림
없었다. 그렇지 않고서야 자본 세계의 한 축을 담당하고 있
는 가문의 본가에 전화 한 통 걸려 오지 않을 수는 없었다.

손수건으로 입술에 묻은 와인을 닦아 내고 있을 때였다.

"확인해 봐도 되겠습니까?"

이계로 이동해서 확인해 봐도 충분한 일이지만, 그는 이
쪽에서든 저쪽에서든 아무래도 상관없는 모양이었다. 그는
진심으로 카르얀 가문을 옛것으로 취급하고 있었다.

"물론."

식사가 끝났다.

조슈아의 시선이 죽음의 서 마지막 권으로 향했다.

＊　　　＊　　　＊

뱀파이어 로드의 힘을 사용할 때 눈동자가 보랏빛으로
변하는 것은 본 적이 있었다. 두 개의 힘을 오갈 때마다 마
치 옷을 갈아입듯 외모상에 약간의 변화가 일어나는 것 같
았다.

하지만 식사 중의 그는 뱀파이어 로드도 아니었고 그렇

다고 시체들의 왕도 아니었다.

그랬던 그가 책에 손을 얹으면서 변화가 시작되고 있었다.

화아아아—

조슈아의 등 뒤로 흘러나온 것은 자욱한 안개처럼 퍼졌다.

그의 변화를 보기 위해서 감각을 곤두세우고 있기 때문이었지, 그렇지 않았다면 그것이 사람의 형체로 완성되는 과정은 그야말로 찰나였기 때문에, 포착하기 힘들었을 것이다.

그것은 조슈아의 정신체 즉, 영혼이었다. 의자에 앉아있는 육신을 똑같이 형상화해 그의 뒤편 허공에서 나타났다.

육신 그리고 그 육신과 연계되어 있는 영혼, 그렇게 한 묶음.

눈앞의 광경은 엔테과스토와 싸울 때 지긋지긋하게 봐 왔었던 광경이었다.

*꺄아아악!*

주방 쪽에서 비명 소리가 난 이후였다. 그쪽 벽을 관통하며 나오는 게 있었다.

주방에 있던 사용인들의 눈에는 그것이 유령으로 보였을 테고 사실상 그렇게 표현되는 게 맞았다. 뒷배경을 투영시키는 반투명하면서 푸르스름한 몸체로 나타났는데, 군인의 복장을 하고 있었다.

팔에는 나찌의 완장을 차고 한 손에는 루거 권총을 들고 있었다.

얼굴은 흉살(凶殺)로 일그러져 있었으며 주위를 두리번거리는 시선 역시 흉악하기 짝이 없었다. 그것이 나타난 다음이었다.

소총을 든 나찌 군인의 망령들이 뒤를 이어서 나타났다.

복부에 탄흔이, 목에는 자상이.

그것들은 자신들을 죽음에 이르게 했던 상처들을 고스란히 달고 있었다.

조슈아가 그것들을 바라보았을 때 그것들 전부는 괴성을 지르며 사라졌다.

그렇지, 카르얀 가문은 독일에 뿌리를 두었지만, 엄연히 유태계였다.

하지만 망령들을 사그라트리는 중 조슈아의 눈길이 무정하기만 했던 것은 꼭 그 이유에서만이 아닐 것이다. 애초에 그는 제게서 카르얀 가문의 이름을 지운 상태였다.

조슈아는 말없이 고개를 돌렸다. 새로운 망령들이 출현

한 방향은 지난 밤의 피비린내가 채 지워지지 않은 방 쪽이었다.

망령 셋.

전부 나이는 달랐으나 정장 차림. 중년을 넘긴 사내 둘과 청년 하나.

그것들은 나찌 군인들과는 다르게 강제로 끌려오는 모양새였다. 조슈아가 그것들을 향해 손가락을 까닥이자, 그와 연계된 정신체 역시 똑같은 동작으로 움직였다.

세 망령 차례였다. 그것들은 조슈아가 가리킨 방향에 앉았다. 다만 거기까지다. 조슈아를 차마 쳐다보지 못한다.

이미 죽었는데도, 죽음 이상의 무엇을 조슈아가 선사해 줄 수 있는 것 같았다. 그러니 저렇게 발발 떨고 있는 것이다.

흥미로웠다. 죽음의 서 한 권당 강력한 군단을 조직할 수 있는 힘이 깃들어 있지 않은가. 통제력은 두말할 것도 없고.

세 권이 본래의 한 부로 합쳐진다면 그건 '1+1+1=3' 따위가 아니리라…….

"너희들 중 하나를 데리고 갈 것이다."

조슈아가 지난밤에 죽인 망령들을 향해 말했다.

*　　　*　　　*

우리는 함께 성(星) 드라고린으로 진입했다. 인적이 없는 황무지. 지난 전투의 흔적이 협곡처럼 험하게 남아 버린 곳.

드라고린과 최초로 싸웠던 곳이자 이제는 없는 일이 된, 시간 역행의 인장을 완성시킨 곳이기도 한 거기다.

조슈아도 이 부근을 잊지 않고 있었다. 그 역시 바로 여기에서 목숨에 위협을 받을 정도의 전투를 치른 바 있었으니까.

여기에서는 두 놈이 죽었다. 소용돌이 대지의 수호자 칼도란. 그리고 그놈을 도와주기 위해 달려왔던 놈이 드라고린 레드였다.

조슈아는 여기를 왜 특정해서 진입했는지 알고 있었다.

"칼도란은 구울로 일으켰습니다."

"드라고린 레드는?"

조슈아는 대답 대신 협곡 아래로 뛰어내렸다.

그가 나를 이끈 곳에는 드라고린 레드의 시체가 잔존해 있었다.

용족(龍族)의 해골 대가리는 존재하지 않았다. 그것은 죽음 직후 브레스를 토해 놓고선 가루로 바스라졌었기 때문이었다.

쪼개져 있는 해골들을 응시하고 있던 조슈아에게서 대답이 나왔다. 그는 이제 내가 볼 수 없는 영역을 보고 있었다.

"망령은 강력합니다만."

하지만 뭔가 찜찜한 구석이 남아 있다는 투였다. 그때 조슈아의 몸에서 그의 영혼이 튕기듯이 나왔다. 조슈아도, 조슈아의 영혼도 똑같이 움직이며 내가 보지 못하는 것들을 둘러보기 시작했다.

"망령을 잡아끄는 힘이 주변에 서려 있습니다. 망령은 그것에 저항 중입니다, 마스터."

그는 뒷말을 잇지 않았으나 두 눈에는 확신이 차 있었다.

둠 아루쿠다.

어쩐지 그 이름이 조슈아의 두 눈에서 들려오는 듯했다.

빌어먹을. 재주는 곰이 부리고 돈은 왕서방이 벌고 있었던 것인가.

우리 왕서방께서 제 물건을 돌려받지 못하고도 잠자코 있던 이유가 거기에 있었다. 둠 아루쿠다는 내가 처치해온 강력한 것들을 미지(未知)의 세계에서 갈취하고 있었던 것이다.

우리는 말없이 눈빛을 교환했다. 조슈아의 보관함에서 남은 두 권의 책이 한꺼번에 튕겨져 나온 것은 바로 그때였다.

팟! 파팟!

세 권의 책이 한 공간 안에 모이게 된 즉시. 그렇게 조슈아의 얼굴이 심각해졌을 때.

나는 뒤로 물러났다.

죽음의 서들이 조슈아를 중심으로 돌기 시작했기 때문이었다.

점점 가속도가 붙는다. 종국에는 오버로드 구간의 감각을 최고조로 끌어올려야만 그 회전을 간신히 따라잡을 수 있는 수준까지 갑작스럽게 터졌다.

조슈아의 동공이 뱀파이어 로드 특유의 보랏빛으로 변했다.

그의 양손이 혈색을 잃으며 거무튀튀한 기운에 덮어씌워졌다.

그의 영혼은 회전에서 미치는 힘에 의해서 파르르 떨린다.

그리고 처음부터 다시.

뱀파이어 로드의 눈동자. 죽은 자들을 일으키는 손, 망령을 다스리는 영혼. 세 가지 변화가 끊임없이 일어나고 사라지는 과정을 반복하는데, 그 과정 또한 가속도가 붙고 있었다.

눈, 손, 영혼.

책들이 휙—

눈, 손, 영혼.

책들이 휙휙—

그러다 최고조에 이른 순간이었다. 조슈아는 비명을 지르지 않았다.

하지만 그의 영혼이 절규하면서 귀곡성(鬼哭聲) 같은 높은 주파수의 소리를 터트렸다. 그러고는 책들에서 터져 나온 빛들이 내 시야까지 막으며 강렬한 기운을 폭발시켰다.

한 권 한 권의 페이지가 전부 낱장으로 뜯겨져 나와 번뜩였던 것도 잠깐!

그것들이 희미한 기운으로 변하며 조슈아의 입속으로 빨려 들어갔다.

마지막 낱장이 그 안으로 자취를 감췄을 때였다. 조슈아의 부릅떠진 눈과 쩍 벌려진 입에서 또 한 번의 빛이 터져 나왔다.

이내 그 빛은 검붉은 색채로 물들었다. 똑같은 색채의 기운들이 조슈아의 어깨선을 타고도 아지랑이처럼 피어나기 시작했다.

그에게는 아직 충격이 잔존해 있었다. 몸을 움찔움찔할 때마다 영혼이 튕겨져 나와 비명을 지르다 사라지곤 했다.

그 광경에서 눈을 뗄 수가 없었다. 정확히는 부쩍 강렬해져 버린 조슈아의 기척에 집중하는 중이었다.

스산하고도 어둠으로 가득 차 버린 기운이 그의 전신을 구성한 순간!

나는 그에게 마지막 시련이 남겨져 있음을 직감했다.


**[ 당신의 제사장, 오시리스의 '내부 껍질'이 파괴되기 직전입니다. ]**


메시지는 내가 인지하고 있는 대로 띄워졌다.

내 탐구가 아직까지는 다른 각성자의 내부 영역까지 개입할 수 있을 정도는 아니지만, 거기에서 어떤 반응이 일어나고 있는지는 알 수 있었다. 연희가 둠이 되었던 당시에도 이런 일은 없었다.

정말이다. 조슈아는 각성자의 능력을 상실하는 중이었다.

그리고.

4대 능력치를 구성하는 껍질이 파괴되는 순간에도. 그 안에 담겨 있던 스킬과 특성 그리고 인장의 영역까지도 터져 버리던 순간에도.

비명을 질러 대는 건 그의 영혼뿐이었다. 정작 그의 육신은 죽을힘을 다해 견디고 있었다.

껍질이 깨진 자리로 그가 새롭게 부여받은 힘이 퍼지기 시작했다.

그의 심장만 뛰고 있는 게 아니다. 내 심장도 빠르게 고조를 높이다가 점점 무겁게 내려앉는 속도에 동조하고 있었다.

"마스터께 제 모든 걸 바칩니다."

조슈아는 이번에도 내게 한쪽 무릎을 꿇으며 말했다. 검붉은 기운을 흘리는 두 눈 또한 나를 올려다보다가 바닥을 향해 내려가고 있었다.

그리고였다.

**[ 당신의 제사장, 오시리스가 언데드 엠퍼러로 각성했습니다. ]**

고개를 숙인 그의 모습에서 엔테과스토가 겹쳐 보였다.

**[ 뱀파이어 군단은 언데드 엠퍼러에게 복종했습니다. ]**
**[ 악령 군단은 언데드 엠퍼러에게 복종했습니다. ]**
**[ 네크로맨서 군단은 언데드 엠퍼러에게 복종했습니다. ]**

[ 옛 네크로맨서 군단(바르바 군단)은 둠 엔테과스토
에게 복종했습니다. ]


＊　　　＊　　　＊


조금만 눈살을 찌푸려도 오랜 세월이 묻어 나오는 얼굴
이었다.

그 오크에게는 여러 가지 이름이 있었다. 하지만 그의 진
짜 이름을 알고 있는 여자는 카사일라가 유일했다.

신마 전쟁에서는 더 그레이트 그린이라 불렸고 오랜 잠
을 깨고 나온 이후부터는 '마카취'라는 이름으로 오크들의
대륙에서 활동하고 있었다.

카사일라는 마카취를 못마땅한 눈길로 바라보는 중이었
다.

그간 마카취가 어떤 삶을 살고 있는지는 개입할 처지도
아니었거니와 그건 지금도 마찬가지였다.

'그런데 고작 싸움판이나 전전하고 있었다니.'

주 락리마의 성전(聖戰)에는 하등 도움이 되지 않는 미천
한 싸움.

카사일라는 마카취를 발견했던 당시의 광경이 떠올랐다.
주의 위대한 힘을 물려받고 태어난 존재가 고작 오크들과

몸을 섞고 있었다.

하지만 그를 지탄할 수 없는 것은 자신의 과오 때문이었다.

그 옛날, 엔테과스토가 두려워서 도망치고 말았었다. 때문에 더 그레이트 레드께선 심장이 쪼개지며 깊은 영면에 들 수밖에 없었던 것이고…….

카사일라는 혹 마카취가 자신의 눈빛을 읽어 낼세라 시선을 돌렸다. 그녀의 두 눈에 다양한 종족들이 들어찼다.

대륙 각지에 흩어져 있는 홀리 나이트들 중에서도 위대한 혈맥을 계승해 온 이들로, 지참해 온 무구를 정비하고 있었다.

주의 힘이 직접적으로 미치는 신기(神器)들이 적잖게 보였다. 그중에는 자신의 기억에도 선명히 남아 있는 물건들까지 있었다.

특히 어느 드워프가 가지고 있는 망치. 그 망치는 지금은 사라지고 없는 더 그레이트 실버가 심혈을 기울여서 만들어 낸 것이자, 더 그레이트 실버의 심장 조각이 박혀있는 것이었다.

카사일라는 솔직히 마음이 흔들렸다.

그때 마카취가 카사일라의 탐욕스러운 시선을 읽어 내며 말했다.

"이게 우리들의 문제였지. 아니, 주께서 우리를 잘못 만들어 내신 것일 수도 있겠군. 아니지. 아니야. 그것이 그분의 한계일지도……."

카사일라의 눈매가 표독하게 올라갔다. 마카취의 어금니는 계속 움직였다.

"그릇에 비해 과분한 힘을 주셨단 말이야. 정 그렇게 탐이 나면 가서 빼앗지 그러나."

"무슨 자격으로 그리 말하는 거지?"

카사일라가 쏘아붙이자, 마카취는 대답 없이 웃기만 했다.

카사일라는 그게 더 참기 힘들었다.

"마왕 둠 맨이 도래할 거라는 건, 더 그레이트 골드께서 수차례 예언해 왔던 일이다. 그런데 넌 지금까지 무얼 하고 있었지? 널 어디에서 발견했는지 구태여 끄집어내야겠어?"

"그럼 자네는 지금껏 뭘 하고 있었나, 카사일라."

"마왕 둠 맨이 준동하려는 걸 경계하고 있었다. 지금 보고 있는 바대로."

카사일라는 정령왕들을 몸주로 삼고 있는 계약자들을 움직였던 적이 있었다. 그들로 하여금 둠 맨을 도모하게 했었는데, 결과는 허무하기 짝이 없었다.

정령왕들의 계약자들부터가 정령왕들을 소환시키기도 전에 목숨을 잃었으니까.

하지만 카사일라는 그걸 언급할 생각이 없었다. 그랬다 가는 마카취의 비웃음만 살 뿐이었다.

틀림없이 왜 본인이 직접 나서지 않고 정령왕들의 계약자 들만 애꿎은 죽음을 맞이하게 만들었냐며 힐난할 것이다.

그런 일을 저지르지 않았다면 지금의 전력에 큰 도움이 되었을 거라 손가락질할 것이다.

그러던 문득 카사일라는 마카취에게서 이상한 느낌을 받 았다. 사실 지금에서야 드는 생각도 아니었다. 카사일라의 눈초리가 가늘어졌다.

"주의 신성(神性)을 의심하지 말라, 더 그레이트 레드께 서 하신 말씀이다."

카사일라가 그렇게 단호하게 말해도 마카취의 표정은 그 대로였다.

마왕 둠 맨과의 전투를 코앞에 두고 있는 지금이었으나, 정작 오크들의 투기장에서 보였던 열성 따위는 온데간데없 이 사라져 있었다.

그렇게 무엇을 생각하고 있는지 모를 냉담한 표정. 카사 일라는 그 얼굴을 보면서 마카취가 많이 변했다고 생각했 다.

원래 지금쯤이면 전의로 불타 있어야 하는 것이 아닌
가?

불같이 뜨거운 콧바람을 뿜어 대며 둠 맨과의 결전을 준
비하고 있어야 했다.

하지만 침착하기 짝이 없다. 조용하다. 그 조용함은 죽음
의 결의를 하고 모인 홀리 나이트들과는 전혀 다른 성질의
것이었다.

카사일라는 다시 똑같이 말했다.

"주의 신성을 의심하지 말라, 더 그레이트 레드께선 그
리 말씀하셨다."

"고매한 충성심이군."

마카취가 뇌까리자 카사일라의 얼굴이 치욕으로 물들었
다.

또 자신의 과오가 생각나서였다. 카사일라가 뭐라고 쏘
아붙이려고 할 때, 마카취의 목소리가 한 박자 먼저 이어
나왔다.

"내가 의심하는 건 하나다, 카사일라. 우리가 속고 있는
게 아닌지."

그 말이 카사일라의 말문을 막아 버렸다. 정말로 그랬다.
마왕 루—네아에게서 아무런 소식 없이 시간만 흘러가고
있는 중이었다.

바로 그때였다. 엘슬란드에서 보내온 정신체 하나가 소식을 전했다.

*"엘슬란드가 공격받고 있습니다. 위대한 존재들이시여. 죽은 자들의 마왕이 그의 군단을 이끌고 강림하였습니다."*

카사일라는 본인도 모르게 정말이냐고 되묻고 말았다. 대답은 달라지지 않았다.

둠 엔테과스토의 이름이 직접적으로 거론된 순간, 그녀는 잊으려야 잊을 수 없는 옛 기억 속에서 허우적대기 시작했다.

또 자문해 보지 않을 수 없었다. 그때 도망치지 않았더라면 세계는 어떻게 바뀌었을까? 어쩌면 그때 전쟁을 끝낼 수도 있었다.

그렇기 때문이었다. 이번에는 절대 도망쳐서는 안 된다.

비록 둠 맨을 제거할 기회는 날아가 버렸더라도, 자신의 과오를 씻을 수 있는 더 큰 기회가 나타난 것이었다. 그렇게 생각해야 했다.

카사일라의 흔들리던 두 눈은 빠르게 제자리를 찾았다.

"함께 갈 거지?"

그녀가 마카취에게 물었다. 그러나 마카취는 어떤 대답도 없이 등을 돌리고 있었다. 그리고 그가 향하는 방향은 엘슬란드 쪽이 아니었다.

＊　　＊　　＊

조수아의 새로운 탄생을 목격한 이후, 나는 야영지에 돌아와 있었다.

탐사대장 이포의 시선에서는 내가 만 하루를 사라졌다가 돌아온 꼴이었다. 여기에 다시 복귀하기 위해서 내가 얼마나 긴 세월을 뚫고 나왔는지는 오로지 나만이 알 일이었다.

시작은 연희의 소생을 위해서였으나 얻은 것이 적지 않았다.

시간을 되돌릴 수 있는 힘을 얻었고, 조수아를 언데드 엠퍼러로 각성시켰으며……

연희가 새로운 '둠'으로 합류했다.

다음 차례는 조수아다. 종국적으로 엔테과스토를 칠마제 진영에서 완전히 이탈시키며 내 사람들로 하여금 칠마제 진영을 장악해 들어가는 거다.

올드 원과 둠 카오스의 공멸을 꾀하기 위해서라도, 칠마제 진영에는 지금보다 강한 영향력을 구축해 둘 필요가 있었다.

"탐사는 순조롭습니다."

탐사대장 이포가 내가 없던 하루 동안의 경과를 보고했다. 신관들이 옛 서적에서 새로운 해석을 만들어 내는 것으로 끝나지 않고.

실제로 탐사 지역을 좁힐 수 있는 성과가 나왔다는 것에 대해서 줄줄 흘러나왔다.

계산해 보면 지금 시간대는 성일이 내게 달려와 연희의 비고를 전할 때였다. 당시에는 이런 성과가 없었다. 그런데 내가 자리를 비웠던 하루가 탐사대에 긍정적으로 작용한 것인지, 이포의 얼굴에는 당시에 없던 표정이 걸려있었다.

마왕군에 전향했다는 자책감도 두려움도 찾아볼 수 없었다.

그는 숨기려고 노력하고 있는 것 같지만 내게는 너무나 잘 보였다. 그는 들떠 있었다. 왜 아니겠는가.

다른 것도 아닌 전설 중에서도 전설, 옛 고룡(古龍)의 무덤이 목전에 이르렀다. 뿐만 아니라 나는 그에게 한 가지 약속을 했었다.

성과를 빨리 낸다면 용병왕 오뇌르의 검맥을 잇도록 해주겠노라고.

이포의 가죽 채찍이 신관들의 것으로 추정되는 핏물과 살점으로 더욱 더럽혀져 있는 까닭은 그 때문일 것이다.

그는 내가 없는 사이 신관들을 짐승처럼 부렸던 것이다.

아이러니하게도, 신관들이 내 복귀를 반기는 듯한 모습을 보이고 있는 것도 바로 그 때문이었다. 마왕을 반기는 신관이라니.

하지만 그것들은 곧 실망하고 말 것이다. 나는 다시 자리를 비울 계획이니까.

"내일, 다시 돌아와 경과를 확인하겠다. 지금 같은 성과를 기대하지."

"옛. 아트레우스 왕국으로 가십니까?"

그는 거기까지만 묻고는 고개를 숙였다. 제 주제를 넘어섰다고 생각해서였겠으나 틀리지 않았다. 아트레우스 왕국으로 협회 공략이 진행된 때다.

마석과 아이템들을 추출할 겸.

내가 앞장서 진출로를 확보해 주고, 마탑 같은 위험 시설들을 제거해 준다면.

아트레우스 왕국을 점령하는 시간은 눈에 띄게 줄어들 터.

대륙 중부를 확보해야 하는 건 시급한 문제다. 그래야만 본격적으로 그린우드 대륙의 팔방으로 뻗어 나갈 수 있기 때문이다.

다음날 야영지로 돌아와서였다. 옛 고룡의 무덤에 보다 접근한 성과를 기대하고 돌아왔건만 나를 기다리고 있는 건 절단 난 사체들뿐이었다.

탐사대에는 탐사 대장 이포를 포함해 마나를 다룰 수 있는 이들이 적지 않았다.

그러나 사체에 남아 있는 흔적들은 단 한 명의 습격에 의해서였다고 말해 주고 있었다. 대개 대형 병기에 의해서 정수리가 내리찍히거나 가로로 베어졌다.

습격자는 그린우드 종(種)들보다 체구가 월등히 컸다. 그리고 한 번 짓밟는 것만으로도, 한 번 걸어차는 것만으로도 두개골을 바스라뜨릴 수 있을 정도로 근력 또한 강력했다.

흥미로운 부분은 습격자가 마나를 활용한 흔적이 없다는 거였다.

순전히 육체의 본 능력과 전투술만으로 여기 탐사대 전력을 전부 말살시켜 버렸다는 것인데 나는 이런 걸 듣도 보도 못했다.

우리 인류로 예를 들자면 민간인이 브실골 구간의 각성자들을 도륙했다는 것이다. 그래서 참혹한 광경이나 의문이 컸다.

그렇다. 습격자가 오크일 거라는 건 의심할 여지가 없었다.

그러나 오크 종(種)에도 급이 나눠어져 있어, 보통 마나를 쓰지 못하는 오크는 피라미드 최하단의 영역을 구성하고 있기 마련이다.

평범한 오크 종 하나가 대규모의 탐사대를 전멸시켰다?

아무리 궁리해 봐도 내가 알고 있는 선 안에서는 설명이 되지 않았다.

습격자는 '마나를 사용할 수 있는 강력한 개체이지만 마나를 사용하지 않았다'는 것으로 납득해 버리기에도 무리가 따랐다. 대체 어떤 오크가 그렇단 말인가.

그것들은 스스로를 '주 락리마의 전사'들이라 자부하며 그린우드의 원주민들 역시 그것들을 그렇게 부르는 데 거리낌이 없다.

나도 그것들이 전사라는 호칭을 쓰는 것을 인정하고 있다.

전사라 불리는 데에는 다 그만한 이유가 있는 것이다. 그것들의 용맹함은 데클란의 무모함과는 엄격히 구분되어야 할 것이고, 그것들의 강인함 역시 마루카 일족의 끈질긴 생명력과도 차이가 있었다.

그 때문이었다.

제 능력을 백분 활용하지 않는 오크라는 건 내 머릿속에 들어 있지 않았다. 그것들은 눈앞에 적이 있다면, 모든 능력을 동원하여 최고의 효율을 발휘할 종족이었다.

또 하나 의문인 점은 신관들의 떼죽음에도 있었다. 오크가 여기에 어떻게 출몰했는지는 떠나, 오크들 역시 올드 원을 추종하는 바.

일반적인 오크라면 신관을 이렇게 무자비하게 죽이지 않는다.

아무리 다른 종족이라고 해도 말이다.

습격자가 어떤 놈인지는 몰라도 내 시선을 끄는 데는 성공했다. 탐사를 정상 궤도로 올려놓는 것은 그다음의 문제였다.

오늘 하루 동안 아트레스우스 왕국 전역을 동분서주했던 건 증발하게 되겠지만…….

이윽고.


[ 인장 '시간 역행'을 사용 하였습니다. ]


[ 시간을 역행 하시겠습니까? ]
[ 날짜를 선택하여 주십시오. ]


모든 배경을 일점(一點)으로 빨아들이는 힘이 출현했다.
그 안으로 몸을 맡겼다.

　　　　＊　　　＊　　　＊

　탐사 대장 이포의 얼굴이 전면에 나타나는 것으로 하루가 반복되고 있었다.

　"탐사는 순조롭습니다."

　그렇게 말해 놓고, 오늘 이들은 떼죽음을 맞이하게 된다.

　사실 오크 종이 여기에 출몰한다는 건 불가능한 일이었다. 붉은 얼굴 일족의 주둔지가 국경 너머에 펼쳐져 있던 적이 있었지만, 그것도 옛날 일. 탐사대를 학살한 오크에게는 설명되지 않는 부분들이 많았다. 혹 초월체일까?

　그럴 가능성이 없진 않았다.

　이포의 이어지려는 보고를 묵살한 뒤 나는 때를 기다리기 시작했다.


　이포가 사제들에게 가하는 매질 소리와 비명 소리가 공포 분위기를 조성하고 있던, 그날 밤. 낯선 냄새가 출현했다.

　나는 슬슬 움직여야 할 순간임을 직감하고서 자리를 옮겼다.

　숲에 밤이 도래하면, 특히 처음 들어온 숲이라면 그곳에 들어온 이는 헤매거나 조심스럽기 마련이다. 그건 오크라고 해도 별수가 없다. 그런데도 놈은 거침이 없었다. 즉, 가야 할 방향을 정확히 알고 있다는 것인데 그 방향은 당연히 야영지 쪽이었다.

하지만 여기 근방의 지리에 익숙해 보이는 것과 어떻게 홀로 나타나게 되었는지에 대해서만 빼면 딱히 특이한 구석은 없는 놈이다.

장대한 체구에 두꺼운 어금니 그리고 녹색 피부.

오크의 전형적인 특징만을 보여 주고 있는 놈일 뿐, 어떤 위험이 느껴지지 않았다.

평범한 오크 종(種) 중에 하나다. 놈의 도끼도 특별할 게 없다.

그러면 대체 놈의 무엇이 탐사대를 전멸케 한 것이란 말인가.

원래는 탐사대에 떨어질 재앙을 막고 놈을 심문할 계획이었지만 놈을 보고 나니 생각이 바뀌었다. 내 눈으로 직접 보고 싶어졌다. 놈의 앞길을 막지 않은 건 그 때문이었다.

놈의 뒤를 은밀히 쫓았다.


오크와 이포가 나눴던 대화는 단 두 문장이었다. 오크는 이포에게 [밤의 마왕]을 찾고 있다 말했고, 이포는 모른다고 대답했다.

사제들이 오크에게 기대를 거는 눈빛을 보이고 있었지만 정작 오크는 별 관심이 없어 보였다. 오크는 이포의 대답만 듣고 떠날 생각이었던 것 같았다.

주 락리마의 사제들이 노예처럼 부려지는 광경을 목격했음에도.

마왕군으로 전향한 자들로 우글거리는 소굴이 눈앞에 있음에도.

어떤 적개심을 드러내지 않으며 순순히 물러나려 했던 것이다. 과연 놈이 보여 주고 있는 모습은 일반적인 오크의 행동이 아니었다.

애초에 놈은 탐사대 전부를 대적할 능력이 있는 놈 아닌가. 그렇다면 전향자들에게 징벌을 가하고, 사제들을 구출함으로써 본인이 주 락리마의 전사임을 입증해야 하는 거다.

탐사대가 맞이했던 재앙은 그런 식으로 시작되었을 거라고 생각했었다.

그런데 이포의 등 뒤에선 그가 휘하 검사들에게 보내는 수신호가 바쁘게 움직이고 있었다. 이포가 먼저 시작했던 것이다.

평범한 오크라 판단했기 때문일 거고, 오크를 그대로 돌려보내면 다음에는 무리를 지어서 올 가능성이 높기 때문일 거다.

어쨌거나 누가 먼저 시작했는지는 중요한 문제가 아니었다.

마나를 다루지 못하는 오크가, 마나를 다루는 다수의 검사들을 상대로 어떻게 완승을 거둬들였는가? 상처 하나 입지 않고?

플래티넘 각성자들이 작정하고 휘두르는 검을 민간인이 피할 수 있을까?

단언컨대 그건 어떤 무엇으로도 설명되지 않는 미스테리이자 기존의 상식을 완전히 파괴해 버리는 대(大)사건이다.

어떤 경우의 수를 다 따져 봐도 그런 일은 일어날 수 없었다.

절대로. 절대로……!

*　　　*　　　*

놈은 공격을 피하는 게 아니었다. 예컨대 다수를 상대해야 할 때는 상대로 하여금 공격을 감행할 수 없는 자리에 이동해 있었다.

처음에는 우연히 일어난 일인 줄 알았으나 그게 우연이라면 계속 반복될 수는 없는 법이다. 놈이 사력을 다해서 이동한 자리는 검사들의 공격이 서로 얽히는 자리였다.

오크를 향해 휘둘렀던 검을 급히 회수하지 않으면 동료까지도 함께 베어 버리는 자리. 오크는 그런 자리를 끊임없이 점유했다.

바둑에는 신의 한 수라는 것이 있다. 돌이켜보면 매 순간 오크가 차지했던 자리들이 전부 그런 것이었다.

미래를 보는 눈이 있거나 혹은 나처럼 시간을 돌릴 수 있는 능력이 있어 지금의 전투를 수만 번 반복했거나 하는 건 아닐까 의심이 들 정도였다.

나는 그렇게까지 잘 싸우는 것을 처음 보았다. 천부적인 전투 능력으로 네임드의 반열까지 올라간 사선(四善)도 놈같이 할 수는 없었다. 그건 나라고 해도 마찬가지였다.

다만, 모든 면에서 능력 차이가 분명해서 놈은 오랫동안 반격을 가하지 못했다.

검사들의 얼굴에 당혹하고 분한 기색이 분명하게 떠오른 시점이자, 그들이 마나의 소비량을 조율하기 시작하던 때를 기점으로.

놈의 진가가 드러나기 시작했다. 때론 황소 같이 밀어붙이고, 때론 원숭이 같은 교묘함으로 상대의 감정을 흩트려 놓을 줄도 알았다. 놈 안에는 싸움의 신이 깃들어 있었다.

이윽고 마나가 실리지 않은 놈의 느릿한 반격에도 검사들은 움찔거려 댔다. 예상치 못했던 전환(轉換)이 놈의 손아귀에서 혹은 몸짓 전체에서 일어나고 있었다.

공간을 넓게 쓰며 종횡무진하는 광경에선 말문을 잃게 되었다.

그래. 이때가 바로, 살육이 시작되는 순간임이 틀림없었다.

더 지켜볼 이유 또한 사라진 때였다. 경외심마저 불러일으키는 환상적인 전투술, 즉 놈의 전검(戰劍)은 단 몇 년으로는 만들어질 수가 없는 것이었다. 천재적인 DNA를 타고나도 그럴 수는 없다.

설사 미래를 보는 능력이 있다고 해도 이렇게 즉각적으로 반응할 수는 없다.

그러니 하나다. 놈이 보낸 것이 얼마나 길고 긴 세월일지는 알 수 없으나, 그 엄청난 시간 동안 오로지 전투에만 매진해 온 것이다.

놈이 쓰고 있는 오크의 탈은 그저 껍데기에 불과하다.

블랙은 여성체, 레드는 영면 중, 그리고 골드는 격이 높은 존재다. 정령왕들은 연희가 막고 있을뿐더러 오크의 탈을 쓸 까닭도 없다.

시기적으로도 맞아떨어진다. 블랙이 나를 도모하기 위해 제일 먼저 누구에게 도움을 요청했겠는가. 그린이다.

더 그레이트 그린. 놈도 활동을 재개한 것이다.

나는 생각 끝에 모습을 드러냈다. 놈의 뒤에 대고 뇌까렸다.

"엘슬란드 쪽이 시급할 텐데?"

놈이 뜨거운 숨으로 콧구멍을 벌렁거리면서 나를 돌아보았다. 놈을 향해 뛰어들려던 검사들도 즉각 뒤로 물러났다.

모든 시선이 내게로 쏠렸다. 놈을 제외하고는 전부 다 안도의 눈길이었다.

그때 놈의 어금니가 움직이며 그 사이로 굵은 목소리를 냈다.

"대화에 응해 주기로 한 것인가."

"그렇다고 할 수 있지."

"그럼 보여 줄 곳이 있다. 따라와라."

\*     \*     \*

함께 야영지를 벗어났다. 놈이 앞장서서 뛰고 있었고 나는 뒤따르고 있었다.

놈의 험상궂은 승모근이 동작에 반응할 때마다, 기습 따위는 얼마든지 계산되어 있다 라는 듯한 목소리를 내는 것 같았다.

그렇다고 서두를 건 없다고 생각했다.

시간을 역행할 수 있는 힘을 손아귀에 쥐면서 얻게 된 제일 큰 소득은 기회를 놓칠 수 없게 된 거니까. 여차하면 놈이 야영지를 찾아오는 시간대와 그 길목으로 역행하면 되는 거다.

지금은 놈이 날 찾아온 목적을 확인하는 걸 우선하기로 했다.

"내가 누구인지는 알고 있는 것 같으니 소개는 따로 하지 않겠다."

놈은 멈춰 설 생각이 없는지 달리면서 마저 말을 뱉었다.

"어디로 향하고 있는지 궁금하지도 않은 건가?"

"여긴 내 영역이다. 지금 걱정해야 할 자는 바로 너인 것이다, 그린."

"마카취."

"……?"

"내 이름은 마카취다."

그린이라 불리는 데에 강한 거부감이 느껴졌다. 대화는 거기서 끝이었다.

봉인된 것인지, 스스로 봉인한 것인지는 알 수 없으나 놈은 더 이상으로 속도를 끌어올리지 않았다. 오크의 거친 뜀박질 그대로 한참을 달려 나갔다.

날이 밝을 무렵에는 몇 개의 봉우리를 넘고 있었다. 그쯤 되자 느껴져 오는 게 있었다.

나는 놈을 앞질러 먼저 그곳으로 향했다. 거기도 인적이 닿을 수 없는 산의 한가운데였지만 십수 명의 흔적이 남아 있었다.

크고 작은 발자국. 다양한 종족들이 여기에 나타났다가 사라진 것이다.

그것들이 소환되었을 때의 흔적은 다 흩어져 남아 있지는 않았다. 그러나 사라진 순간의 흔적은 아직 잔존해 있었다.

공간에 남겨진 흔적은 두 곳. 여기에 운집했던 것들은 두 부류로 찢어져서 게이트 속으로 사라졌다. 그건 당시를 목격하지 않아도 흔적만으로 충분히 추정할 수 있는 일.

그렇게 여기가 어디인지는 어렵지 않게 판단되었다. 여기는 나를 도모하려 했던 것들이 운집했던 곳이다. 더 그레이트 블랙을 위시로 여러 종족들의 홀리 나이트들이 모여 있었던 곳!

그린 놈의 발자국도 발견할 수 있었다. 놈은 한참 후에서야 도착했다.

격한 전투를 치른 데다 쉬지 않고 산을 탄 탓에 놈에게선 지친 기색이 뚜렷했다. 놈은 그린이라 불리는 것에 거부감을 보이는 것처럼 초월체의 힘을 사용하는 것에도 마찬가지인 듯했다.

놈은 길게 숨을 뱉으면서 말했다.

"마왕 루—네아가 우리에게 제안했었다. 마왕 둠 맨의
죽음을 위해."

잠자코 놈의 이어질 말을 기다렸다.

"당시의 제안을 마왕 둠 맨에게 똑같이 돌려주겠다."

"……."

"나 마카취는 마왕 둠 맨이 제이둔을 제거하는 데 협력
하겠다."

"더 그레이트 레드 말이로군. 그러지."

놈의 미간이 찌푸려졌다. 생각도 못 했던 반응이 내게서
나왔기 때문일 것이다.

"그것이 잠들어 있는 위치를 가르쳐 주면 지금 찾아가
보도록 하지."

놈은 나를 길게 응시하다가 입술을 열었다.

"어디에 계신지는 나도 카사일라도 모르는 일이다. 하지
만 그분께서 직접 영면을 깨고 나오시게 만들 수는 있다."

더 그레이트 레드의 유일한 혈족에 대해서였다.

"공간의 균열이 느껴지지 않는가?"

놈이 물었다.

"두 곳 느껴지는군. 하나는 엘슬란드로 통하는 것일 테
고."

"다른 한 곳은 제이둔의 혈족이 돌아간 은신처로 통한다."

"내가 제이둔을 죽이면 너는 뭘 얻게 되는 거지? 마. 카. 취."

"네가 뭘 얻게 되는지에 대해서만 생각해라. 그것만으로 도 충분히 벅차지 않는가? 마신은 네게 흡족한 보상을 내릴 것이다."

놈의 담담한 눈빛만으로는 무슨 생각을 하고 있는지 알수 없었다.

"어차피 나는 제이둔을 죽이기로 명 받은 몸이지. 이왕 협조할 거라면 진심이 되어 줬으면 하는데? 설마 이걸로 끝은 아니겠지?"

놈은 조용했다.

"제이둔은 심장이 쪼개진 상태일지라도 대적하기 어려운 존재일 터. 진정 제이둔을 쓰러트려 주길 원한다면 네놈도 나와 함께 싸워야 하는 거다. 제이둔과 내가 공멸하길 바라고 있는 게 아닌 이상에야."

나는 허공을 가리켰다. 거기는 더 그레이트 레드의 유일한 혈족, 드라고린 레드의 은신처로 향할 수 있게 만들어 주는 흔적이 남겨져 있는 곳이다.

"지금 바로 게이트를 열지. 제이둔의 혈족을 죽여서 제이둔을 잠에서 깨우겠다."

"내가 없는 편이 나을 텐데? 나를 믿는가? 이것이 함정일 거라는 의심은 하지 않는 것인가. 내가 제이둔을 도와 너를 공격한다면?"

"그럴 수도 있겠군."

놈의 심각한 얼굴에 대고 내가 비웃어 버렸기 때문일까.

놈이 처음으로 얼굴을 일그러트려 보였다. 속마음이 어쨌든 놈이 무슨 목적으로 나를 찾아왔는지 확인하였으니 본론으로 들어갈 때였다.

"나와 함께하는 것이 꺼려진다면 더 좋은 방법이 있지."

말해 봐라, 놈이 다분히 공격적인 눈빛을 던졌다. 거기에 대고 뇌까렸다.

"네놈의 심장을 내게 바치는 거다."

Chapter 8.

오크는 위협으로 받아들이지 않았다. 오히려 그렇게 말해 주길 기다렸다는 듯 나를 응시하는 눈빛은 침착할 따름이었다.

사력을 다해 검사들과 맞부딪쳤던 당시의 눈빛과는 대조되는 눈빛.

"날 공격했다간 제이둔의 혈족에게 가는 길을 잃게 된다. 마왕."

큰 힘이 터지면 허공에 남겨져 있는 흔적들 역시 증발된다.

오크는 그걸 얘기하는 거였다.

"나와 같이 싸우지도 못하겠다, 내게 심장을 바치지도 못하겠다. 네놈은 진정으로 제이둔의 죽음을 바라는 게 아니군. 제이둔의 죽음으로 이득을 취하려는 것이지. 내가 제이둔과 공멸하길 바라는 것이냐? 골드의 입김이 닿은 것인가. 카시안, 그놈 말이다."

지금 카시안은 어디서 뭘 하고 있지?, 그 외에도 여러 가지 질문을 퍼붓고 대답을 유도했다. 하지만 오크는 일절 대꾸하지 않았다.

오크의 동공 속으로 많은 계산들이 읽히는 때였다. 나와의 전투를 가정하고 있는 것 같은데, 가장 큰 의문은 거기서 들었다.

대체 무슨 생각으로 내 앞에서 투지를 보일 수 있을까 하는 것이다.

놈이 신성에 이른 전검을 완성했다는 것은 인정한다. 놈이 싸우던 모습을 돌이켜 보면 정말 싸움의 신이 깃들었다고밖에 표현되지 않을 일이었으니까. 하지만 딱 거기까지다.

여기에서는 소드 마스터 그리고 우리 세계에서는 첼린저 구간.

놈이 완성한 전검은 그들 앞에선 아무런 쓸모가 없는 것이었다. 제아무리 육신을 초월하는 전검을 얻었을지라도 초인(超人)의 손짓 앞에서는 그대로 부러져 버릴 일.

하물며 내 앞에서는?

그래서 오크가 내게 보이는 투지는 계속 의문을 자아내고 있었다.

내가 공격하면 힘을 개방할 생각인가? 본인의 권능에 완성된 전검을 폭발시키는 것으로?

그때 오크의 입술이 열렸다.

"나는 길을 열어 주었다, 마왕. 이제 선택은 네 몫이다. 길어야 6시간. 그사이에 결정을 내리지 못한다면 길은 닫히고 말 것이다."

이번에는 내가 대꾸하지 않았다. 오크는 몸을 돌렸다. 놈은 내려갈 때에도 무방비 상태의 등을 큼지막하게 드러냈다.

하지만 아닌 척해도, 내게서 신경을 떼지 못하고 있을 것이다.

놈의 기척이 감각망 바깥으로 완전히 사라지길 기다렸다가 시작했다.


[ 오딘의 절대 전장이 개방 되었습니다. ]


[ 인장 '시간 역행'을 사용 하였습니다. ]

　　　　　*　　　　*　　　　*


　탐사대장 이포의 얼굴이 눈앞으로 나타났다. 그는 '탐사
는 순조롭습니다.' 라고 말하기 전에 혼자 들떠서 코 평수
를 확장시킨다.

　그의 코 평수가 넓어지려고 벌렁거렸다. 그리고 어김없
는 그 말이 튀어나왔다.

　"탐사는 순조롭습니다."

　그렇지. 변절은 이 녀석처럼 해야 하는 거였다. 완전히 복
종하고 내 질서 안에서 제 이득을 찾아 누려야 하는 거다.

　어중간하게 한 다리만 걸쳐서 머리만 굴려 대는 놈이라
면 이제 신물이 난다. 그런 놈은 루네아 잡것 새끼만으로도
충분하지 않은가.

　충동적으로 판단한 건 아니었다.

　오크 놈을 가만히 둔다면 올드 원 진영 안에서 꾸준히 문
제를 일으킬 소지가 높긴 하다. 이용 가치는 충분했다. 그
러나 그것보다는 놈을 추출해서 내가 더 강해지는 쪽으로
저울이 기운다.

　솔직해지자면 놈을 살려 둘 수 없는 것이었다. 놈의 전검
은 위협적이다.

　거기에 권능이 실린다면 어떻게 폭발할지 예측할 수 없

으니까.

지금에야 올드 원의 힘을 거부하고 있는 것 같다만, 그게 언제까지나 불변할지는 놈 본인조차도 확신할 수 없을 문제다.

"보, 보고를……."

나는 이포를 무시한 다음 야영지를 벗어났다.

직전에 오크 놈이 나를 안내했었던 장소로 향했다. 게이트를 열어야 할 정도로 먼 곳이 아니기도 했고 인근으로 게이트를 열었다간 거기에 모여 있을 놈들에게 적발될 가능성도 없지는 않았다.

목적지에 가까워졌을 무렵. 육안으로는 거기에서 포착되는 게 아무것도 없었다.

하지만 태고의 대신전이 감춰져 있던 방식과 비슷했다. 육안으로만 보이지 않을 뿐 무형의 결계가 사방을 가리고 있었다.

결계는 지척에 이르러서 감각을 최고조로 끌어올려야만 그 존재를 느낄 수 있을 정도로 은밀하며 강력했다. 블랙의 작품인가?

루네아 잡것 새끼가 나를 저 안으로 유인하는 데 성공했다면 나는 꼼짝없이, 저 안에 운집해 있을 것들의 공격을 받고 말았을 것이다.

옛 고룡(古龍)이 둘.

그리고 날 보자마자 용체(龍體) 드라고린으로 각성할 것들이 우글거리고 있는 거다. 현재 그것들은 루네아 잡것 새끼가 날 유인해 오길 기다리고 있는 중이었다.

물론 내가 먼저 저 안으로 진입할 생각은 조금도 없었다. 스스로 해산해서 엔테과스토에게 향하기 전까지 건드리지 않는다.

스르르.

나는 기척을 감추고 결계가 사라지길 기다렸다. 결계가 사라진 때는 오크가 결계 밖으로 모습을 드러내고 몇 분이 지난 후였다.

오크는 야영지 방향으로 향하지 않았다. 인근 각성자 집단의 점령지를 향해서였다.

아마도 놈이 내 행방을 쫓아 야영지를 특정하게 된 곳이 바로 거기인 듯싶었다.

어제 처음으로 놈을 목격했던 당시, 놈의 도끼에 이미 묻어 있던 피들은 사실 각성자들의 피였던 것이다.

타탓!

나는 놈이 반드시 지나칠 수밖에 없는 길목으로 먼저 이동했다.

조금 수고스러워도 놈에게 기습을 가할 최고의 적기는

놈이 나를 의식하고 있지 않는 순간이다. 놈이 야영지를 특정하고 그렇게 야영지 지척까지 이르렀을 때에는, 이미 나를 의식하고 있었을 거라는 말이다.

그러니까 아무런 방비가 되지 않은 지금!

[ 데비의 칼을 시전 하였습니다. ]

칼날을 던져 놓고.

[ 오딘의 신수를 시전 하였습니다. ]

날개로 허공을 때리며 놈의 등짝을 향해 몸을 던졌다.

놈은 나를 찾아오면 안 됐다. 그런 어중간한 마음가짐으로는.

화르르륵—!

\*      \*      \*

당연한 일이다.

놈은 데비의 칼날을 피하지 못했다. 다른 누구도 아닌 이 내가 작정하고 가한 암습이다.

놈의 대가리가 몸에서 떨어져 나갔다. 꼬리 두 개로 놈의 몸을 낚아채 버린 그때에도 절단면에선 피가 분수처럼 솟구치고 있었다.

대가리를 잃은 몸 역시 불길에 휘감겼다. 피부는 녹고 근육도 바로 증발하며 뼈대만 남았다. 오크의 뼈대였다.

그것 역시 잿가루로 변해 불길이 치솟은 방향으로 사라져 버렸다.

남겨진 것이라곤 아무것도 없었다. 놈의 몸을 감싸고 있던 꼬리들로 허망한 감각만이 전해져 왔다. 정말로 그랬다.

더 그레이트의 심장은커녕, 어떤 장엄한 골격도 잔존하지 않았다. 잘린 놈의 대가리 또한 날개와 꼬리에서 튀긴 불씨들로 인해 불살라져 있었다.

그냥 신들린 듯이 잘 싸우는 어느 평범한 오크를 죽인 것에 불과한 건 아닐까 하는 생각을 뿌리칠 수 없었다.

그때였다.

과연 이렇게 끝날 놈이 아니었다. 조슈아가 소환했던 망령들처럼 눈에 보이는 것은 아니었지만 놈을 죽인 자리에서 절규의 몸짓으로 나타난 기척이 있었다.

놈이다. 정확히는 놈의 육신에서 빠져나온 영혼. 그것을 인지한 순간부터 그것의 형체를 생생히 그려 낼 수 있었다.

오크의 육신과 조금도 다를 바가 없는 형체.

[ 오딘의 분노를 시전 하였습니다. ]

양손에서 벼락 줄기들이 튀었다. 루네아 잡것 새끼에게 그랬던 것처럼 놈의 정신체가 다른 곳으로 빠져나가지 못하도록 압력을 가했다. 놈의 대가리를 움켜쥐면서였다.

그대로 완전히 터트려 버릴 심산이었다.

— *크어어어……*

놈의 비명 소리가 흘러들어 오기 시작했다.

놈의 대가리, 즉 허공을 움켜잡은 공간 안에서는 압력에 더불어 세밀한 벼락 줄기들이 끊임없이 번뜩이는 중이었다.

거기에 대고 뇌까렸다.

"심장을 바쳐라. 저항하지 마라. 그럼 안식이 찾아올 것이다."

\* \* \*

놈의 몸부림이 부쩍 격렬해졌을 때를 기점으로 처음 보

는 현상이 시작됐다.

티끌만 한 크기로 나타났다가 금세 주먹만 하게 커져 버린 그것은 더 그레이트의 심장이었다. 육안상으로는 아무것도 없는 허공에 덩그러니 떠 있는 것처럼 보인다.

내 경고가 통했다고 생각했다.

그것은 놈의 대가리를 움켜쥐고 있는 아래, 왼 가슴 쪽에 형성되어 있었다. 그런데 꼬리로 그것을 회수하려 할 때였다.

— *크아아아악!*

정면에서 터져 버린 비명 소리가 온 정신을 죄다 흔들어 버렸다.

**[ 더 그레이트 그린이 권능 '본체 강림'을 시전 하였습니다. ]**

뚜렷한 메시지 너머에서는 놈의 대가리를 움켜쥐고 있는 내 양손이 벌어지고 있었다.

녹색 빛의 광휘(光輝)가 시야를 장악하듯이 치밀어 오른 때였다. 꼬리들로 어떻게든 심장을 낚아채 오려고 했지만, 번번이 가로막혔다.

결국 팔까지 벌어져 버렸을 때는 압력을 유지하는 게 힘들어졌다.

위험스러운 녹색 빛의 권능이 빠르게 완성되려 한다. 서둘렀다. 일단 거리를 벌리고 놈을 저지할 수 있는 일격을 집중시켜야 할 때다.

[ * 보관함 ]
[ 제우스의 뇌신 창이 제거 되었습니다. ]

손아귀로 집중되어 있던 벼락 줄기들이 창대를 타고 올라갔다.

그렇게 창끝의 한 점으로 벼락 줄기들이 최고조로 집중된 순간, 녹색 빛밖에 보이지 않는 허공을 향해 창을 내뻗었다.

공격이 적중했음을 직감했다. 손목이 저릿할 정도의 탄성이 부딪쳐 나오며 놈의 비명 소리가 더욱 커졌기 때문이었다.

[ 질풍자가 발동 하였습니다. ]
[ 예민한 자가 발동 하였습니다. ]

오버로드 구간의 끝. 민첩과 감각이 초극(超極)에 올라섰을 때.

할 수 있는 모든 공격을 끄집어냈다. 틈을 줄쏘냐!

우르르릉—

두 발로 딛고 서 있던 자리를 진원으로 땅이 꺼져 버렸다. 산이 무너지기 시작했다. 그렇지만 그깟 균형 따위는 날개로 얼마든지 유지할 수 있는 것이다.

공격이 적중할 때마다 다채로운 빛들이 터져 댔다. 그리고 그 빛들은 주변으로 튕겨져 나가며 주변을 굉음으로 가득 채웠다.

아래뿐만 아니라, 녹색 빛이 투영된 저 너머로도 산들이 무너지고 있는 게 보였다. 이래서는 탐사대도 저 재앙을 벗어날 수 없겠다는 생각이 들었으나 그건 지금 생각할 문제가 아니었다.

놈의 녹색 권능 안에서 골격이 형성되고 있기 때문이었다.

크게 뭉쳐 있던 색채는 세밀해져 갔다. 더 그레이트의 심장을 중심으로 핏줄 같은 것이 형성되며 쭉쭉 뻗어 나가는 중이었다.

찰나의 순간. 공격을 적중시킬 때마다 오히려 뒤로 밀려났다.

어느 순간에 전방은 녹색 기운의 핏줄들로만 가득했다.

수를 셀 수 없이 갈라지고 또 엉켜 있는 그것들은 스스로 생명을 가진 듯이 확장과 축소 운동으로 꿈틀거려 댔다.


[ 더 그레이트 그린의 본체가 완성되기 직전입니다. ]

[ 경고: 더 그레이트 그린은 권능 '???' 에 의해 보호 받고 있습니다. ]

[ 경고: 힘을 낭비 하지 말고 때를 기다리십시오. ]


탐험자와 개안의 영역이 반응하는 것 없이, 메시지들만 툭 튀어나왔다.

둠 카오스가 보내오는 메시지이며 지금을 지켜보고 있다는 뜻이다. 당연하겠지. 내가 시간을 돌린 순간부터 관심을 기울이고 있었을 것이다. 올드 원이라고 다르지 않겠지!

놈의 골격 위로 살점이 채워지는 과정은 매우 빨랐다. 그러고 한순간이었다.

쉐아악.

긴장을 놓을 수 없을 만큼 강렬한 풍압이 위에서 아래로 형성되었다. 시야를 가득 채우고 있던 덩어리도 그때 위로 솟구쳤다.

그쪽으로 시선을 가져갔을 때.

더 높은 상공에서 나를 내려다보고 있는 거대한 눈 두 개와 마주쳤다. 얼굴을 덮고 있는 비늘 사이사이에서는 녹색 기운이 스미어 있었다.

— 나선후…….

내 진짜 이름이 머릿속에서 웅웅 울리기 시작했다. 순간적으로 이가 악물렸다. 그 소리에 어떤 힘이 실려 있기 때문은 아니었다.

— 나선후…….

격이 다른 존재이자 이 사달의 근원 중 한 놈.
바로 그놈.
나는 처음으로 올드 원이라 부를 수 있는 것과 마주하고 있었다.

\*　　　\*　　　\*

동이 틀 무렵이었지만 천공은 녹색 빛으로 완연했다. 옛 고룡(古龍)의 몸체는 온 하늘을 가릴 만큼 실로 거대했다.

비늘 사이사이마다 머금어진 녹색 빛의 권능 역시 놈의 맥박과 동일한 리듬으로 반응하고 있었는데, 그 때문에 천공에 퍼져 있는 빛은 진해졌다 연해지길 반복하고 있었다.

놈은 그렇게 본인의 강력함을 한껏 드러내는 중이었다.

초극에 달한 감각과 민첩만으로는 어려울 거라 생각됐다. 모든 능력치가 치솟아야 한다. 스킬들의 위력도 보다 폭발해야 한다.

그래야만 놈을 상대할 수 있으리라.

"올드 원."

나도 놈을 진짜 이름으로 불러 주며 시선을 유지했다.

다시 집중해 봐도 첫 느낌에서 달라진 게 없었다. 천공에 서려 있는 힘은 엔테과스토와 비교해도 결코 뒤떨어지지 않는 힘이다.

그마저도 놈, 올드 원의 진짜 힘이 아닐 것이다. 고작 옛 고룡의 몸을 매개체로 현신한 것에 불과한 데도 내 모든 신경을 자극하는 것이었다.

이건 추정이지만 올드 원은 직접적으로 개입하고자, 보통 이상의 힘을 사용하며 강림한 것 같았다.

놈의 거대한 대가리 앞으로 공간의 움직임이 포착되던 때.

화르륵!

날개로 허공을 때리며 솟구쳐 올랐다.

쉐아아악—!

상대가 어떤 공격 수법을 가진지 모르는 이상에는, 공격이 최상의 방어인 법!

— **나선후.**

그런데 갑자기 들려오는 음성에 방향을 황급히 틀어야 했다.

놈 앞에서 시작된 공간의 균열은 어느덧 놈이 통과해도 무리가 없을 크기로 확장이 끝나 있었다. 거대한 게이트. 허공을 세로로 크게 찢어 버린 그 공백을 어둠이 채우고 있다.

실로 놀라운 크기였기에, 무엇이든 빨아들여 버릴 블랙·홀처럼 보이는 것도 사실이었다.

거대 게이트!

놈이 내게 보내는 메시지는 분명했다.

우리가 맞부딪치게 된다면 싸움터는 우리 인류의 본토가 될 것이라는 뜻이다. 저 게이트가 어떤 나라로 통하게 되는지는 지금으로선 알 수 없다.

그러나 한국이라면.

특히 우리들의 싸움이 오딘의 절대전장으로도 감당할 수 없을 만큼 격렬하게 진행된다면 그 작은 나라에는 재앙을 맞이하게 되는 거다.

원자력 발전소들이 터져 대고 댐이 붕괴된 광경 또한 뇌리에서 번쩍여 대는데, 내가 감당할 수 있는 일이 아니었다.

사람이 살 수 없는 땅이 되고 만다. 아버지도 어머니도 거기에 계시는데!

빌어먹을.

시간 역행에는 조건이 있었다. 최고의 컨디션에서 전혀 흠집이 가지 않은 아이템들을 포함해 전부 추출해야만 최대 하루다.

싸움이 얼마나 길어질지 모르거니와 하물며 승리를 장담할 수 없는 지금…… 시간 역행을 염두에 두는 것은 나를 약하게 만드는 '부정 효과'나 다를 바 없다고 생각했다.

놈을 향해 외쳤다.

"세계를 창조해 내는 신격의 존재가 고작 한다는 것이 내 본토를 볼모로 잡는 것이냐? 그러지 않고선 나를 상대할 수 없는 것이냐?"


— **나선후.**


놈이 내 이름을 부를 때. 그 음성에 의념(疑念)이 함께 실려 나왔다.

의념 따위는 집어치우고 직접 음성으로 말하라 전하고 싶었다. 네놈의 아가리를 직접 벌리고 뱀 같은 혓바닥을 움직이라고 말이다.

그래서 의념에 저항하는 감각을 곤두세웠다. 그러나 돌아오는 건 짙은 메시지가 전부였다.

**[ 경고: 권능 저항력이 부족합니다. ]**

젠장할, 놈의 의념이 방어 체계를 비집고 들어오려 한다.

나를 회유하거나 협박하려는 것이겠지.

순간적으로 시야가 흐릿해질 정도로 화가 치밀어 올랐다.

볼 수도 만질 수도 없는 미지의 영역에서 제 정체는 조금도 드러내지 않은 채 나를 체스 말 다루듯이 하고 있는 행태에 대해서다.

그건 비단 올드 원뿐만이 아니다.

칠마제 진영으로 전향한 이후로도 둠 카오스 역시 의념이나 메시지를 통해서만 지시를 내려올 뿐 제 정체를 드러내지 않고 있었다.

이 모든 사달의 근원은 바로 그 두 놈의 싸움에 있는 것인데.

정작 두 놈은 아랫것들을 부리기만 할 뿐 본인들은 빠져 있는 것이다.

이 얼마나 치졸한 행태란 말이냐.

**— 나선후.**

그때 놈의 의념이 뇌리를 강타해 왔다. 의지를 전해 오는
것이지만 우리네 표현으로는 이렇게 말하는 것 같았다.

시간 역행을 사용하지 말라고.

경고를 무시했다간 본토에 가공할 공격을 가하겠노라고.

어떤 대답도 하지 못했다.

게이트만 바라보고 있었다. 그리고 기다리던 순간이 도
래했다.

놈이 게이트를 닫았다. 그때 온몸이 부르르 떨렸다. 처음
에는 혼란스러웠다. 하지만 이내 내 몸을 떨리게 만들고 있
는 감정이 무엇인지 깨달을 수 있었다. 그것은 분노가 아니
었다. 수치심이었다.

놈과 한번 싸워 보지 못한 것에 울분이라도 있었으면 달
랐을 것이다.

게이트가 닫힌 것에 그저 안도할 뿐이었고 놈의 협박을
수긍해 버리고 말았다.

그때도 놈은 최후의 통첩을 보내는 시선으로 나를 내려 다보고 있었다. 내 입으로 직접 확인을 받고 싶어 하는 것 같았다.

아니나 다를까, 그런 명령이 담긴 의념이 쏟아져 내려왔다.

무릎이라도 꿇으면서 '알겠습니다, 나의 주인이시여!' 라 고 조아려야 한단 말인가. 아니다. 비록 내게는 놈이 게이 트를 여는 걸 저지할 능력이 없다만 둠 카오스라면 다를 것 이다.

칠마제 진영으로 전향한 까닭은 둠 카오스 놈이 본토의 안전을 보장해 줬기 때문 아닌가. 그런데 대체 놈은 어디서 뭘 하고 있는 걸까.

더는 물러설 곳이 없었다.

여기서 올드 원에게 고개를 숙인다면 앞으로 똑같은 일 이 반복될 일이었다.

……사람에게는 누구나 하지 말아야 하지만 해야만 하는 순간들이 찾아온다. 누구는 그런 순간을 맞이하지 않기 위 해 돈을 벌고 또 누군가는 권력을 꿈꾼다. 그러며 그 과정 에서 하지 말아야 할 일들을 할 수밖에 없는 모순(矛盾)에 빠진다.

지금이 그렇다. 나는 한마디 말을 여는 것이 그 어느 때보다 힘들었다.

이 말을 뱉고 나면 내게 무슨 일이 일어날지 알 수 없기 때문이었다.

"올드 원께서 행차하셨다면 둠 카오스께서도 행차하셔 야겠지……."

어디 한번 둘이 잘 싸워 봐라!

**[ 공통 권능 '본체 강림'을 시전 하였습니다. ]**

으으윽.

권능이 잠겨 있는 영역에서부터 어둠이 치밀어 올랐다. 시야를 깜깜하게 채워 버리며 내 모든 걸 잠식해 들어왔다.

그 어둠 속으로 소름 끼치는 눈알 두 개가 불현듯 나타났다.

둠 카오스의 시선! 그것이 나를 어딘가로 처박아 버렸다. 추락하고 추락하고 또 추락하지만 끝이 없었다. 저 밑으로 영원히 떨어지며…….

어느 순간 나는 비명을 지르고 있었다. 끝이 없는 무저갱 속으로.

그런데 그것은 시작에 불과했다.

＊　　　＊　　　＊

떨어지는 내내.

칼날이 온몸을 도려내는 것 같은 고통이 엄습했다.

그러나 그보다 더 끔찍한 건 끊임없이 들려오는 광폭한 숨소리에 있었다.

그게 나를 미치게 만들었다. 세뇌(洗腦)당하는 게 아닐까 하는 두려움이 어떤 고통보다 컸다. 그건 저항한다고 되는 게 아니었다.

그만 그쳐 달라는 말이 치밀어 올랐다. 그리고 음성을 내뱉을 수 있는 기관이 존재한다면 그렇게 내뱉고 말았을 것이다.

비명이 섞인 그런 아우성만 소리 없이 웅웅거릴 뿐이었다. 내 머릿속 어딘가에서 말이다.

시간 개념은 진즉에 사라졌고 나는 계속 추락하고 있었다.

허우적댔으며, 그 무엇도 내가 통제할 수 있는 건 없었다. 질러 대는 비명도 강력한 손아귀가 억지로 내 입을 벌리고 복부를 짓누르며 혓바닥을 잡아 빼면서 시작되는 것 같았다.

절대 그치지 않으며 들려오는 광폭한 숨소리는 내 안으로 녹아드는 기분이었다.

으아아악. 단언할 수 있었다. 둠 카오스는 나를 지옥으로 던져 버렸다. 놈은 내게 끊임없이 채찍질을 가하며 완전한 복종을 요구하고 있다.

내가 본인만을 위한 지옥귀로 재탄생하길 바라고 있다. 저항해야 한다.

어떻게든 저항을…….

*　　*　　*

[ 당신은 죽었습니다. ]

[ 남은 시간 (부활) : 29일 23시 59분 59초 ]

얼마나 지났는지는 알 수 없었다.

[ 남은 시간 (부활) : 29일 22시 31분 24초 ]

악몽은 끝났지만 추락하고 있는 기분에서 빠져나오지는 못했다.

[ 남은 시간 (부활) : 29일 19시 22분 1초 ]

간신히 시야가 터졌을 때 사방은 끈적끈적한 유기물로 가득했다. 기둥처럼 존재하는 촉수들 사이로는 마루카 일족들이 오가고 있었다.

이족 보행의 지성체로 자라난 것들도 보이고 유기체 덩어리로써 바닥의 늪에서 유영하고 있는 것들도 시야로 담겼다.

왕좌의 팔걸이에 늘어트리고 있는 한 팔.

그리고 다른 한 팔은 마루카 일족에게 지시를 내리고 있었다.

여기가 협회 총본부의 별동 안이라는 흔적은 어디에서도 찾기가 힘들었다. 그렇게 인류의 모든 구조물들이 마루카 일족의 유기물로 뒤덮인 지는 꽤 오랜 시간이 지난 듯 보였다.

그럼에도 불구하고 오르까는 제 자식들을 재촉하는 중이었다.

보다 완벽한 제 일족의 왕성을 구축하기 위해.

**[ 남은 시간 (부활) : 29일 17시 49분 31초 ]**

오르까의 시각을 공유한 채로 시간이 흘러가고 있었다.

나는 똑같은 고민에 빠져 있었다. 위대한 둠 카오스 님께 저항을 했는데, 지금 상태로는 내 어디에 변화가 생겼는지 판단할 수 없기 때문이었다.

아마도 가능성 높은 경우는 권능에 걸린 락이 더 견고해질 경우가 아닐까 한다.

제기랄.

락을 해제시켜야 둠 아루쿠다에게도 도전할 수 있을 텐데.

엔테과스토는 부상을 떨치지 못한 몸으로도 나보다 윗선에 있었다. 부상 없이 완전할 때는 얼마나 강력했겠는가. 옛 고룡들이 지레 겁을 먹고 먼저 도망칠 정도였다.

하물며 둠 아루쿠다는 당시에도 엔테과스토보다 윗선이었다.

그러니 둠 아루쿠다를 넘어서 둠 카오스 님의 왕좌에도 도전하려면 권능에 걸린 락의 해제는 필수다. 그뿐이랴. 더 많은 마석! 더 많은 아이템! 더. 더. 더!

부활하고 나면 해결해야 할 문젯거리들이 산더미처럼 놓여 있었다.

궁극적으로 본토의 안전을 확보하려면 그분의 강력함에 기대기보다는 내가 그만한 힘을 쟁취해야 하는 것이다.

다시는 그분의 힘에 기대지 않을 수 있도록.

그쯤이었다. 갑자기 오르까의 자식들이 부산스러워졌다. 오르까의 시야가 돌아가면서 우두커니 서 있는 연희가 보였다.

아직 기력을 다 회복하지 못한 그녀인데도 내 소식을 접하자마자 달려온 것 같았다. 시야가 큼지막하게 움직였다.

오르까가 왕좌에서 내려오면서였다.

"이족(異族)의 신께 바친다. 나 오르까의 경외를."

정작 연희는 어두운 표정으로 일관했다. 그녀의 손이 이쪽으로 가깝게 뻗어져 왔고, 시야는 황급히 뒤로 멀어졌다.

"오르까. 너만큼이나 라이프 베슬이 뭔지 잘 아는 아이도 없겠지. 오딘께선 네 안에 라이프 베슬을 감춰 두셨어. 무슨 말인지 알았으면 가만히 있어."

연희의 양팔이 이쪽 시야로 겹쳐 들어왔다. 오르까의 얼굴을 잡고서 두 눈을 빤히 응시하고 있는 것이었다.

"거기 있다는 거 알아. 날 보고, 내 목소리도 들리는 거 맞지?"

연희가 말했다.

"이상한 소리를 들었어. 루세아 일족도 난리법석을 떨었어. 찍힌 영상이 있다면 조만간 성일이가 확보해 올 거야. 하지만 기대는 마. 살아남은 자들이 몇 없으니까, 설령 찍은 게 있어도 부서져 버렸겠지. 하고 싶은 말은 이게 아니고……."

그녀는 울먹이는 모습을 보이다가 이내 힘을 줘서 말했다.

"협회에서는 네 아이템을 회수하는 걸 최우선으로 잡고 있어. 그리고 염마왕에게도 언질해 둘 테니까. 그러니까 너는……."

이를 악물고 얼굴에 힘을 주고 있지만, 그녀도 어쩔 수 없던 모양이다.

내게 눈물을 보이고 싶지 않기 때문일 것이다. 그녀가 돌아서며 말했다.

"뒷일은 우리에게 맡기고 좀 쉬고 있어."

＊　　　＊　　　＊

한국은 썬의 모국(母國)이자 썬의 부모님이 계시는 나라다. 또한 세계 각성자 협회 총본부가 있는 곳이며 전 세계의 각성자로부터 썬의 힘을 강화시켜 줄 재료들을 모아 안치시키는 장소이기도 하다. 마석 보관소.

그 때문이었다.

언제는 안 그랬냐마는, 한반도의 평화는 이제 전 인류의 평화와 직결되는 문제가 되었다.

조나단은 북미 정상회담을 서두르는 중이었다.

백악관을 통해 북한의 위원장이 한반도 비핵화를 논의할 용의가 있다는 점을 재확인한 때는 엊그제였다.

북한의 위원장은 중국몽(中國夢)을 부르짖던 중국이 어떻게 망국의 길을 걷게 되었는지 바로 옆에서 지켜보며 제대로 잔 날이 하루도 없을 것이다.

실제로, 시작의 날 이후 최근 몇 달 사이에 몸무게가 줄었다는 첩보도 있었다.

지금에야 회담 개최 장소를 두고 평양이냐 제 3국이냐 주장이 분분하지만, 북한 측에서 그 어느 때보다 적극적으로 임하고 있기에 그 역시 빠르게 결정될 수밖에 없었다.

만일 회담이 시작도 되기 전에 결렬된다면? 그렇다면 다음 차 클럽 회의에서 논의할 최대 안건 중 하나는 북한에 대한 것이 될 일!

다른 누구의 입을 통해서가 아닌, 왕좌의 수임자인 바로 자신의 입에서 이와 같은 명령이 떨어질 것이다.

*북한에 지금보다 강도 높은 경제 제재를 가하라*

순간.

모니터를 노려보고 있던 조나단의 미간이 접혔다.

아지트 지하.

정확히는 거기에 미로 같은 굴을 파 놓고 서식 중인 만년지주(萬年蜘蛛)를 필두로 그것의 새끼들이 평소와 다른 움직임을 보이기 시작했다.

조나단의 감각이 지하에서 일어나는 소리와 진동에 예민해졌다.

그는 아지트 전체로 감각망을 퍼트렸다. 외계의 습격이라 추정할 만한 어떤 것을 포착할 순 없었다. 하지만 뭘까.

거미들은 지난번에 습격을 받았을 때에도 이렇게까지 날선 반응을 보이진 않았었다.

그런데 그때.

조나단의 감각망으로 불현듯 뭔가가 진입해 들어왔다.

비단 추격자 특성을 보유하지 않더라도 얼마나 가공스러운 존재인지 느낄 수 있을 정도였다. 최근 자신을 특정해 습격해 오는 엘프 종(種)은 아니었다. 그것은 이런 스산한 느낌을 품고 있지 않으니까.

조나단이 보관함에서 아이템들을 끄집어내며 무장을 갖출 때였다.

전음이 날아왔다.

『놀라긴. 나야, 마리. 네가 알고 있어야 할 게 있어.』

\*　　　\*　　　\*

이번만이 아니었다. 시작의 날에도 비슷한 일이 있었다. 당시에 썬은 실종되었다가 나타난 게 아니라 죽었다가 부활한 것이었다.

죽는 순간의 고통이 어떨지, 감히 추정할 수 있다고 한다면 오산일 것이다.

썬에게 불사(不死)의 능력이 있다는 것은 인류에겐 축복이지만 썬에게는 꼭 그렇다고 할 수 없었다.

'얼마나 고통스러웠나. 썬⋯⋯.'

조나단은 그렇게까지 생각이 들자 속이 쓰려 왔다.

그날 밤, 동영상 파일 하나가 전송되어져 왔다.

발신자는 이태한. 마리가 보내 준다던 썬의 전투 영상이었다.

초 망원렌즈로 찍힌 영상. 영상을 찍은 자는 다이아 구간의 각성자였다. 찢어지고 뒤엎어지며 또 쏟아지는 흙더미들을 피해 바삐 움직이고 있던 탓에, 영상의 초점은 시종일관 흔들려 댔다.

휘황찬란한 빛이 터질 때는 영상 바깥으로까지 그것들이 번뜩이는 것 같았다.

전투는 상공에서 진행됐다.

썬이 대적하고 있는 초월체는 드래곤, 옛 고룡(古龍)이 틀림없었다.

그것의 크기가 워낙에 컸기 때문에라도 상대적으로 썬은 거기에 없는 것 같이 보였다.

그럼에도 불구하고 썬의 움직임을 확인하는 건 어려운

일이 아니었다. 카메라로 포착할 수 없는 속도로 움직이고 있지만, 썬이 자아냈을 궤적에는 어김없이 불길이 일고 벼락이 튀고 있기 때문이었다. 정체 모를 어둠의 기운까지.

"이러고 계실 때가 아닙니다. 피하십시오오오오옷—!"
"으아아악!"
"이쪽으로 온다. 도망쳐!!"

조나단은 몇 번이고 영상을 되돌려 봤다. 두 초월체의 격돌에서 사방이 파괴되고 있었다.

그런데 영상의 마지막 부분.

조나단은 처음이자 마지막으로 썬의 얼굴이 포착된 지점에서 영상을 정지해 놓았다. 그 안을 뚫어져라 응시하기 시작했다.

썬의 눈동자가 이상했다. 검은 기운이 타오르는 가운데 소름 끼치는 그것은 악마의 것이라고밖에 생각되지 않았다.

한편 무시무시한 두 눈과는 달리, 썬의 온 얼굴만큼은 고통으로 짓뭉개져 있었다. 얼굴의 혈관이 피부를 터트리고 나올 것처럼 전부 다 도드라져 있었으며 안면 근육들도 비현실적으로 꿈틀거리는 것이었다.

단언컨대 그건 사람의 얼굴이라고 할 수 없었다. 두 동공처럼 악마의 것으로 보였다.

'썬…… 둠 카오스의 힘을 빌려온 것이냐.'

조나단은 썬이 받았을 고통이 전해져 오는 것 같았다.

둠 카오스의 힘을 빌린다는 것이 어떤 것인지는 모른다.

그러나 얼굴 위로 부풀어 버린 수많은 혈관들이나 비정상적인 근육의 움직임으로 보건대.

썬, 본인이 낼 수 있는 한계점 이상의 뭔가를 폭발시키는 것 같았다. 둠 카오스에게 빌려왔을 힘과는 별개로 말이다.

옛 고룡을 상대하기 위해 생명력을 화력으로 쓰고 있는 것 같다는 직감을 받았다.

물론 영상은 끝까지 촬영되지 않았다. 초월체의 격돌에 휩쓸린 각성자들은 대부분 거기서 죽었고, 촬영 당사자도 겨우 살아 귀환했을 것이다.

'썬이 죽었다면 드래곤도 무사할 리는 없겠지…….'

조나단은 썬이 만년지주를 인계하며 함께 맡긴 것을 떠올렸다. 다시 찾으러 올 때까지 안전히 보관해 달라는 말과 함께 건넨 그것을, 썬은 더 그레이트 레드의 심장 반쪽이라고 했었다.

조나단은 즉각 수화기를 들었다.

    그리고 올리비아의 행방을 수소문했다. 그런데 올리비아
부터가 귀환 즉시 뉴욕으로 들어오고 있다는 대답이 들려
왔다.

＊　　　＊　　　＊

    "부르셨습니까."

    조나단은 올리비아의 얼굴을 확인하며 말했다.

    "왜 불렀는지는 이미 알고 있는 것 같군."

    올리비아는 대답 없이 그녀의 핸드폰을 조작해서 조나단
에게 내밀었다.

### 〈 * 위 메시지들은 관리자에 의해 삭제됨 〉

    〈 A – 31: 안전국 각성자들이 대거 소집됨. 협회에
서 민간 기업들에게 협조 문서 발송. 〉

    〈 Q – 94: 그분의 장비를 회수하기 위해서라고 알고
있음. 확인 바람.〉

    〈 W – 833: 사실로 확인되었음. 〉

    누가 언제 만들었는지 모를, 각성자들의 사설 네트워크

였다. 암호화된 채널 안에서는 단순한 닉네임으로 익명성이 보장되어 있었다.

"저번에 말씀드렸던 그것입니다, 주인님."

〈 * 위 메시지들은 관리자에 의해 삭제됨 〉

올리비아의 말이 끝나기 무섭게 세 개의 메시지가 삭제되었다.

〈 * 참가자들은 시작의 장 말엽에 무슨 일이 있었는지 상기하기 바랍니다. 〉
〈 * 이 채널은 초대받은 참가자 모두에게 개방되어 있음을 상기하기 바랍니다. 〉
〈 * '그분'과 '그분에 관한 사안'을 언급할 경우, 그 책임은 모두 참가자 본인에게 있음을 상기하기 바랍니다. 또한 본 채널은 각성자들의 기본적인 정보 소통 공간으로 활용된다는 점을 상기하십시오. 〉
〈 * 위험을 초래하지 말라는 경고입니다. 〉

〈 W – 298: 그분의 장비를 회수하는 데 성공한다면 보상은 어떻게 되지? 확인 바람.〉

〈 U－4: 협회 안전국 외 협약을 맺은 기업만이 수행할 수 있다. 그 외의 각성자들과 민간 요원들은 해당 지역에 접근 금지.〉

〈 U－4: 알겠어? 브실골들은 닥치고 있어. 물만 흐리는군. 누가 저것을 초대한 거냐. 〉


〈 A－10: 구원자의 도시민 김지훈이 참가자 모두에게 고한다. 그분의 장비에 흑심을 품거나, 그 외 문제가 되는 행동을 보일 경우. 협회의 지침과는 별개로 우리 구원자의 도시민들이 반드시 추적해서 대가리를 따 주겠다. 〉

〈 A－10: 다시 경고하건대, 관리자도 말했지. 시작의 장 말기에 그분이 자리를 비운 틈을 타, 너희 새끼들이 어떤 짓을 저질렀으며 그 결과가 얼마나 참혹했는지 명심하라고. 〉

〈 A－10: 또 같은 일이 반복된다면 그분께서도 더이상의 자비를 베풀지 않으실 것이다. 〉

〈 A－10: 마지막으로 협회에서 이 채널을 내버려두고 있는 까닭이 뭔지도 모르는 새끼가, 여기엔 없길 바란다. 〉

〈 A－10: 이상이다. 병신 새끼들아. 〉

〈 * 위 메시지들은 관리자에 의해 삭제됨 〉


〈 M – 191: 관리자 새끼야. 내가 누군지 알 거야. 나
구원자의 도시민 김지훈이다. 다시 한번 내 메시지 지
우면 너부터 찾아갈 줄 알아. 왜. 못 찾아낼 것 같아? 〉


〈 * 위 메시지들은 관리자에 의해 삭제됨 〉


〈 E – 2: 이 새끼 골 때리네······ 오래 걸리지 않을
거다. 내가 네 새끼 존재 자체를 삭제시켜 줄 테니까,
기대하고 있어. 〉


〈 * 위 메시지들은 관리자에 의해 삭제됨 〉


그쯤에서 조나단이 핸드폰을 주인에게 돌려주며 말했다.

"최대로 소집해라, 올리비아. 너도 지금 즉시 이계로 돌
아간다."

"예, 주인님. 반드시 그분의 장비들을 회수해 오겠습니다."

"아니다, 그 일은 협회에서 전념하고 있다. 네가 집중해
야 할 곳은 따로 있다."

드드드.

바닥에서 뚜렷한 진동이 일었다. 곧 커다란 외골격을 가진 대가리가 바닥을 뚫고 모습을 드러냈다.

올리비아는 눈앞에 나타난 대형 거미에 대해서 잘 알고 있었다.

서왕모의 만년지주. 어느 엘프 종이 주인에게 기습을 가할 때마다, 자신 못지않게 주인에게 보탬이 되어 왔던 것이 바로 저 소환물이었다. 주인께선 그걸 내주시려는 것이었다.

"아이템 한 자리를 비워 둬라."

"제게 저걸 인계하시면 주인님께선……."

"애초에 내 물건이 아니다. 네 또 다른 주인이 내게 빌려 준 것이지."

"……알겠습니다. 그럼 전 무엇을 찾으면 됩니까?"

"고룡의 심장."

조나단은 마저 말했다.

"각성자들은 협회의 통제에 따를 것이다. 네가 신경 써야 할 것들은 이계의 군단이다. 네가 찾아야 하는 물건에는 강력한 힘이 서려 있어, 생각이 있다면 그것들도 가만히 있지는 않을 것이다. 만일 그룹과 거미로도 위험하겠다는 판단이 들면 그땐 오시리스에게 도움을 요청해라. 내 이름을 대고, 오딘께 바칠 물건을 찾고 있다 하거라. 그리고."

"예."

"찾으라 한 물건 외에도 어떤 의심스러운 것이 발견되거든, 그것이 무엇이 됐든 전부 수집해 놓아라."

조나단은 아직 무엇도 확신할 수 없었다.

하지만 그동안 썬이 들려주었던 이야기들이나 영상에서 받은 직감을 종합해 보면 썬이 치렀던 전투는 단지 썬과 고룡과의 전투로 국한된 것 같지 않았다.

썬이 고룡을 대적하지 못해서 마신의 힘을 빌려 왔겠는가.

썬이 마신의 힘을 사용하고 말았듯, 고룡 역시 올드 원의 힘을 사용했을 수도 있었다. 그렇다면 이는 썬과 고룡의 대결이 아니라 마신과 올드 원의 대결이라 할 수 있었다.

감히 미지의 영역에서 신격을 가진 두 존재를 두고 어떤 추정을 할 순 없는 것이지만 그래도 기대를 걸어 보는 것이다.

마신 둠 카오스의 것이 됐든, 올드 원의 것이 됐든.

그것들에게서 떨어져 나온 것이 있길 바라는 마음으로.

그때에도 조나단은 마음이 계속 흔들렸다. 어쩌면 이계에서 썬이 겪었던 일은 그 친구에게 분기점이 될지도 모를 중대한 사안일 수 있었다.

그러니 올리비아에게 지시를 내릴 게 아니라 자신이 직접 움직여야 하는 건 아닐까 하는 갈등에, 그의 동공 또한 흔들려 댔다.

'……하지만 썬은 그걸 조금도 바라지 않을 것이다. 그리고 썬이 위임한 본토의 왕좌는 나 외에는 누구도 감당할 수 없는 것이다.'

조나단은 주먹을 쥐면서 말했다.

"오시리스뿐만이 아니다. 해야 한다면 칼리버를 포함해 이태한에게도 도움을 요청해라. 전적으로 네 재량에 맡기겠다."

올리비아는 조나단의 한마디 한마디에서 임무의 중요함을 깨달았다.

그녀가 고개를 숙이고 나간 다음이었다.

조나단은 핸드폰을 집어 들었다. 그러고는 예전에 올리비아가 알려 줬던 방식을 떠올리며 각성자들의 사설 네트워크로 접속했다.

구체적으로 썬의 죽음에 대해서 언급되고 있는 건 아니었다. 하지만 채널의 공통된 화제는 거기서 빗나가질 않았다.

조나단은 짧은 메시지를 입력한 그대로 전송했다.

〈 N – 237: 염마왕이다. 〉

익명이 보장되어 있다 한들, 누가 감히 그 이름을 사칭할까.

메시지들이 갑자기 멈춰 버렸다. 정적이 감돌았다.

＊　　＊　　＊

"권 부장님께서 퇴직 '당' 하셨답니다. 알고 계셨습니까?"

"그런데요?"

김진승은 사무관이 놀라서 가져온 말에 별 관심을 두지 않았다.

사무관의 입에서 권 부장이라고 불린 사람의 파벌 속에 오랫동안 속해 있던 것은 사실이었고 사무관도 그렇게만 알고 있을 일이었다.

"많은 분들께서 퇴직당하고 계십니다."

"오늘까지 처리해야 하는 일정이 많아요. 집중합시다."

무덤덤한 척했지만, 김진승의 가슴 속에선 화가 끓어오르고 있었다.

그의 책상 앞에는 당장 했던 말대로 오늘 중으로 마감 쳐야 할 사건들이 쌓여 있었다. 김진승은 서류철 하나를 집어 들었다.

「 …… 〈상략〉

### 3. 범죄사실

피의자는 미체포로 성명, 직업 미상인 자이다.

가. 세계 각성자 협회와의 협약 '수사 인계'에 의하여.

1) 2018. 8.15. 19:30:18경에 인터넷 사이트인 세계 민간인협회(http://minganin.com)에 ID "오딘관 찰TV"로 접속하여, 제목 "오딘이 고인물인 이유, 각성 자들이 오딘을 두려워하는 이유 10가지."를 게시하였 다.

2) 2018. 8.16. 20:11:19경에 인터넷 사이트인 세계 민간인 협회 (http://minganin.com)에 ID "오딘관 찰TV"로 접속하여, ID "러블리권"의 게시물 "염마왕 은 대체 재판받기는 하는 거냐?"에 "ㅂㅅ인가. 염마왕 이 오딘에게 헬프 치면 지구 멸망 당하는 거 앎? 궁금 하면 내 채널에 영상 걸어 놨으니까 보든가." 라는 댓 글을 달았다.

3) 2018. 8.16 20:14:19경에 인터넷 사이트인 세계민 간인 협회 (http://minganin.com)에 ID "오딘관찰 TV"로 접속하여, ID "계엄령해제"의 게시물 "아직도 시위하는 새끼들은 뭐냐?"에 "오딘이 쓸어버리면 끝나 는데. 각성자도 학살하는 오딘 아님? 내 채널 들어와 보면 요약 정리 끝내주게 되어 있음. 와서 구독해. 그 런데 오딘은 그런 힘을 가지고 왜 아무것도 안 하는 건 지…… 내가 다 답답하다. 내가 오딘이면 다 끝장내 버

렸을 거야. 오딘은 알려진 것보다 멍청한지도. 어그로라고 무시 말고 내 채널에나 들어와 봐. 그럼 자연히 알게 돼." 라는 댓글을 달았다.

　4) 2018. 8.16 20:25:33경에……〈하략〉」

　조사 대상들은 헛소리를 지껄이는 철부지들로 대개 같았다.

　어린 청소년들이거나 의외로 멀쩡한 직장인일 수는 있어도 그뿐이다. 이런 사건들은 세상사에 아무런 영향도 미치지 못하는 쓰레기 더미에 불과했다.

　그러니까 자신은 쓰레기 더미에 파묻힌 신세인 것이었다.

　이건 전적으로 권 부장의 잘못이었다.

　"오딘관찰TV 신상 도착했습니까?"

　김진승은 그렇게 묻는 자신이 비참해 죽을 것 같았다.

　'어쩌다 이 지경까지 추락한 거냐, 김진승.'

　경찰 하꼬들도 꺼려 하는 짓거리를 자신이 전담하고 있다니…….

　그는 함께 좌천된 사무관 그리고 다른 직원들에게서도 어쩐지 비웃는 눈초리가 전해져 오는 것 같았다.

　'나는 끝난 건가…….'

중수부장 김지애의 자리로 권 부장이 내정될 때까지만
해도.

자신의 앞날이 보장된 줄 알았다. 권 부장과 함께 레드
카펫을 밟으며 검찰의 핵심 권력 안으로 들어가게 될 줄 알
았다.

권 부장이 중수부장으로 내정된 날.

한국 최고의 권력, 박우철 검찰 총장의 개인 식탁으로 초
대받은 적도 있었다.

박우철 검찰 총장이 어떤 자인가. 근 이십여 년간 한국을
지배해 왔으며 앞으로도 불변할 전일의 막후, 재통령 박충
식의 장남이다.

재통령 박충식과 함께 전일 그룹의 초대 왕족으로는 조
대환 제이미 코퍼레이션 이사장이 있지만, 그가 아무리 여
당 원내 대표를 사위로 둔들, 프랑스에서도 실제 왕족 같은
권력을 누리고 있다 한들.

적어도 이 나라 한국에서는 재통령 박충식이 곧 법이었다.

문민 정부도 참여 정부도 심지어 MB와 탄핵 정부에서도
감히 재통령을 건드리지 못했다.

08년도 경에 그와 전일 그룹 그리고 제이미 양을 한 묶
음으로 묶어서 일명 '전일 게이트'로 처리하려던 검사 선
후배들은 이제 소식조차 들려오지 않는다.

그래서 하는 소리였다.

아무리 생각해도 김진승은 권 부장을 이해할 수 없었
다.

왜 전일 그룹을 건드렸다가 낙마(落馬)를 자초하고 말았
는지……

당시에 발을 빼기에 망정이었지, 여전히 권 부장의 라인
을 타고 있었다면 권 부장과 그의 머저리들과 함께 다 같이
갈려 나갔을 것이다.

쓰레기 청소부로 추락했을지언정 검사 직함을 유지할 수
있는 것은 그 덕분이다.

　"공산주의의 반대가 뭐야?"
　"민주주의 아닙니까?"
　"자본주의다, 자식아. 우리 후배, 앞으로 배워야
　할 게 많네."

김진승은 새파랗게 어렸던 자신과 권 부장을 떠올렸다가
화만 더 끓어올랐다.

권 부장은 자신에게 연수원 선배 기수이기 전에 대학 선
배이기도 했고, 좌천되기 전까지만 해도 서로 끌어 주고 밀
어주는 역할을 했었다.

그러나 자신의 수십 년 커리어가 권 부장의 실책 한 번으로 무너진 것은 누구도 부정할 수 없는 사실이었다.

그래서 더 이해할 수 없었다. 혹 권 부장은 그 옛날 어렸을 때 했던 말대로, 힘을 얻게 되자 '거악과의 싸움'을 펼친 것이었을까.

'설마 그럴 리가.'

많은 운동권 선배들이 검찰계든 정치계에서든 어떻게 변하는지 똑똑히 봐 왔었다. 자신도 거기에서 예외라고 할 수 없었다.

권 부장과 함께해 왔던 시절을 돌이켜 봐도, 권 부장과 자신은 검찰 조직 보호를 위해 헌신을 아끼지 않았다. 즉, 전일 그룹의 개로 충실했었단 말이다.

그러니까 권 부장은 그저 자신의 욕망에 충실했던 것 같다.

전일 그룹을 건드리겠다는 것이 아니라 전일 그룹의 약점을 쥐고 본인의 앞길을 보장받고 싶었던 것 같다. 필시 그랬을 것이다.

뉴욕 월가에서 '0.001%의 운동'이 이 나라까지 확산되었을 때를 기회로 봤던 것이겠지.

그때 김진승의 핸드폰이 울리기 시작했다. 핸드폰에 박힌 이름도 권 부장으로 심플했다.

'이런 멍청한 양반아. 차라리 세계 각성자 협회를 건드리지 그랬나. 그럼 현 정부의 조력이나마 기대를 걸어 볼 수 있었을 텐데.'

김진승이 받지 않자 그의 사무실로 직접 벨이 울렸다.

"영감님?"

"권 부장일 겁니다. 저 없다고 하세요."

그러면서 김진승은 생각했다.

전일 라인을 타는 것은 물 건너갔다. 물론 권 부장이 말아먹어 버린 것이다. 한때 그의 사람이었다는 이유로 전일 그룹에서 낙인을 찍었다.

이대로라면 변호사로 개업하고 나와도 돈은 벌지언정, 뒤에서 비웃음이나 사며 끝날 일.

'이대로 끝날 순 없어. 여기까지 어떻게 살아왔는데…….'

김진승은 망설이던 끝에 핸드폰을 들었다.


〈 나다. 형. 〉

〈 해가 서쪽에서 뜨겠네. 이 시간에 형님이 전화를 다 주시고. 〉

〈 우리 형제들끼리 자주 시간을 가졌었어야 했는데, 좀처럼 시간을 못 내서 미안하다. 〉

〈 ……형님도 그 싸가지 없는 새끼 때문에 연락한 거라면 말은 꺼내지도 마쇼. 〉

〈 지훈이? 〉

〈 그럼 누구겠어. 〉

〈 거두절미하고 부탁 한 번만 하자. 내가 언제 부탁한 적 있냐. 형 한 번 살려 주는 셈 치고. 지금 내 처지를 말하자면 끝이 없어. 〉

〈 거참. 그 새끼가 형님 하시는 큰일에 무슨 도움이 된다고. 〉

〈 큰일이야 지훈이가 하지. 나는 아무것도 아니다. 네가 잘 몰라서 그래.〉

〈 그럼 전화 잘못 걸었네. 지훈이 애미한테 걸어 봐. 그 여편네, 내 전화라면 몰라도 형님 전화는 받겠지. 그런데 우리 지훈이 얼마나 벌고 있을까? 글쎄 그 싸가지 없는 새끼가 아비도 몰라보고……. 〉

〈 너 아직도 술 안 끊었냐? 이 자식이 진짜. 〉

〈 끊지 마. 그렇지 않아도 마침 연락 잘했어. 만나는 여자가 있었는데 그년한테 나 말고도 남자가 있었단 말이야. 그래서 내가 그 새끼 하고…….〉

김진승은 더 듣지 않고 전화를 끊어 버렸다. 쓰레기는 꼭 책상 앞에만 있는 게 아니었다. 그리고 쓰레기 더미에 처박힌 것이 자신 하나만도 아니었다.

조카 김지훈은 아버지로부터 독립하기 전까지 쓰레기 같은 그 집구석에서 살았었다.

조카는 불쌍한 아이였고 제수씨는 더 말할 것도 없었다.

그런 난장판인 집구석에서 자라났으니, 조카가 학창 시절에 비행을 저지르고 다니는 건 당연한 일이었다. 보고 배울 것이라곤 제 아비가 저지르고 다니는 사건들과 술주정밖에 없었던 것이다.

그래도 시간이 약이라고.

언젠가부터는 제수씨로부터 하소연을 빙자한 청탁 전화가 오지 않았다.

생각해 보면 약 5년 전쯤인, 조카가 30 줄에 들었을 무렵부터였던 것 같다.

조카의 소식은 그때 끊겼다. 제수씨도 동생에게 이혼 도장을 받아 내는 데 성공하면서 구태여 연락을 주고받을 일도 사라졌었다.

김진승은 핸드폰을 노려보다가 벨이 울리자마자 받았다.

〈 지훈이냐? 마침 지구에 있었구나? 〉

지구에 있었구나?, 라니. 김진승은 스스로 말해 놓고도 고개가 저어졌다.

〈 바쁘니까 용건만. 〉
〈 큰아버지가 돼서 오랜만에 전화해서는 이런 말을 한다는 게 염치없구나. 〉
〈 ……상관없으니까 용건만. 〉
〈 날 한 번 만나 줄 수 있을까? 〉
〈 제가 그리로 갈 순 없겠고 큰아버지가 이리로 오세요. 세 시간입니다. 〉

*　　　*　　　*

시작의 날 이후로 인류는 분기점을 맞이했다고들 말한다.

그러나 김진승은 무엇도 실감할 수 없었다. 그럴 수밖에 없는 것이 세계는 달라진 게 없었다.

당장 각성자들부터가 세계 무대에 나타나지 않는다.

한창 조나단 투자 금융 그룹을 위시로 한 소수 자본 세력에 의해 세계의 부가 독점되었다며 난리 법석을 떨어 댔던 것도, 언제는 그렇지 않았던가?

수백여 개의 대(大) 자본 세력들이 단지 한 자릿수로 좁혀진 것뿐이다.

설령 조나단 헌터의 금융 그룹이 수백 개 회사로 해체된다 한들, 그 역시 자신의 삶에는 아무런 영향을 끼치지 않을 것이다.

비단 바다 너머의 일뿐일까.

이 나라에도 시범적으로 마석 발전소가 세워진다 뭐다 해서 이슈가 상당하지만 그래도 자신의 삶에는 영향을 끼치지 않는다.

젊은이들은 그런 이슈들에 현혹되어 세상이 금방에라도 천지개벽될 것처럼 생각하곤 하지만 한번 고착된 세상의 룰은 그리 쉽게 변하지 않는 것이다.

물론 변화를 실감할 자들이 아주 없는 것은 아니다. 후배 기수 중에 유원진이라고 있다. 그 후배는 대현 그룹의 법무팀에 재직하고 있을 때만 해도 화제성도 없고 한국 사회에 영향력도 크지 않았다.

그러나 그가 협회 본부로 이직하고 한국지부장 직위에 오르면서부터는 위상이 달라졌다. 변화를 실감할 자들은 그런 자들뿐인 것이다.

기회를 눈치채고 선점한 자들.

후배 유원진을 두고 뒷말을 일삼던 자들은 이제 입맛만

다실 뿐.

딱 거기까지다. 대개는 지금 그대로의 삶을 이어 나가고 있다.

'나 역시…… 아니구나. 박 부장 덕분에 더 추락하고 말았지.'

김진승은 조카이자 각성자인 김지훈을 만날 수 있게 된 게 기회로 작용하길 진심으로 바랐다. 액셀에 올린 발에 힘이 가해졌다.

조카가 말했던 시간까지는 몹시 아슬아슬했다.

속도위반 카메라가 나타날 때마다 찍히고 있겠지만, 그렇게 상품권을 십수 장 받게 되겠지만 속도를 늦출 수가 없는 것이었다.

*　　*　　*

「경고문 (Warning)

(민간인 출입통제구역: Civilian Restricted Area)

이 지역은 **세계 각성자 협회원 지위 협정**을 적용

받는 지역으로 인가자 외 출입을 **절대 금지**합니다.

세계 각성자 협회 」

약속 장소는 협회 총본부가 위치한 지역에서 그리 멀지 않은 곳이었다.

'다행히 늦지 않았어.'

고속도로를 그렇게 미친 듯이 질주한 것은 젊었던 때에도 엄두조차 내지 못했던 일이었다.

멀리 공터에 주차된 차량들이 보였다. 슈퍼카들도 눈에 띄었지만, 보통은 당장 장갑차로 개조시켜도 전혀 이상할 게 없는 차량들이 많았다.

더 멀리 시야를 가져가 보면 한창 이슈인 마석 보관소도 보였다.

그때 바리케이드에서 소총으로 무장한 군인이 접근했다. 한국군. 협회에 공여된 지역으로 차출된 신분임이 틀림없었다.

"각성자 김지훈 씨와 약속이 있습니다. 저는 김진승이라고 합니다."

김진승은 긴장이 고조되는 걸 느꼈다.

바리케이드로 통제된 너머에는 군복을 입지 않은 자들이 많이 보였는데, 그중에는 한국인들과 다른 피부색을 지닌 자들도 적지 않았다.

한편 그들이 각성자일 거라는 건 그들의 손에 들린 병기만 봐도 알 수 있는 일이었다.

김진승은 텔레비전에서가 아니라 실제 각성자들을 그렇게 많이 보는 건 이번이 처음이었다. 그런데 각성자들의 표정이 하나 같이 심각해서 김진승은 벌써부터 위압이 가해지는 느낌을 받았다.

그러던 문득, 각성자들 무리 속에서 한 사람이 눈에 띄었다.

각성자들에게 지시를 내리고 있는 걸로 보이는 사내였고 각성자들은 부동자세로 그의 지시에 귀를 기울이고 있었다.

흡사 전쟁을 준비하고 있는 것만 같은 기세가 바리케이드 너머까지 전해져 왔다.

각성자들에게 지시를 내리고 있는 자가 누군지는 몰라도, 수십 년간 생존 전투를 벌여 왔던 각성자들을 주목시킬 만큼 힘이 있는 자였다.

가뜩이나 저기에 운집해 있는 각성자들도 흔히 말하는 브실골은 아닌 것 같았다. 그들의 세계에 대해 잘 모르는 자신이 보기에도, 그들의 무장은 보통의 아이템들보다 격이 달라 보였다.

무장뿐이 아니라 그들 모두는 범접하기 힘든 분위기가 서려 있었다.

그렇게 눈앞의 정경에서 전해져 오는 느낌들은 텔레비전에서는 결코 느낄 수가 없는 것이었다. 그들 각성자들은 실제로 존재했다.

거기까지 생각이 들자 자신이 처리해 왔던 사건들이 떠올랐다. 쓰레기로만 생각했던 사건들이 품고 있는 위험성에 대해서였다.

'저런 자들을. 또 저런 자들의 리더들을. 또 그 리더들의 영도자를 두고…… 함부로 지껄이고 있었단 말이냐.'

그때.

각성자들에게 지시를 내리고 있던 자에게 한국 군인이 다가갔다.

뭔가 이야기를 주고받는 듯싶더니 각성자들의 리더가 자신을 향해 걸어오기 시작했다.

'……지훈이?'

왜 한눈에 알아보지 못한 것일까. 김진승은 황급히 차에서 내렸다.

"오, 오랜만이구나."

"언제 연락해 오나 했지. 해 보셔. 나 빚지고는 못 사는 성격입니다."

"……."

"큰아버지 부탁, 하나쯤은 들어주려고 했습니다. 뭘 원해요?"

김진승은 입이 쉽게 열리지 않았다.

검찰총장 박우철의 개인 식탁에 초대되었던 당시보다 긴장할 수밖에 없게도, 그에게 쏟아지고 있는 눈빛들이 살벌했다.

정면에서 향해 오는 조카의 눈빛은 물론이거니와 먼 거리에서 오는 각성자들의 시선들에서도, 마치 발가벗겨져 재판장에 올려져 놓은 듯한 느낌을 받았다.

"시간 없으니까 어서요."

그것은 명령이나 다를 게 없었다. 김진승은 내뱉고 말았다.

"지금 좌천된 신세야. 어떻게 안 되겠니?"

순간 김지훈의 표정이 굳어졌다.

"차라리 돈을 달라 하시지, 그건 안 됩니다. 각성자들의 사회 개입은 '그분' 께서 금지한 일입니다. 이렇게 하죠. 한 분을 소개시켜 드릴 테니 이후는 큰아버지가 능력껏 풀어 보세요. 제가 소개시켜 드리는 거니 그 늙은이도 큰아버지를 좋게 볼 겁니다."

"누굴."

"재통령이라고 부르더군요."

"……!"

"내일 저녁에 재통령이 찾아갈 겁니다. 손님 맞을 준비해 두세요."

김진승은 그렇게만 말하고 떠나 버린 조카의 뒷모습을 멍하니 바라보았다. 재통령의 이름을 그렇게 쉽게 담을 수 있단 말인가?

자신이 알고 있는 그 재통령이 과연 맞는지, 차마 조카를 불러 세울 수도 없었다.

자세히는 모르는 일이지만 조카가 서두르고 있는 모습에서 느낄 수 있었다. 조카를 따르는 각성자들의 비장한 모습에서도 느낄 수 있었다.

그들은 전장으로 떠나고 있는 것이었다.


〈다음 권에 계속〉